微光博物馆

方达 主编

长江出版传媒 湖北教育出版社

我带着夏柯在四季中穿梭，

我们常常一天看尽落叶，迎尽风雪。

文\不日远游

Forest

文/李 娜

世界尽头变为偌大的玻璃镜，
一路曲折漫长尽收眼底，
最终变成你一个人的终点，
与虚无拥抱。

目录

作者简介

贺伊曼

1990年生，河南新乡人，现居上海。十七岁开始懵懂写作，随后参加“全国新概念作文大赛”，获过两届一等奖，作品发表于《萌芽》、韩寒主编的“一个App”等杂志。毕业后在《萌芽》《看电影》等杂志工作，从事编辑行业多年，目前于“一个App”任职。豆瓣、知乎、新浪微博爱好者，拥有小撮粉丝。2014年在上海开了家叫作“馆子”的餐厅，该餐厅现已成为沪上作家及媒体人聚集地。

不日远游

本名：沈佳英。女，出生于1992年4月，白羊座。浙江湖州人，喜欢邱妙津、托马斯・特兰斯特勒默、张国荣。现就读于杭州某大学。

第十五届全国新概念作文大赛二等奖、第十六届全国新概念作文大赛二等奖获得者。

刘涛

笔名：炙萘。青年作家。出生于北方，内心慢热温软。喜欢写一些生活中的小情绪与小细节，亲近自然与动物。坚信人应心慈而貌美。坚持写作七年之久，把写作视为一种爱好而非职业。曾多次发表文章于《美文》《小说绘》等杂志。

第十二届全国新概念作文大赛一等奖、第十三届全国新概念作文大赛二等奖、第十五届全国新概念作文大赛二等奖、第十七届全国新概念作文大赛二等奖获得者。

徐岳林

笔名：一匹马赛克。男，喜欢发呆和反问，现实的理想主义者一枚，不思进取，乐而忘忧。
第十六届、十七届全国新概念作文大赛二等奖获得者。

王天宁

男，汉族。山东济南人，大三学生。十五岁开始大量发表小说，主要进行小说创作，另写有少量散文。2014年底出版长篇小说《一只特立独行的教授》。
曾连续荣获四届全国新概念作文大赛的奖项，另获得第九届《儿童文学》精短诗文擂台赛铜奖，第二届“周庄杯”全国征文大赛优秀奖等奖项。

龚心远

男，1994年生。萍聚浮散，仓促毋言。缘恰归时，必当详介。
第十七届全国新概念作文大赛二等奖获得者。

王君心

1994年生，福建省作家协会会员，厦门大学人文学院2013级学生。处女座偏执狂，作品以童话为主。已出版长篇小说《秘语森林》《记忆花园》，童话集《猫先生的影子酒》。
第十四届、第十五届全国新概念作文大赛一等奖获得者，福建省启明儿童文学奖二等奖获得者，福建省第27届优秀文学作品奖暨第9届“陈明玉文学奖”佳作奖等奖项获得者。

范洋

生于1994年3月22日。男。汉族。

残小雪

本名：刘雪。怀揣吃遍全世界的梦想，期待有生之年能做一个性感的厨子。独自看过一些风景，写过一些字，遇到一些人。只希望把最好的时光和故事，与你分享。
第七届全国新概念作文大赛一等奖获得者。

半月王子夜

国籍：中国。民族：汉族。专业：日语。出生地：重庆。出生日期：7月13日。星座：巨蟹座。职业：作家、小说家。代表作品：《洗冤》。
作品散见于《荏苒》《遇见》《锦》《市场周刊·文化产业》《幻火》等文学期刊。
第十二届全国新概念作文大赛二等奖获得者、90后“星生代”文学大赛人气王。

李经启

祖籍河南庄子故里，性格温和，喜欢冒险，爱好广泛。每有所感，便以诗文达之，以文会友。毕业于首都师范大学。

南国

本名：扶尧。喜欢读书写字，亦热爱古风以及古风网游同人小说等。前尘无事可追溯，亦不知后年如何。只求江湖逍遥散淡，万事清和。尘归尘，土归土，我亦有去处。
第十七届全国新概念作文大赛获奖者。

黎江萍

1993年生于南方小镇。普通的中国人，非文艺青年。喜欢在脑海中勾勒各色少年，偏爱温柔的大男生。时常自嘲山生山养，说话中带着一股子山匪气。因为个子小脸皮嫩，时常扮猪吃虎。网名“钟楚白”，后沿用为笔名。自认写作风格独树一帜，喜欢看喜剧，但常常在自己的作品中写带有遗憾的结局。作品主要发表于《新作文》，也曾发表于《创新作文》《高考金刊》《中学生百科》。
第十四届全国新概念作文大赛二等奖获得者，第十二届新作文杯放胆大赛一等奖获得者。

王瑞

生于1988年，安徽人。写诗，写小说。著有诗集《不系之舟》。
全国新概念作文大赛二等奖获得者。

张海磊

1991年生，中文系出身。写字和阅读，应该是最美的事吧。“如果我在公共生活中有一个立场，那它应该是八个字：客观、理性、人文、公民。如果我在个人生活中有一个态度，那它应该是一句话：即使走在沙漠中，也要有颗嬉水的心。”

陈崇正

曾用笔名且东、傻正，1983年生于广东潮州，中国作家协会会员，在《收获》《人民文学》《花城》《中国作家》《山花》等刊物发表作品逾百万字，出版有小说集《半步村叙事》《此外无他》，诗集《只能如此》等。现供职于《花城》杂志。新浪微博：@陈崇正。
第六届全国新概念作文大赛二等奖获得者。

李林芳

生于辛未之末，非典型文艺女青年，接受多年专业法学教育。在珞珈山上樱花树下，渴望做一尾喧嚣世界的漏网之鱼。在细雨中漫步，在阳光下微笑。态度浮在生活的措辞里，我们活在彼此的文字里。

第十二届全国新概念作文大赛一等奖获得者。

徐畅

江苏人，现居上海。第三届上海作协主办创意小说全国冠军。作品散见于《中国作家》《小说月刊》《微型小说月报》等，出版长篇小说《漫天飞舞的信》。

许竹敬

1991年生，刚入熔炉，半生不熟。

第十二届全国新概念作文大赛一等奖获得者。晋江市第二届校园文学大奖赛一等奖获得者、首届晋江市“校园文学之星”称号获得者、晋江市政府第四届星光文艺奖获得者。

王宇昆

男，19岁，厦门大学大二学生，《青年文摘》《读者》签约作者。13岁开始创作，作品刊登于《萌芽》《中国校园文学》《青年文摘》《格言》《最小说》《小说绘》等主流文学期刊，迄今发表作品六十余万字。已出版长篇小说《当世界已无法深爱》。第二部长篇小说《在你的世界，璀璨运行》于《大学》杂志连载中，即将上市。短篇小说集《最美好的陪伴，是并肩乔木》由磨铁图书出版。

微博：@王宇昆。微信平台：yukhun521。

第十五届、第十六届全国新概念作文大赛一等奖获得者，并被评选为当年的“萌芽新概念之星”。第四十一届香港青年文学奖获得者。第一届新蕾杯青春文学新人选拔赛小说组全国人气冠军。

李娜

笔名瑞恩，网名ShkaRain，1988年9月11日出生于武汉，女，处女座，属龙，A型血。印象深刻的书：《海边的卡夫卡》《昆德拉文集》《钱理群文集》《余杰文集》。喜欢看王家卫的片子。梦想的生活方式：漂流（非漂泊）式生活方式，带点挑战，偶尔闲下来在新西兰草场或海滩上喝咖啡和啤酒。
第九届全国新概念作文大赛二等奖获得者。

林婷婷

笔名木壹，出生于1992年10月。曾发表过《走进画布的猫》《黏合橘子的青春》《倾泻绿意》《我将梦想寄予文字》等作品。现就读于江苏省无锡市江南大学汉语言文学专业。
第十三届全国新概念作文大赛一等奖获得者。

封雷

你看，要淬炼最好的小说，就要向杂草丛生的文字里投下一把火。在许许多多次燃烧里，香烟袅袅飞舞，爆竹尽情歌唱，烟花绽放成彩色夜幕，诗页成为灰烬，又涅槃重生，被咏颂至今。你爱的也许是香烟，是爆竹，是诗歌，是热闹；可它们都不是我，我是点燃一切的火。
第十一届全国新概念作文大赛一等奖获得者，第十二届全国新概念作文大赛二等奖获得者。

陈雨思

笔名：老蛇。杭州人。现在爱文学，将来文学也会爱我。

蕴葳

本名李孟芹，湖南常德人，生于90年代最后一天，摩羯座伪文艺。喜欢狗，尤其是中华田园犬。爱怀旧。玛丽苏严重患者，爱做白日梦。坚信命运只会眷顾相信自己并相信命运会善待自己的人。

聿枫

80末巨蟹宅，废柴型青春杂志写手，发表短篇作品三十余万字，散见《故事家》《三生三世》《儿童文学》《佛山文艺》《意林小小姐》等，唯美古风，浪漫言情，绮丽幻想，风格不拘。最初写文是因为喜欢武侠小说，却意外地越走越偏，擅长古风和幻想文。总计划着到处旅行却实在敌不过懒惰的细胞，怪异收藏癖，深度本子控。

若非

穿青人，青年作家。已出版《你是我的未完待续》《忧伤开满来时路》，即将出版《山河》。

朱昊晨

安原（曾用笔名镐城），陕西西安人。就读于北京外国语大学，现居北京。1993年生，水瓶座。喜摄影、绘画、跑步、收集陶瓷。2010年开始写作，作品散见于“暖僖”90后创意文化书系及《相信》等杂志。2011至2012年游学欧洲。2013至2014年担任独立杂志《不期画报》艺术总监。2015年开始涉足戏剧领域。

卷首推荐

这一趟过山车，可否与我同坐

文/贺伊曼

去年这个时候，因为租处电箱烧坏，一周内辗转在三个朋友家借住。第一家睡了两天沙发，便被朋友的室友委婉提醒这样影响到她们的公共空间，于是背着双肩包住到偏远的第二个朋友家中。住了两天以为电修好了，结果回家之后断电继续。就在我在朋友圈里哀号的时候，第三位朋友留言说：你来我家吧，拎包入住。

她是个作家。此前我们并不熟，只在饭局上见过两三次面，喝茶间闲聊些八卦，连微信里的互动也极少。但让我惊讶的是，微信里将近一千个好友，那条朋友圈下面留言让我借住的，只有她一个。

我怀着忐忑与歉意来到她家。她指指卧室的床让我睡，自己抱着电脑和被子躺在了沙发上。她家里收拾得整洁体面，客厅和卧房，目光所及，不是书便是新鲜植物。书架上的书看起来经常被翻阅，充满着热气腾腾的光辉。床头还散落着一些未完成的读书笔记，让我想起家里书架上的灰尘，颇感内疚。

白天我到餐厅工作，晚上回家时她总在电脑前写稿。看我回来了，她便停下工作，一起叫外卖或者煮面吃。更多时候，我们就着电视剧的背景音，有一搭没一搭地聊天，聊点感情，聊点八卦，刷刷微博和朋友圈，不做什么看起来有意义的事。凌晨两三点钟，我们互道晚安，一天也就结束了。

有一个晚上我们出门买夜宵，她说我去取钱，你等等我。我在寒风中站了一会儿，她回来的时候脸上笑盈盈的，像被逗乐了一样，跟我说："你猜怎么着，我卡里竟然只有十块钱了，哈哈哈哈，我本以为我这个月还很充裕。"我吃了一惊，但什么也没说。后来我们只买了一碗兰州拉面，加一个蛋，回到她客厅里，边看《武媚娘传奇》边吃。

我从来没告诉她我其实中学时代就读过她的小说，怕她因此觉得自己老了。我也没想到她的娱乐消遣是看国产电视剧，更没想到多年写作如她，也会……卡里没有钱。而没有钱的时候，还要与我这个突降的房客合吃一碗面。

为什么会这样？我没敢问她。

那阵子我的餐厅里不大太平，有客人闹事，某天我半夜才从警局出来，回到家她还没有睡。她也不多过问，帮我放洗澡水，打开卧房的空调，等我洗完躺倒在床上，她客厅的灯才熄灭。

那是那一年我感到最狼狈的几天，有家不能回，忙碌和混乱让我感觉自己没办法解决这糟糕的一切。但住在她家，似乎又维持住了最后一点体面。

后来我想，可能她那时也经历着和我类似的狼狈期吧。写作遇到瓶颈只能看连续剧消磨时间，不想照顾自己的身体，不准时吃饭，卡里没有多余的钱。没在做什么有意义的事，好像也并不想做，可能最大的成就感就来自收留了似乎比她更糟的我。

那几个看着电视剧有一搭没一搭聊天的夜晚，我们都心事重重，手里却做着最轻盈的事。连续剧、过往情感的追溯、无关痛痒的八卦，讨论着这些的我们，在那一刻成为彼此生命里又一个低谷时期的陪伴。

今年的这个时候，我们边吃火锅边聊起去年的事情，在蒸腾的热气里觉得恍如隔世。也不过就是一年，已经可以恣意地嘲笑起那种狼狈感了，像谈起一件再平常不过的小事。就像我们也快要习惯这种过山车般的生活，有梦想时风起云涌，迷惘时两手空空，从高空坠入低谷不过是眨眼之间。得到不代表什么，失去也是。

好在这一趟过山车，你从来不是独自一个人乘。

愿我们在无数次风起云涌或两手空空时，都有人做伴。

01

也曾

天马行空

但是神奇的夜还是一样的，就好像流逝的时间不能改变这个世界的任何一样东西，不能改变佐罗河，不能改变熔岩，不能改变星星的光芒，就好像同样的唯一的目光仍然在持续地凝望着。

——勒·克莱齐奥

日日夜夜

我带着夏柯在四季中穿梭，
我们常常一天看尽落叶，迎尽风雪。

文/不日远游

那是一个月的17号，我走向夏柯，想送给他一个季节，最好是秋天。我有很多表情，九个，都是祈右右为我做的。只有其中一个上面的笑容，是我喜欢的，无知而柔软的那种笑。是的，很装纯。我只在十七岁用过它，后来，不知怎的，就再也用不上了。另外一个我倒是经常用，但是祈右右说，这个表情只有我自己看得见，别人是看不见的。我第一次用这个表情，也是在一个月的17号，我坐在人群散去的篮球场，想起昨晚的一个梦境，我把脸埋在手掌里。这样，我就看见了自己的脸。

我只喜欢这两个表情。祈右右说，这两个是为你自己做的，另外七个，是要用来应付这个世界的。我不知道为什么我给自己的只有两个，给世界的却有七个。祈右右叹了口气说："两个已经不少了，很多人给外界的都是更多。但是我怕你应付不过来，早先你连七个都经常用错。"我朝着祈右右笑了笑，忘记了用的是哪种笑容。

我走向夏柯的脚步迟缓不定，但是我从他眼睛里看到我十七岁的脸时，几乎以为自己要盲了。“你很久没有这么笑过了。”夏柯说。“是啊。”我说。银杏树叶在夏柯脚下，发出噼噼啪啪的碎裂声。我第一次很想提醒别人，是我为他变换了季节，我几乎想提醒他注意，那些嫩绿树叶，像被涂了一层颜料，转眼之间就将枯黄色重重叠叠地铺满了道路。我常常乐此不疲地玩这个游戏，从秋天走到冬天。虽然夏柯对于这些银杏，是不存在记忆的。

十几岁的时候祈右右就说，过不了几年，我就再也不能随心所欲地变换季节，而她也将失去制作表情的能力。我们这些百无一用的超能力会平平淡淡地消失，也许就在某个醒过来的早晨，就像它们在七岁那年突如其来地降临一样。

“一切都不会有什么不同，反正只是自娱自乐的游戏。”我说。

“我给你做的那些表情是不会失效的。”祈右右说。

“哦。”我几乎忘了这茬，要是失去了这些表情，我就得从头学一遍人情世故。这麻烦就大了。“那你卖给别人的那些表情呢？”我问她。

“也不会的，对了，你不要把房间弄得忽冷忽热的。”祈右右不满地抬头看我，她在做一个哀愁的表情，面前放着一本顾城的诗集。祈右右又做失败了，读顾城的诗做出来的表情，非但不显得哀愁，反倒干干净净，甚至有几分羞涩，如一个高中生。

其实祈右右的超能力倒不像我的一样没有用处，这两年她一直秘密地与一些人做着交易，找上祈右右的都是些像我一样，表情笨拙的人。于是他们就需要几个表情，来适当地对外界做出反应。我从未见过这些人，也不知道她们是怎么找到祈右右的。只不过，做一个表情要具备充分一致的感受力，哭一场笑一场都不在话下，甚至得谈个恋爱吵个架，耗时耗力，而且一不小心就会做错。所以，祈右右每次接一个表情都思考缜密，决不让自己入戏太深，负面情绪的表情只做到伤心为止。

我一直都很想问她，为了给我做那几个表情她做过些什么，不过她从来不肯说。

我遇到夏柯的时候，祈右右在另一个城市读大学，我和她几乎已经不再联系，少年玩伴，多半就该这样在路途上消散。我不知道是不是恋爱会让人想更多地了解自己，我开始回忆起很多童年、少年场景，但不知道为什么，我只觉得记忆处处都是裂缝。能够分享与求证的人，似乎也只有祈右右。我们就又联络起来了。

童年恍如前世，村庄的变化太大了。那时候，骑着单车上学，一路经过整齐而翠绿的稻田，路上不时能惊起大片大片的鸟群，远处云层低得快接近地面。时光如同平稳的长镜头，遥远地目送，不做挽留。我为记忆的干净而惊讶不已，却从未能记起一桩详细的事情。所以都是祈右右向我说起的，那些毛头孩子奔跑在田野里的故事。我不知道自己为什么用了“故事”这个词，也许是因为祈右右讲述的方式太从容不迫，毫无破绽，以至于我常常弄不清楚她讲的那些孩子中间哪个是我，我甚至弄不清楚那里面有没有我。

童年时村庄里的孩子们所玩的游戏，我还记得。甚至到了十岁出头的年纪，我们仍然常常在田地里摸爬滚打。村庄背后是一片山脉，前面临河，于是翻山越岭，爬树下河，也都无人拦禁。那时候田野里全是为灌溉而挖的沟渠，在那个年纪，这些沟渠看起来尤为宽阔。大胆而敏捷的孩子永远能轻松地一跃而过，而有些孩子则总要扭扭捏捏一阵子。记忆里，总有一个孩子被剩下，因为不敢跨一道沟渠，而绕着田埂跑一大圈去追逐那些孩子。

我记得祈右右是孩子王。在祈右右的讲述里，因为我们两个在七岁那年突然同时拥有了异乎寻常的能力，我们几乎立刻就组成了心照不宣的秘密联盟；也就是说，我几乎也立刻就成了孩子王，位高权重，贪吃享乐。但是我提醒祈右右，孩子王一般心细胆大，出生入死，游戏技术高超。而我，胆小如鼠，内向怕人；更重要的是，我几乎什么游戏也不会做。“不是的，你不是这样的。”祈右右说，“我们爬山的时候，你就在我后面，在第二个，后面有许多人。”祈右右的语气因为坚定，而显得有些虚弱。

“那么你记不记得我们曾在路上捡到一只死去的龙虾，后来我们把它埋在土里，为它立了个墓碑。我们商量好每个月都会去看它，我们去了整整一年。”

“是的，我们去了整整一年。”

“还有，为了庆祝考上重点初中，我们找了个秘密的地方埋下了十多个硬币，我们比谁会先忘记那个地方。”祈右右脸上的笑容越发灿烂，几乎是被往事感染了。

“但是我梦见手掌里老是扎到灌木丛里的刺，所以总是不敢爬山。”我还是打断了她。

“你开始做梦了吗？”祈右右咬着面前奶昔的吸管，哀愁地看着我。那时我竟然觉得她有些软弱。

我不敢和祈右右说我的梦境，还有我梦境里的那个女孩。我在她的眼睛里看到四季，看到自己十七岁的脸。每天梦里的时间和白天一样长，我仿佛和她走过了千山万水，百转千回。四季轮回，场景却不变，春花秋月，夏雨冬雪。我想，如果梦境不能制造记忆，那么我这样无休无止地重复这个春夏秋冬，是不是只是对一段记忆的模仿。但是我并不知道那个女孩是谁。

我记得她的脸，可是我搜寻四周与记忆，却找不到这样一张脸。我爱着一个虚幻的女孩。这让我疑惑又绝望，以至于我常常弄不清楚我是爱夏柯，还是只是爱一双和梦境里一样的眼睛，我在那里面看到自己十七岁的脸。

我带着夏柯在四季中穿梭，我们常常一天看尽落叶，迎尽风雪，在季节中迅速地流转。我总是不断地遇到熟悉的场景，夏柯调皮地把细碎桃花摇下树的样子，让我想起花底初度逢过谁。冬天里夏柯把我的手放进他的大衣口袋，我却在记忆里翻箱倒柜地寻找一只手套，我甚至知道手套上的图案，它们为我制造了一个暖冬。

轮回太多遍，我总是忘记我们在一起了多久。我问夏柯我们在一起多久了，夏柯有时候说三个月，有时候说半年，后来有一天他说，一个轮回，春夏秋冬。夏柯说：“要纪念。”我说：“是啊。”我心里在想，我们看过了那么多场落叶，花败花开。不知道为什么，潜意识里，我希望人生不停地轮回，以此来印证长久。我突然厌倦了变换季节的戏码，但我仍然想要制造出一场暖冬，我永远掌控不好分量，制造不出一个温暖的冬天，如同模糊记忆里的冬天。我不知道是不是所有人的记忆都是这样，还是只有我的如此语焉不详。

我对祈右右说，原来我在季节中流离失所，世界仍然在按照它的方式严格运转，我想按它的步调来了。

祈右右冲我仓促地笑了笑，她说，恭喜你有relationship超过了一年。她说完这句话，脸上又一闪而过那种哀愁的表情，好像一段沾满灰尘的往事不由自主地浮现了出来。

我和夏柯过着凡尘生活，我开始习惯冗长的季节，开始耐心地等一场下了好几天的雨停下来。夏柯清澈干净，犹如一棵寻常植物，我第一次注意到他，却是因为他脸上的哀愁，还有因哀愁而生的无动于衷。那时我们在一家酒吧看一个摇滚乐队的现场，不过是一个二流的小众乐队，唱的又是英文歌曲，喧哗吵闹，我什么都听不清，后来索性放弃，找了一个僻静角落去抽烟，这样我就看到了夏柯。夏柯消瘦，表情寡欢而无动于衷，一下一下地敲着悬挂在面前的一面鼓。我望一眼远处狂欢的人群，觉得夏柯拒绝被观赏的难过，很动人。

往后我很少看到夏柯再露出那样的表情，也许他仍然在一个隔绝人群的角落，去消化逼上心头的黯然。也许他是怕我难过，或者是明白诉说的无用，哪怕是对恋人。但是我却觉得，此生我唯一一次看到真实的夏柯，大概就是那一次窥视了。

日子平淡如水，等我们吃遍了学校周围每一家餐店的时候，夏柯有一天给我送来一锅他自己炖的鸡汤，从此以后我就吃到了不少招室友仇恨的美味。当然夏柯每次都会准备四人份的量，我知道，她们只是羡慕我拥有夏柯。我记得，我的两个室友都是在那个晚上我们大卸八块了那只鸡后，不出十天迅速地找了男朋友。但是我却无法和任何人说起，就是在接过夏柯手上那只保温瓶的时候，我突然明白我不是在爱夏柯。我知道我该感动，但是我只是觉得内疚。我想起昨天晚上梦境里的女孩，我看不清夏柯眼睛里的自己。

那个晚上我在水池边一遍一遍清洗那只保温瓶，脑中想的，却是一年以前，我和夏柯的第一次旅游，那个时候我们在一起也并不久。我记得第二天在旅馆里醒过来，床边柜子上放着一杯刚泡好的咖啡，对面床上并没有人。洗漱完后，我在旅社院子里花花草草看过一圈，回到房间里，看到夏柯正在吹干一件我昨夜洗了还未干的衣服。我看着他的背影，面前门上是这个房间的门牌号码，我想起祈右右曾对我说："有些人，你知道离开了就会肠子悔青。"

夜晚彻底降临的时候，我突然觉得今天应该住在冬天。梦境里我看到了那只手套，醒来的时候我明白，也许昨天晚上我制造了一个以往屡屡失败的冬天。我找的暖冬，原来是一只手套里的温度。

我混淆现实和梦境里自己的脸。我不知道自己是不是爱夏柯，我不知道她是谁，不知道自己的记忆为什么四面漏风。

第二天我再从口袋里掏出枯干的银杏叶子的时候，秋天却没有来，我把白色的玉兰花摆成五边形，也没有听见更多花开，没有树叶变绿，我几乎把整个瓶子里的雪花都撒在了空中，它们在35摄氏度的气温里迅速地消失了。天台上的低气压让人产生无处可逃的感觉。四季如歌，原来一年过去，夏柯只不过是我的陌生人。

天色暗下来的时候我感觉背上的衣服已经被汗水浸湿了，空气依然如一道密不透风的墙。我不知道三十多摄氏度的天气还要持续多久，我想我该开始去看天气预报了。

自从再也不能随意住进喜欢的季节以后，我的梦境变得越来越清楚。梦里面最多的还是童年的场景，一幕幕，像无声无息的黑白照片离你的眼膜越来越近。我开始在最深的睡眠里，突然睁开眼睛，仿佛这样就可以逃离一个梦魇。

它们从来就不是梦魇，它们只不过是我出走的记忆。时隔多年，以梦境的形式提醒我自己的属性，提醒我的失去与拥有。

如果你听见我的声音，你就会记得我。梦境里的女孩说。

我该不该去寻找你，我该不该满足于梦里的千山万水。

我开始想念母亲，我从未梦见过她，从我失去她，这么多年。我开始明白，记忆的断层里，我太早地被切断了属性，以至于太早地放弃了呼救。我初次在夏柯身上看到的表情，是我曾经埋在手心里的。我们都放弃了被了解的可能。

很久以前，我还在童年里的时候，有一段时间周围的人都不见了。我的回忆里没有大人没有小孩，仿佛一条本该热闹的街道突然空旷了下来。像住在一个核桃里面。那段时间不断干的一件事情是往阳光下跑，从楼上跑下来，再跑出门，一直跑到阳光下。那是我突然感觉恐惧的时候，恐惧不请自来，像梦魇一样，一声不吭地钻进我的大脑，我的心脏立刻越缩越紧，眼睛不能四顾，不能回头，我觉得身后有一支追逐的箭，我毫无疑问地相信有一支箭一直跟在我背后，我必须比它快。我横下心不回头，我认定回头的刹那就是箭插进心脏的一刻。耗时打开一道道门的时候，我觉得自己的死期到了。

直到打开最后一扇门，阳光从四面八方照在我身上的时候，我才感觉到了安全。阳光令我觉得安全，有没有人倒是无所谓，我不记得一次次独自逃亡的时候，最后时刻有没有看到别人，有没有看到他们缓慢而无动于衷的脸。

或许是那些面孔过分无动于衷我才不记得，或许是我太专注于自己的逃亡了，因此世界才成了一座空城。

但我不知道我是什么时候失去母亲的，我不知道她有没有试图与我告别。

小时候曾听母亲说，一个人是不是勇敢取决于他看到的月亮的大小。二十年来我对自己的胆子一直灰心丧气，我看到的月亮一直只有碗口的大小，家里盛饭最小的那只碗。我听说有些人看到的月亮有一只脸盆那么大，于是我打定主意这辈子只做一个胆小如鼠的人。没办法，我想，我看到的月亮只有一只碗那么大。而母亲从未要求与责怪过我什么。也许她的愿望不过是我能平安与俗世合老。

妈妈，我从未呼救——从小时候起，我的整个与一支箭赛跑的童年，我在田野上不断地沿着一道沟渠奔跑去追赶他们的时候。是的，妈妈，我已经知道了，那个不敢跨过一道沟渠的孩子就是我。我太小就学会了独自娱乐的游戏，我捡到一只死龙虾，并为它立碑；知道自己终于考上Y中的那一天，我把一个储蓄罐里的硬币都埋在了土地里，这是我的方式，想让你知道。妈妈，我希望所有人的离开，都能在我身上留下印记，我不想面对没有缘由的失去。妈妈，我并不介意自己身上被刻满了墓碑。

妈妈，从未有人告诉我，该怎么面对自己与别人的不同；从未有人告诉我，该怎么把自己安全地隐匿在人群中间。妈妈，你太早地离开了我。所以，妈妈，也不会有人来告诉我，当一个人从巨大的幻梦里清醒的时候，该如何迎接一个像梦境一样的人生。

夏天结束的时候，我回学校拿毕业证书。离开时经过停车场，拍了一张照片，都是些废弃的车辆，旧与灰尘，许多人的四年，就这样沦为尸体。欢声笑语，一哄而散。我说你好，你说打扰。想起这样走在路上，无人知我内心疾病。而路上那些与你微笑照面的人，是不是内心也正在响起轰然倒塌的声音。所谓孤独，重大吗？

没有想到在学校里遇到的最后一个人，竟然是夏柯，我几乎是一路跟随他的背影，又走了半个校园。他拉着行李箱的瘦长背影和记忆里最初那张寡欢而无动于衷的脸遥远地契合了起来。我对着他的背影微笑，为我们之间的这段距离而安心，很想对祈右右说——我是说，如果她真的存在的话——我打算对她说，这个世界上，肠子悔青的事情其实不会太多。

和夏柯分手以后，我去了一趟大理。两天一夜的火车，一路经过陌生的车站、新鲜的植被，在火车与铁轨的摩擦声里沉沉入睡。没有做梦。这样很好，我得习惯梦境与现实的统一。我告诉自己，我不是在通往梦境的路上，我只是去确认一桩事实，去确认一段曾经。不然，我何以证明我存在过呢。

火车停在昆明的时候，我差点以为又走进了一个自己制造的季节里。我从背包里拿出长袖衣服穿上，立即又买了去大理的火车票。来接我的是旅店的老板，来自广州的年轻人，剃着光头。那天大雨，他穿着格子上衣格子裤子，撑着一把巨大的格子伞，他说是为了方便我找到他。

在旅馆睡了半天，醒来向老板打听了学校所在的位置，打算慢慢地找过去。我低估了自己的极品路痴程度，在洋人街上彻底迷路，只好找了家店先填饱肚子。菜单上几乎找不到饭，我一个对条状物有恐惧症的人，几乎无从下手。我才知道，我到了异乡。

然后我听到一个女孩的声音——“老板，给我一瓶大理。”这个声音曾对我说：“如果你听到我的声音，就会记得我。”我抬起头，庆幸自己坐在最角落的位置，她不会看见我。她和我梦里的女孩一模一样，哦，不对，她和曾经的我一模一样，她是十七岁少年的我，她没有变。

我看着他们吃完一顿饭，她身边的男孩子穿着白族衣服，皮肤和大理人一样，因高原日照而显得黑，但模样英俊，侃侃而谈。男孩子并没有喝酒，我看着她喝完了那瓶大理。我低头看着菜单，突然发现菜单上有青稞炒饭，但我起身离开。走在路上，看到那么多人在卖花，我才知道今天是七夕，路边有流浪歌手在弹吉他唱歌，我站着听完了那首歌，跑到对面买了一枝玫瑰花，放在他的琴盒里。

第二天在旅馆附近租了一辆自行车，绕着洱海骑了一圈。环海公路宽阔而寂寞，一路上，不停地经过向日葵田、玉米田、水稻田……我在一个白族村落前停下车往回看，更远处的房屋屋顶在云层里变成一个一个的火柴盒。我想起我们曾经说好要一起去布拉格，去看世界上所有的屋顶。原来她在这儿，就可以看至厌倦了。我总是不记得一个地方是如何美，但我总记得离开前回头望的最后一眼——空无一人的公路尽头，世界上所有的屋顶。把最美的献给你。

我坐火车回到我的城市。两个月后，经过几场考试，终于顺利地在家乡一家银行找到工作，朝九晚五，我知道父亲很满意。我的梦境开始变得很少，我也不再幻想自己有改变季节的能力。幸亏银行的工作也不需要太多表情，所以七个也似乎已经够了，每当这么想的时候，我就对自己笑笑，在心里对祈右右说声“谢谢”，但是我已经拼凑不出她的样子了，这个梦真长，但仍值得庆幸，我终究没有错过生活。

我常常微笑，并不觉得这样太累。我打出一个个表格，不断地让窗口外面的人签名，他们有人对我微笑，有人面无表情。生活的真实与平庸，让我偶尔忆及曾经的幻觉与繁盛，风花雪月里，我始终会拥有一个声音。

路过的人，请给我一瓶大理。

那年七夕我路过少年情人的城市，灯火鲜花，午夜仍不息。流浪歌手唱的是一首我失去她时独自听的歌。这么多年以后，我又与它重逢。多年的幻觉与梦境，只是一个不合格的情人，逃避“不可能”这三个字的幼稚方式，崩溃决裂，与记忆道别。我再听，只想用一枝玫瑰，与往事干杯。

我答应把你保护在我梦中

你该把我缠绕在你睫毛中
你让我明白什么叫作感动
我还你一世春风
命运的玩弄于我们没用
永远微笑 眼泪还给天空
迎面的狂风 看出了彩虹
绑着我们 谁能无动于衷
你是我一生的人 为什么不能
再次出生 一样天衣无缝
你是我心中的人 嘴边的唇
战胜时间 嘲笑世俗的海誓山盟
熄灭了灯 感情更深
牵着手一样认出你的指纹
说我天真 谁比我真
天下有多少这样重情的人
你是我一生的人 为什么不能
再次出生 一样天衣无缝
你是我心中的人 嘴边的唇
战胜时间 嘲笑世俗的海誓山盟

毕达哥拉斯之树

这些都属于一个希腊男人，他的面部特征和历史书上出没于爱琴海半岛和巴尔干半岛的哲学家有太多相似之处，虽然他戴着一条和唱民歌的阿宝一般的头巾来混淆视听。

文/刘涛

观察者与受苦难的上帝合而为一，在他的死亡中死去，又在他的新生中复活。

——康福德

我钟爱数学学科的小男友在我准确的预见性中和周遭昏昏欲睡的庞大群体形成鲜明对比，他像屹立不倒的中流砥柱一般，在奋笔疾书的同时还能用饱含热忱的神情吸引唾沫横飞的老教授，从而掩护我们这些上课不到十分钟就“阵亡”在网络小说或是周公棋局里的人。

很不幸的是，我对他的爱不足以让我爱屋及乌喜欢上这门学科，就像他永远不可能将他对数学研究的热情投进我们的恋爱。他的情商是一个负数，倒背如流的公式都比他蹩脚的情话好听得多。但我还是陪他选了同一门选修课，关于某个叫毕达哥拉斯的数学家的理论，即使我的笔记本里还夹着一张不及格的高数卷子，它让我觉得可耻不仅仅意味着要交一笔不菲的重修费。

伏天里的风扇摇摇欲坠半死不活，凉风在没有成功抵达已经闷出疹子的后颈时就已经溺死在炎热中了。压强定理使它永远不可能像每个人都想象过的场面一样掉下来演一出血肉横飞的惨剧，能消遣着无聊光阴的只有不知疲倦的蝉，和老旧的风扇发出的噪音一起，回旋在头顶上，交织成催眠曲。

幻灯片里无限延伸的三角形构成了让人炫目的树，我怎么也想不明白这种初中课本里最简单的勾股定理是如何上升为美学艺术的，那些规整的枝杈形似三角尺，我小时候拿它假装手枪多过用于在作业本上画图，当时对数学的敷衍直接导致了它现在也敷衍了我。

“毕达哥拉斯之树的茂密程度取决于三角形的形状，这是钝角产生的效果……这是直角……这两个的弧度差别在于……”在我眼中只是一堆密密麻麻的几何图案，比视力表上的马赛克还要让人迷乱。我的眼皮在重力与困意中向下沉，再尖锐的三角形都支撑不起它的堕落了。

让我惊醒的是一簇砖红色的胡子，它居然还像绵羊一样打着小卷，毛茸茸的悬挂在我鼻子前面让我忍不住打了喷嚏。我的直觉是我还在做梦，装死一般闭起眼睛。虽然我知道噩梦都是难以醒来的，但还是不甘心地再次睁眼，还是一样讨人厌的砖红，让人不由自主地就联想起工地里四散的红砖粉，只不过这一次从胡子变成了裹着头巾的长发。

这些都属于一个希腊男人，他的面部特征和历史书上出没于爱琴海半岛和巴尔干半岛的哲学家有太多相似之处，虽然他戴着一条和唱民歌的阿宝一般的头巾来混淆视听。

“Pythagoras.”他自我介绍。然后仅用一只手就将我拖了起来，我这才发现我们处在一个掩护用的壕沟里，而这个希腊男人怪异地穿着一身墨绿的棉质军装。

“毕达哥拉斯。”他用字正腔圆的中文重复了一遍。我敲了敲脑袋，真害怕自己出了幻觉才会听到一个希腊人用比自己还标准的母语说话。看来这真的是一个可怕的噩梦。

“在毕达哥拉斯之树的世界里，语言沟通不是障碍。”他像个哲人一般答疑解惑，口音仍旧完美得堪比新闻联播。我却在心里大吐苦水，爱丽丝梦游仙境的故事我没少看过，至少她是被一只彬彬有礼的白兔引入了皇后的花园，而我要被一个古怪的希腊人困在一个像战场一样的噩梦中。

“这就是战场！”当一颗流弹擦过我的脸颊的时候，我不禁脱口而出，同时眼疾手快地滚倒在地，完全忘了我应该是言行举止矜持优雅的少女。按照通俗的套路，我应该备受惊吓然后娇弱地躲进他怀中，可此刻我更情愿被击中，死在一个印度阿三充满咖喱味的袍子里。我想这是他对我的惩罚，我把数学书上他的头像涂鸦得惨不忍睹，我在倒下的那一刻将我心中所知晓的神明全都念叨了一遍，希望再睁眼就能回到枯燥但是正常的现实。显然这临时建立起的信仰一点也不奏效，他也没有就此放过我的打算。

又一只角尺像利剑一样插到我脚边的泥土里。我天生悲观的性格使然，立马就自怨自艾起来。而把我带进这场灾难的始作俑者却一点也察觉不到我的情绪，他不知从哪里找到一本厚重的哲学史就扔了过去，展开的书页像滑翔机一样顺利地飞到了敌方的阵营。

“你在跟谁打？”我问他。

“我自己。”

“作为数学家的我自己。”他补充道。

“你是说那边还有一个你自己，穿着这样古怪的装束，像个神经病？”我情急之下口无遮拦。

“说来话长。这里还有很多个类似的战场，作为天文学家的我，宗教学家的我……”他揪了一把烟叶卷起来点燃，那株烟草像含羞草一般卷起了自己的叶子，不情愿地往后缩着。我强迫自己不去刨根问底为什么壕沟里会种植烟草，或者为什么一株植物行为如此诡异。

他的话音未落，上空下起了糖衣炮弹雨，像小冰雹似的砸在我头上。我刚要去捡拾，他便拦住了我。

“现在的我是个哲学家。”他吐出一个烟圈，满足的神情和街边的小流氓没什么区别。从我的角度看，像是他的胡子被点燃了似的冒着烟。这下换成了他表情愁苦而我忍俊不禁。

“跟我来。”他把抽剩的半截烟塞进胸膛的口袋。我真害怕它烧起来，然而没有，这已经不是我所在的那个用常识来理解的普通世界了。对于壕沟后方突然出现的隧道，我也没有表现出太多的大惊小怪。他提着我的领子，轻而易举地就把我放进了一辆手摇式矿车。毕达哥拉斯坐进来之后，矿车发出了一声难以承受的呻吟，然后顺着铁轨滑了下去，几乎不用我动手，它就像发疯的野狗一样冲过一个又一个近乎直角的坡道。我的心在这颠簸中快要跟我的扁桃体一起被吐了出来。我想我毕生都会对过山车之类的产生阴影了。

矿车路过的地方似乎是树曲折的枝杈，因为我看到越接近上方那些三角形就越小越密集。就在我的胃尖叫着抽搐的时候，矿车急刹在一个三角形的顶端，这是一个芭蕾舞者能单足勉强站立的平台，矿车像个跷跷板一样架在上面来回摇晃，但明显偏向了毕达哥拉斯的方向。我真想狠狠地抽自己一个耳光，非要学那些姑娘赶着潮流减着本来就没几斤几两的脂肪。

“你看下面。”他忧郁地说，又开始像个患抑郁症的诗人。

我战战兢兢地抓紧了矿车的边缘，伸出了半个脑袋。矿车的下方就是一览无余的战场，那株烟草已经缩成了一个小黑点，不过勉强能看出来它很乐意我们离开，又欢欣鼓舞地舒展开了叶子。下方是对垒的阵营，相同的是，他们都蓄着毛茸茸的砖红色胡子，穿着古希腊的长袍，也许他们真的还有着和这位“不正常”的数学家一模一样的面孔。唯一不同的是他们所持的武器，一方投掷着尖利的角尺和圆规，另一方就用厚重的法典当作盾牌来挡。

“这是怎么回事？”

“你应该问历史是怎么断章取义只留下了我的勾股定理。我应该是和柏拉图齐名的哲学家。我悟出了万事万物背后都有数的法则在起作用，这是多么美好啊，数学和哲学的结合。我还研究宗教，‘兄弟会’可是当时唯一允许女人参与的团体。可惜现在的哲学史中只说黑格尔、康德，连跟我一样研究过数学的罗素都在哲学界被描写得有头有脸，虽然他也在西方哲学史中提起过我。而我呢？我才不屑于初中课本，至少他们也应该提及我貌美如花的妻子西雅娜，她可是比维纳斯还要漂亮睿智的女人……”

“你那是虚荣心作祟，所有的哲学家在某种程度上都是精神病人。干吗要把表面完整的事物剖开来挑它的瑕疵，或是过分地对它刨根问底、钻牛角尖，我都不敢仔细研究我的小男友的想法，在他心里我和那些枯燥的公式各占几成，说不定他现在已经注意到我流着口水表情狰狞的睡相，打心底觉得我是个又笨又无趣的女人。”现在的我能将一切话题牵引到我那看似命不久矣的恋爱上。

“他要是再浪漫一些就好了。”我泪眼蒙眬地看着毕达哥拉斯，不无惋惜地说道。

“如果我没被谋杀在该死的意大利那就好了。”他也同样惋惜地回应我，我们的频率却不在同一波段上了。

“在这下面的，是现实遗留下来的我，还有我认为中的我自己。他们一直持有分歧。我没少在文艺复兴的时候大张旗鼓，那时我还研究宇宙和心理学，在那些有头有脸的贵族面前说得头头是道。你知道的，每个伟大的哲学家都有着不朽的灵魂，一直注视着这个世界。”他的语气中有一丝骄傲，但又立刻被落魄取代，“注视着我的数学和哲学被分离，我诸多的研究，剩下最多的只是初中课本里的三角形。其他的，只能出现在图书馆最不起眼的角落里落灰的文献中，或是没有人去刻意搜索的百科词条里。”

“真不简单，一个古希腊人居然知道搜索引擎。”

“我当然知道，我还知道你不及格的卷子大多藏在抽水马桶的水箱后面。要知道，有数学的地方我都能注视得到。”我突然想起了自己每天冲凉时赤身裸体唱着走调歌曲的模样，恨不得顺手就甩他两个耳光，连同我不情愿就被陷在这里的愤恨。

“你灵魂分裂也好，精神分裂也好，跟我有什么关系，换句简洁易懂的话就叫作关我屁事。我既不爱哲学，又不懂数学，我就是个平庸又有点中二病的姑娘。”我小心翼翼地保持平衡，稍微有大的动作，矿车就夸张地摇摆起来。

“所以你也不想知道如何讨一个钟爱数学的人的欢心？”

“想。”他抓到了我的软肋。即使知道这是一个圈套，我还是心甘情愿地踩了进去。一旦牵扯到跟我小男友有关的事情，我就像一条见到骨头的狗一般兴奋。“例如如何让他更爱我？”我挑着眉头，一脸谄媚，我自己都觉得我的笑脸虚伪得能掐出水来。

“每个数学家都是一个哲学家。”他的目光又悠远起来，其实四周除了枯燥的几何块再无其他。

“这个说过了，我要听重点。”我在一旁提醒他。

“你是不是觉得不幸福？”他突然问我。

我白了他一眼，这个问题的回答毋庸置疑，我还是象征性地点了点头。

“幸福不是宗派神学的禁欲体验，也不是礼教理学的享乐感受，更不是金钱地位的无限欲望，而是信念和向往实现的人格满足。”

“说简单点，别卖弄文采，一会儿又要告诉我你是文学家。”

“你向往什么？”

“我是个没追求的人，金钱什么的也就算了，不过怎么着也得貌美如花、腰细腿长，可惜我妈把我生出来就是这张大众脸了，最好别让我在一所名不见经传毕业就失业的大学里挂科啊……再不济……让他多爱我一些……”我的思路又成功地回转到了我的男朋友身上，与其说我被恋爱烧坏了脑子，还不如说我仅剩的希望就寄托在了爱情上。如我所说，我的前半生只能用“失败”两个字来概括了。工薪家庭，垫底的成绩，普通的相貌，随声附和的性格，只能成为不起眼的陪衬，成天要被数落着嫁不出去也找不到工作。人生还没有过到五分之一，就被肯定是完败的结局。

“我羡慕你至少是个数学家。”

“还是个哲学家。”他耐心地纠正道，“人都会羡慕自己没有的，所以七宗罪里才有贪婪这一项罪名。至少你还活着。”他颇为煽情地说。

“少来这一套，我可不擅长应对一个奇怪的希腊人对着我红眼眶的情况。”我嘴硬，但他标准的普通话在我听来人情味十足，我想装咳嗽以掩饰哽咽。

“就冲着你没有把我当神膜拜还冷眼相对，我就知道你是个特别的姑娘。如果你肯回去看看我的文献，我就告诉你吸引他的秘诀。你要记得，这个世界上既有神，又有人，还有毕达哥拉斯这样的生物。”

“呸。”我啐了一口唾沫来表达我的不屑。

“他需要的就是现在的你。数学家既喜欢将所有的事物都安上特定的规律，又喜欢研究不按常理出牌的未知事物。对于他来说，你就是那个未知数。即便我背负着诸多头衔，能留下来的也不占多数，它不能涵盖我的全部，我抱有多大的期望与志向都跟我爱西雅娜无关。好比我认识你了，我们说的话却牛头不对马嘴。有些事跟是不是数学家没有任何关系，也跟是不是哲学家没有关系。就像我是毕达哥拉斯一样，你就是你自己，不代表任何其他的，也没有东西能代表完整的你。保持现在的热情就够了。别灰心丧气的。”

“来吧，姑娘，让我给你一个温暖的拥抱。”他敞开了衣服，他的胸腔里镶嵌着一枚火炉，里面的火种熊熊燃烧噼啪作响。我看得瞠目结舌。

“知道我为什么要穿棉质军装吗？这是一种防风原理。知道那个美国人热捧的、据说可以挡子弹的打火机吗？用的也是这样的原理，虽然这和脱脂棉球还有那么些差别。即使我的心脏不再跳动，我的热情也不会熄灭。让我这个古怪的学者给你一个美好的回忆吧。”

他扑过来拥抱我，炙热的炉火烤得我眼眶发烫。随着他的大幅度动作，矿车一下子失去了平衡，朝着下方呼啸着跌去，我所有的惊恐和失落都融化在了我面颊所感受到的温热里。

我睁开眼睛，是我的小男友诧异的神情，脸上的温热感正是他用手抹去我的眼泪。他是木讷得不解风情，但总能容忍我的不知所云、行为怪诞。

“我爱你，我的小数学家。”于是我说道。

临时居所

这颗星球光怪陆离、孤独冷寂，要做到非礼亦视，非礼亦听，非礼亦闻，非礼亦沉默。

文/徐岳林

这里是临时居所。我是房东吴。

这座房子是父亲去世前留给我的唯一纪念品。从记事起，父亲给我的印象都是忙忙碌碌的，日夜奔波，为大大小小的琐事操劳。他从未有时间告诉我关于这座房子的一切，甚至，在他将钥匙交付给我之前，我都不知道我们家还有这么一座房子。

我至今孤身一人，身边只有一只瘸了腿的老猫陪伴。从艺考落榜到入住这里已经两年了，每当夜深人静，停下画笔的时候，空旷幽寂的客厅、披上月光的阳台、阴暗湿冷的卫生间，每一个视线所能触及的角落，好像都会发出一些莫名的声响，配合着老猫的啸叫，令人觉得毛骨悚然。偏偏这座房子还是坐落在人烟稀少的郊外，住得久了，那种不寒而栗的感觉愈发明显。

于是，我决定将这座房子的房间全部租出去。那时的我并不知道，从做出这个决定的那刻起，一切奇异便悄悄泅水而至了。

我从未想过，一座位于偏远郊外的房子也会如此受欢迎。出租房屋的信息放出去的第一天，就有一对年轻人来看房，怯怯地询问租金。从始至终，我都没问过他们的名字，这里就暂且把他们称为“没有钱先生”和“不漂亮小姐”吧。

之所以这样称呼，并不是对他们不礼貌，只是单纯做个客观描述而已。因为那天和他们的讨价还价，让我明白了一件事：有时候，年轻人也是可以变得和老头老太太们一样喋喋不休的。就为了多便宜几十块房钱和水电费，“没有钱先生”和“不漂亮小姐”耐心地和我软磨硬泡到黄昏时分。最终，我招架不住，做了让步。

“没有钱先生”和“不漂亮小姐”选择住二楼靠左的房间，就在我卧室的隔壁，说来也怪，自从他们入住之后，以前那些窸窸窣窣的声响竟都消失得无影无踪。

不过，无论如何，我总算可以做个好梦了。经验告诉我，梦醒之后，画笔下的灵感才会源源不断。我也曾试过去描绘那些夜里做过的梦，试着将它们拉长、填满，测试它们的密度和弹性，整理出互相间的逻辑关系，但这种尝试对我而言并不是一件好玩的事。我的身体很不好，每次画出这些梦都要耗费我大量的精力，加上这两年夜里的声响和异动，最严重的时候，我已几乎到了神经衰弱的地步。

现在，每天睡前，给瘸腿的老猫洗个澡，轻轻地把它抛上床，然后喝一罐啤酒，夜晚似乎重归沉寂了。然而我总觉得哪里有点不对劲，却又说不出不对劲的地方。

仔细想了想，也许是“没有钱先生”和“不漂亮小姐”的行踪太过诡异吧——隔壁的他们好像住进20世纪80年代的行李箱一样，自从进入房间后就再没有了动静，从没见他们出来买过一次东西、取过一次快递。我有点担心他们是不是就此消失在我的临时居所里了，那样的话，这两个月的房钱不知问谁去要。

人确实是好奇心旺盛的动物。为了一探究竟，我竟然花了整整三个白天的时间来养精蓄锐。夜幕终于在期待中降临，我蹑手蹑脚地凑近“没有钱先生”和“不漂亮小姐”住的那个房间。

实在是太安静了，安静得有些诡异。这种静谧可怕得仿佛不属于人间一样，我的脑子也开始迷迷糊糊起来，黑洞般死寂的房间在眼前也显得那样不真切。

“有什么事吗？”身后突然响起一个低沉的声音。我不由得一哆嗦，颤颤巍巍地回头看——是“没有钱先生”。

他似乎刚刚吃过一顿极其丰盛的大餐，接连打了好几个嗝。我感到自己的声音都在抖：“也、没、没什么大事，就是，那个，你们俩这月的房钱……”我还没说完，就感觉左臂冷冰冰的，一转头——是“不漂亮小姐”。

“我的天，你们俩这是在干吗，吓死人了！”我愤怒地吼道。

“我明白你在想些什么，跟我们进来吧，里面有你想知道的。”“没有钱先生”淡淡地说，顺势从口袋里取出一支烟，点上了火。“不漂亮小姐”似乎显得很紧张，刚想开口说些什么，但“没有钱先生”阻止了她，摇摇头：“终归是瞒不住的，只能看看运气了。”

我被他们搞得一头雾水，但是碍于形势，只能壮着胆子，跟他们一起走进房间。黑暗的房子里竟没有一丝光，“没有钱先生”和“不漂亮小姐”也没有要开灯的意思。

“对不起，到了晚上，房间里就不能开灯。因为，我们不是人类，或者说，我们以前是。”他们的话让我吓了一大跳。

“你听说过有关狼人的事情吗？”

“知道，那种人，白天是正常人的样子，到了晚上，尤其是月圆之夜，就……”我小心翼翼地回答。

“我们和他们类似，只不过，我们曾经是人类，现在却退化成了像鼠一样的生物，只能靠吞食声音为生。”

“以声音为生？你是说，你们吃……声音？”我尽力使自己冷静下来。

“当然，也不是什么声音都吃。我们只吃夜里那些细碎的声响。这种声响一般人察觉不到，所以影响不到他们入睡，但是神经敏感的人能够很明显地感觉出来。”“不漂亮小姐”补充道。

“那么，为什么选择我的房子？”

“我也不知道，只是我能感应到，你这里细碎的声音最多。”

月光一点一点洒进室内。“不漂亮小姐”开始从头讲起他们的故事。

“那是一个已经过气的歌手，说起来，还是个全能型音乐人，他所有的作品都是自己作词编曲。那时，一个男孩单纯喜欢着他的词，一个女孩单纯喜欢着他的曲……”“不漂亮小姐”深深陷入回忆，竟情不自禁地哼起那首曲子来。

这旋律我似乎也很熟悉。哦，想起来了，这首歌以前高中社会老师失恋的时候给我们唱过。我还记得他在课堂上苦笑着对我们说：“我虽然是社会老师，却怎么也看不懂这个社会。”

“我们就因为那个歌手的歌曲而相恋了，有时候，在一起听他的歌，一听就是一下午。不过呢，有些歌天生很适合万人演唱，有些歌天生就是终极压轴的安魂曲。后来我们才知道，正是这些歌招来了吞声兽，它们终日以歌曲磁带一样细碎的声音为食。

“因为对声响极其过敏，我们每天的生活过得几乎悄无声息。那时我突然意识到，有时候，频繁且刻意地去逃脱，本身就是一种囚禁。于是我和他开始学着啃噬那些声音，渐渐地，就变得和那些吞声兽一样。无论变成什么样，只要两个人，哦不，是两只鼠，还在一起，就还是快乐的。人就是这样的，待在一起的时间久了，确实也会上瘾。”

“别再说这么快了，我的耳朵都要抽风了！”“没有钱先生”突然开始啸叫着，面庞开始急剧扭曲。我被吓了一大跳，正不知是什么情况，“没有钱先生”又开始狂吼：“不是时间在追赶你，而是你在指挥时间！”

“青春这东西，岁月从我这里偷走，我要它一点一点地还回来！”“没有钱先生”边吼边向我扑过来。在那一刻，我突然记起，他吼的内容都是那个歌手那首歌里面的词。“不漂亮小姐”紧紧地抱住了他，一边安抚，一边小声地给他哼着类似安眠曲一样的旋律。

她回过头，面带悲恸地对我说：“熏烟和安眠曲也不管用，这里不能久留。看来我必须带他走了。”

他们的步伐飞快，没几步就已经消失在窗台，屋子里只剩下我一个人。

“我把这几天储存的声音都藏在那些旧鞋子里了，可能过不了几个晚上，那些吞声兽就会到了。”远处传来“不漂亮小姐”的声音。

我老老实实遵照她的嘱咐将那些旧鞋子都整齐地摆在了他们的房间里，然后离开了这间屋子。过了一周，我开门时发现，屋子里早已经是空空如也。

暗夜终于过去了。

后来，我把这件事讲给画室的一些同学听，他们笑笑说，你一定是在讲笑话。我茫然地点点头。“我在想，那个‘不漂亮小姐’上辈子是不是个哑巴，憋坏了，所以等到这辈子来一口气说完的。”

或许有些笑话因为我们已经听过太多次，所以忘记了它为何好笑，但在某一天，突然想起时，那些已经褪色的笑话似乎又焕然一新，令人蓦地想起当初为何对它如此着迷。

在这个城市，一切的事物都在速成，一切的事物也都在速朽。

画室里的那些人当然会开玩笑，说我疯了。然而，只有我自己心里知道：我比谁都清醒。

这颗星球光怪陆离、孤独冷寂，要做到非礼亦视，非礼亦听，非礼亦闻，非礼亦沉默。无论有什么事发生，在尘埃落定前，我们都是万有引力青年，可惜，身处的却是一个失重的世界。

是的，这里是临时居所。我是房东吴，这儿的房客似乎都住不太久。但如果你是赶路人，夜里倒也可以在这儿稍事歇息，我会温一壶故事，清炖几幅画，再烫上两首诗，你只需静静地听完、看完、读完即可。只不过，要记得，晨光未起、万物欣然时，带上行李，抓紧上路。

黄昏事件

你妈妈说过万事万物有灵，没错，就连一栋建筑也有它的灵魂。从黄昏艺术馆建成的那天起，我就在它的躯体里沉睡着，直到我看见你，单薄瘦弱的姑娘望着我的方向，我从你的眼睛里看到渴望、梦想和爱。于是我化身成男生帮助你。我为你作了《祈愿》，我希望你能熟练地弹会它，希望你实现愿望，希望你快乐。

文/王天宁

校董终于大方了一回，在出体育场左手拐角处建起一座艺术馆。艺术馆，很寻常哪，一栋二层小楼，一楼演奏、二楼教学。难得的是，它因为自身独特的外观与其他林立的教学楼区分开来——它被光滑的橘色釉质砖块覆盖，在太阳底下通体发亮。

傍晚时分，胡蝶最乐意站在远处欣赏艺术馆，它发出熠熠光芒几乎融进天空。只有远远地瞧，才能发现它的不寻常。它发出跃动的光芒几乎能遮蔽夕阳，使路过的人产生奇怪的想法：艺术馆本身就是活的。

校董给它命名“黄昏”——黄昏艺术馆；学生们图省事，直接叫它黄昏。当然，胡蝶曾经细细琢磨过名字的来源。“夕阳无限好，只是近黄昏”？“东篱把酒黄昏后，有暗香盈袖”？似乎都不是，但又似乎都挨了那么一点边儿。

无论如何，黄昏艺术馆是一个充满诗情画意的地方。

胡蝶是一个心里有诗的姑娘，想把生活过得像诗一样浪漫自在。胡蝶小时候，家境还算殷实。她在电视里看见上身挺拔地坐在宽大的琴椅上弹奏钢琴的姑娘那么美，理所当然吵闹着也要去学。

胡蝶的钢琴课只学了一个月，识了五线谱，会弹奏几段简单的小练习曲。当爸妈计划着去乐器店给她瞧钢琴的时候，风云突变。起因是妈妈在单位突然晕倒，去医院查，她居然患了罕见的疾病，医治需要高额的医疗费。后来妈妈越来越困，身子越来越没力，不得不辞职回家养病。为给妈妈治疗，胡蝶的钢琴课被迫停止，买钢琴的计划也就此搁浅。

七八年过去了，妈妈的病略有好转。胡蝶的手却再也没碰过琴键。

每天傍晚放学，胡蝶都要在黄昏艺术馆门前站好大一会儿，呼呼的风吹着她单薄的身体，她的耳朵里灌满从艺术馆里涌出来的钢琴声。

但她却一步也未曾踏入过黄昏艺术馆。

胡蝶的心里萌生出走进黄昏艺术馆的想法，起因是她的同桌陪好友在里面练了一下午琴，而后兴奋异常地向胡蝶描述艺术馆的内部何其高大宽敞，落地窗像一整面墙一样，阳光扑进来，琴房里亮堂堂的，盛满光。一旦琴声响起，琴房的共鸣声效让人赞叹不已。

胡蝶的同桌闭上眼睛：“我坐在木头地板上，《致爱丽丝》的音乐像水一样漫过来。我当时闭着眼睛，对，就像现在这样闭着眼睛。我的心里响起山呼海啸的回应，嘴却一动也不能动。我的身子软绵绵、轻飘飘的，好像只要我乐意，我就能飞起来。”

胡蝶心不在焉地听着，手里的笔一直在数学习题本上忙活，心想：“钢琴有多美，我难道不比你懂得多？”

同桌的下一句话却叫胡蝶的笔头一下子顿住——“我朋友说黄昏艺术馆对外出租，对本校学生免费开放。哎，小蝶，你真应该进去感受一下……在黄昏艺术馆里听琴音和别处不同。真的，这是一个有灵性的地方。”

同桌的话说到这儿，胡蝶的全身一阵激灵，蹦起来收拾书包，同桌连连追问：“胡蝶，你这是要干吗？”

胡蝶拎起包往教室门口冲，回过头来对同桌说：“听你的，去黄昏艺术馆里感受一下。”

同桌无奈地耸了一下肩，胡蝶转瞬没了影儿。

在嘴里憋了一口气，胡蝶非要等踏进黄昏艺术馆的大门才肯呼出来。

胡蝶顺利冲进艺术馆，她穿着校服，保卫室的阿姨没有丝毫阻拦。事实上，当时阿姨正全神贯注地盯着一台十四寸的小彩电，胡蝶往艺术馆深处走的时候才开始怀疑保卫室的阿姨是否看见了自己。

穿过一条黝黑的甬道，如同桌所说，馆内果真别有一番天地。它比胡蝶想象中宽大，一楼可以容纳半个学校的学生做广播操，二楼并排矗立着一间间整整齐齐、紧闭的教室门，巨大的半透明天棚把艺术馆罩住。此刻暮色四合，头顶洒下来柔和的光。

胡蝶在犹豫，是否该寻到台阶爬上二楼瞧瞧。她对黄昏艺术馆朝思暮想了这么久，终于走进它的内部，但馆内空无一人，四周冷冷清清，天渐渐暗下来，落脚处黑森森的。

胡蝶在心里打起退堂鼓，一下、两下、三下，咚咚地敲着。她的脚步声在里面被无限放大，似乎连墙壁和天棚都在一下一下浮动着，黄昏艺术馆好像会呼吸。宽广的一楼似乎在顷刻间下了一场雾，雾气隐隐约约浮动着，把周围一切遮蔽。胡蝶沿墙根找了很久仍摸不到出口，黑暗中只听见自己的球鞋嘎吱嘎吱地摩擦木地板的声响。

“救命啊！”连胡蝶自己都没意识到，嘴里冒出这样一声呼喊，“阿姨！保卫室的阿姨！”

同桌的话不假，艺术馆的共鸣效果明显异常。胡蝶喊出去，墙壁又把声音反弹回来，仿佛一千个胡蝶在呼喊，一千个回声把胡蝶给包围住了。

胡蝶猛烈地打了一下冷战。

几乎在同时，胡蝶的耳朵捕捉到一丝细微到难以察觉的钢琴声响。她以为自己听错了，站在原地一动不动，耳朵支棱着。不错，是钢琴的声响，这声音她听了七八年，再熟悉不过。

琴声像一针镇静剂，胡蝶忽然就不害怕了。她甚至静心听了一会儿，弹琴的人似乎懂她的心思，声音越来越大。胡蝶听清楚了，这首曲子是《梦中的婚礼》。

琴曲截住胡蝶返回的步子。她看不见门但是能看见上楼的台阶，心里萌生出一探究竟的冲动——到底是谁在空无一人的黄昏艺术馆里弹奏如此动听的琴曲。

楼梯真长、台阶真多啊。黄昏艺术馆也比胡蝶想象中的高。成排的教室门，胡蝶挨个寻找。琴声越来越大，离她越来越近，她小跑起来。

“就是这儿了。”胡蝶剧烈地喘息着，在她面前耸立着一扇漆黑庄严的大门，样子与其他房门无异。琴声清晰巨大，咣咣地撞击着门板。

胡蝶犹豫着，手指在门上轻轻叩了三下——咚咚咚。

琴曲不断，里面没有任何回应。

继续叩门，咚咚咚。同时胡蝶小声喊着：“请问里面有人吗？”

琴声终于停了，门里传出男生的声音：“进！”

胡蝶用力推开门，门板比胡蝶意料中的轻，门呼的一声被推开，撞在旁边的墙上。从房间内涌出明亮的白色灯光，胡蝶被倒扣在光里。

眼前的景象叫胡蝶看呆了。

一个年轻的男生坐在宽大的琴椅上，上身笔直。手指把黑键压下去还没来得及收回来。琴房里的白炽灯明亮晃眼，照得他的眉眼淡不可见。

他似乎被胡蝶打搅而有些不高兴，眉头紧皱朝门看着，打量这位慌张的不速之客。

胡蝶不知怎么就心虚起来，说话都结巴了：“您好……我听见这里有琴声，就过来看看……不，不好意思，没打扰……到您吧？”

男生的眉眼舒展开，并未答话，转头去翻琴谱。

胡蝶大舒一口气，追问道：“我可以进来吗？”

“进来吧。”男生头也不抬。

胡蝶笑了一下，蹑手蹑脚地走进琴房，席地而坐。

“听可以，但是不能讲话，不要打扰我。”男生冷漠的声音响起，但是胡蝶丝毫没感到反感，反而愉快地应道：“一定！”

琴声响起来，曲子换了，这回是《水边的阿狄丽娜》。胡蝶猜自己感受到了同桌当时的感受：琴声像水一样漫过来，包裹她又穿过她。宽大的琴房里盛满灯光，她的身子软绵绵、轻飘飘的，好似只要她乐意，她就能飞起来。

——黄昏艺术馆，的确是一个有灵性的地方。

一曲终了，胡蝶才发现泪水流了一脸。她赶忙把脸擦干净，不好意思地瞧着男生，男生正饶有兴致地打量着她。

“很好听？”男生忽然问道。

“嗯，我从没近距离地听过如此动人的钢琴演奏。”胡蝶诚恳地说。

她在地板上换了一个舒服的姿势，打算继续听下一首琴曲。男生却突然叹息道：“你该回去了。”

“不急不急。”胡蝶笑笑，“我还没有听够呢。”

“你看看现在几点了。”

胡蝶抬腕瞧了一眼手表，大惊失色。五点不到她就冲进了黄昏艺术馆的大门，寻找房门外加听琴曲，怎么就过去了两个多小时。七点多，天都黑透了，但因为琴房是全封闭的，没有同桌所说像墙一样宽大的落地窗，胡蝶瞧不见外面的光景。

家里饭菜肯定早就备好上桌了，爸妈一定等她等得心急，饭也凉了。这个钟点就算男生不下逐客令她也必须回家了。

胡蝶慌忙跳起来向男生告别。男生忽然说：“如果你喜欢，以后每天放学都可以来这个琴房听我弹琴。但是记住，千万不能对任何人说你来过这儿！”

胡蝶立刻兴奋地点头致谢，向男生道别，直往房门冲去。

“你等一下。”男生忽然在身后叫住她，“我带你出去，大门已经关了，这儿还有一扇侧门。”

男生站起来，胡蝶立刻安静地走到他身后。天确实黑透了，透过半透明的天棚可以隐隐约约瞧见星星和月亮。黄昏艺术馆里漆黑一团，伸手不见五指。男生稳稳地走在前面，胡蝶的眼睛适应了黑暗，勉强可以跟上男生的步伐。

“艺术馆里没有大灯吗？”胡蝶追上去询问，没有得到回应，男生头也不回，胡蝶知趣，没再追问。

“好了，到了。”男生在一团黑暗中停下，指着前方。胡蝶犹疑地去摸，果真摸到了门把手，铁质，冰凉冰凉。稍用力，门一下子就被拉开了。外面的天空猩红，比馆内明亮。

“记住，千万别给别人说！”男生最后叮嘱胡蝶，瞧胡蝶拼命点头，又对她说，“小姑娘，以后你就叫我暮。”

胡蝶一走出黄昏艺术馆，侧门立刻在她身后合上了，不声不响。胡蝶呆立了很久，眼前是学校开阔的操场，小风把她的眼睛吹得无比干涩，动听的琴音仍在耳边回荡。

胡蝶感觉自己做了一场梦。

到家实在太晚，爸爸煮的面干成了坨坨。爸妈围坐在桌边等胡蝶回来，门一开，爸爸立刻站起来，劈头盖脸一通训斥：“胡蝶，你去哪儿了你？我和你妈妈等得多急你知不知道！你再不回来我就报警去了！”

病中的妈妈脸色惨白，声音虚弱地劝爸爸坐回饭桌。

“哎哟，就是在学校学习啦，做作业啦……”胡蝶一点都不在意，瞧着爸爸怒气冲冲的脸，甚至差点笑出来。她一直回想在黄昏艺术馆里弹琴的暮和他弹奏的动听得叫人想飞起来的琴声，她第一次觉得，自己距离梦想这样近。

胡蝶当然记住暮的叮嘱，自始至终缄口不语。爸爸见胡蝶平安回来便不再训斥，叫她坐下来一并吃饭。

胡蝶费劲地吃着黏糊糊的面条时，忽然想到一个问题：为何暮不让自己告诉别人他在黄昏艺术馆里弹琴的事儿？

思索半天，同桌的话击中胡蝶的内心：“黄昏艺术馆对外出租，对本校学生免费开放……”

这样一想，暮一定是艺术大学的学生，想逃过租费，所以偷偷钻进黄昏艺术馆弹琴。

一切说通了，胡蝶痴痴地笑。妈妈惊奇地瞧着她，对爸爸慢慢说：“这孩子是不是学傻了……怎么有事没事就傻笑？”

爸爸挥挥筷子：“别管她，连放学后去哪儿都说不清了，本来就不聪明。”

妈妈忽然长叹一口气：“女儿聪明不聪明我不在乎，我现在病成这样了，你们身体健康就是我最大的希望了。”

谈到妈妈的病，家中的气氛立刻低迷下来。妈妈从小就对胡蝶说，万事万物皆有灵，善待世界，世界就会善待你。可是，胡蝶想不通的是，妈妈善意对待一切，为什么世界不好好待她呢？

一家三口围着一盆面条，谁都不再说话，昏黄的灯光照着他们的头顶，呼噜呼噜吸面条的声音充满整个房间。

胡蝶每天放学后坚持去黄昏艺术馆，坐在琴房的木头地板上，在这个充满灵性的地方等待琴声像水一样把她包裹起来。从第二天开始，暮开始弹一首胡蝶从未听过的钢琴曲，他告诉胡蝶这首曲子的名字叫《祈愿》，是他自己作的。

《祈愿》营造出一种极其安静的氛围，暮全程不与胡蝶交流，一个静静弹，一个静静听。胡蝶虽入迷，却从未动过坐在琴椅上触碰琴键的心思。

一周，两周，时间过去很久了。这次胡蝶来到琴房，暮忽然站起来，走到琴边：“你不想来试试吗？”

“我？”胡蝶声音忽而变得无比尖细，她不知所措地捏捏自己的手指，许久没有练习，不知它们是否还如自己所愿，按准每一个琴键。

“对，来试试！”暮用眼神鼓励着。胡蝶的身体被脚步控制，坐到钢琴前面，琴谱上的乐曲，正是《祈愿》。

胡蝶的手甫触摸到琴键，心里就呼呼地刮起大风。心脏怦怦直跳，琴谱上的音符乱成一片。开始弹，手指全在颤抖。七八年不碰钢琴，手指头生疏到不肯听她指挥。胡蝶担心的事发生了，一首《祈愿》被弹得七零八落，演奏到半截儿就进行不下去了。胡蝶停下手，余音嗡嗡直响，她万分尴尬地看着暮。

暮无所谓地耸耸肩，坐回琴椅。胡蝶知趣地回到地板上，想，果然还是自己能力不够强，无法驾驭《祈愿》这样高难度的曲子。

临出门的时候，暮对胡蝶喊：“喂，胡蝶，别灰心啊。每天都要坚持来听，你会把《祈愿》弹好的！”

胡蝶将信将疑，脑袋还是顺着惯性点了两下。

在学校里，学生们口耳相传，真的假的都能被传得有鼻子有眼。

同桌神神秘秘地凑到胡蝶耳边："小蝶，听说了吗，黄昏艺术馆这段时间闹鬼了！有人在傍晚瞧见它一上一下地起伏，有时半夜里面还会传出琴声！"

胡蝶皱紧眉头："别瞎说！"每天傍晚她都和暮待在一起，整个艺术馆里只有他们的琴声。没有地震，黄昏艺术馆哪儿会动？再说就算它动，她和暮会感觉不到？况且暮说黄昏艺术馆的侧门只有他知道，胡蝶走后不久他也离开，旁人根本进不去。何来半夜闹鬼？怕是人在装神弄鬼吧！

"真的真的！"看胡蝶不信，同桌扯扯她的袖子，"学校里好多人都看见了。而且说之前弹的是什么《水边的阿狄丽娜》，后来曲子换了，每晚都是弹同一首曲子，压根儿没人听过。校董把消息封锁了，不让传出去，可学校里好事儿的学生还是给这事儿起了名，叫'黄昏事件'呢。"

听到这儿，胡蝶感觉自己的心脏猛地揪成一团，无法自由呼吸。她的脑袋里飞快地闪过暮的脸：他从没对胡蝶提过他的身份；他的心灵仿佛与黄昏艺术馆契合，在全封闭的房间里，他不凭借表居然能准确地知道钟点时刻……

同桌在胡蝶的眼前挥舞手掌，大惊失色："小蝶，你怎么了，你别吓我！"

胡蝶回过神来，摆摆手："没什么，放学以后陪我去一趟黄昏艺术馆。"

同桌还想追问，胡蝶疲惫地打断她："什么都别问了。"

事出蹊跷，胡蝶必须搞个明白。

同桌蹑手蹑脚地跟在胡蝶后面，手紧紧抓着胡蝶的袖子。她们刚刚绕过保卫室阿姨的视线，事实上，那个阿姨的眼睛一直黏在电视屏幕上，从胡蝶第一次见她便是如此，似乎从来没有移开过。

黄昏艺术馆里黑洞洞的，墙壁、天棚缓慢地起伏着，初次在傍晚来的同桌理所当然感到恐惧。胡蝶拉着她的手，熟门熟路地找到暮所在的琴房，对同桌做了一个噤声的手势，叫她在外面等。

胡蝶打开房门，暮坐在白炽灯底下。见到胡蝶，他把琴椅让出来："距离你上一次弹《祈愿》到现在已经一个月了，你也听了一个月了，胡蝶，来试试吧。"

胡蝶怎么也想不到这次的开场白竟是这样，她本计划像老样子，坐在地板上听暮弹奏，叫同桌在门外窥视。语文老师说“当局者迷，旁观者清”，她希望同桌能从里面看出什么。

胡蝶告诫自己要镇静，深吸一口气，双手放在琴键上。

“在你弹之前我有话要对你说，”暮开口道，“我希望你能明白《祈愿》的深层意义。它代表了祈祷，当你能够熟练驾驭它的时候，尽管许下你的愿望。相信我，你的愿望能实现。好了，现在，你可以弹了。”

胡蝶看了暮一眼，手指开始舞动。她早就做好了出丑的准备，脑袋里构想着怎么弹《祈愿》弹得七零八落的时候在半途停下。这次她想停得好看些。

然而，胡蝶惊异地发现，十个指头像被施了魔法，它们飞快舞动，快得只剩影儿。似乎它们具有了思想，知道该精准地落在哪个键上。十指脱离了身体的束缚，胡蝶尽可以闭上眼睛，什么都不用想，只听得在自己的演奏下音乐像水一样流泻而出，一种宏大的情怀降临在她的心头。

“我希望妈妈健康，不要得病……我没有别的愿望，我只希望妈妈现在好起来……妈妈说万物有灵，她善待世界了，我希望世界善待她……”胡蝶在心里使劲想。

一曲终了，胡蝶感觉身上热气腾腾，连眼睫毛上都挂着汗珠儿。胡蝶汗涔涔地看着暮，他正对自己咧开嘴微笑：“好了，胡蝶，你出师了。可惜的是，你违反了我们的约定，告诉了你的朋友我的存在。所以，明天我就要消失了，你再也见不到我了。”

胡蝶呆立半晌，大喊：“不，暮，我错了，我还没有弹好，我还想要你教我弹琴。求求你，我还想在黄昏艺术馆里见到你。”

暮微笑，摇摇头：“胡蝶，你已经弹得和我一样好了，不信，你去瞧瞧，你的愿望实现了没有！”

“暮，你到底是谁，你从哪儿来？”胡蝶不甘心，追问道。

暮照旧微笑着：“现在别问，过几年，你成功了，我自然会告诉你。”

胡蝶低下头，想，这次我真的该离开了。

胡蝶走出琴房，房门在她身后轻轻合上，暮的脸和白炽灯耀眼的光芒一起消失在门后。

同桌没有躲在琴房外面，怕是她等得太久，早就找到侧门出去了吧。

胡蝶行走在黑暗中，咚咚的脚步声极像猛砸琴键的声音。这条路她走了三个月，早就熟记于心。她打开侧门，萧萧的风往艺术馆里涌，撩动她的头发。

同桌居然迎面走过来，急切地追问："小蝶，你到底怎么了？一进琴房就把门关上，在里面一声不响，忽然就开始弹钢琴，我砸门都砸不开。"

"怎么会？"胡蝶疑惑道，"你难道没有听到我和一个男生谈话？"

"哪有什么男生啊，小蝶，我只听见你弹琴的声音！"

"琴房呢，你真的一点都没看见？全封闭的……"胡蝶急切地用手比画着琴房的形状。

"哪有全封闭的琴房哟，小蝶，所有的琴房都带有宽大的落地窗！"

"你怎么在漆黑的艺术馆里找到侧门的？"胡蝶边询问边回头，声音忽然停了。在她身后赫然矗立的居然是大门，上端顶着"黄昏艺术馆"几个艺术字，哪是什么侧门。

同桌的声音在耳边响起："小蝶，当初艺术馆修建的时候考虑防盗的需要，压根儿没修侧门！你到底怎么了？"

胡蝶被风吹得眯起眼睛，心里感叹：暮啊暮，你到底对我隐藏了多少？

多年后，女生胡蝶一跃成为国际乐坛上闪耀的新星，她本人以及她高超的琴技，一并成为这所学校里的学生口耳相传的传奇。

连和胡蝶最亲密的同桌，都渐渐忘记了当年闹得全校轰动的"黄昏事件"以及作为"黄昏事件"女主角的胡蝶身上发生的蹊跷之事。

所有老同学眼中的胡蝶，都是那个一直在各色媒体上出现、总是在筹备各种各样的大型独奏会、忙得连同学会都没空参加的钢琴大师。

据说，钢琴大师胡蝶最拿手的曲子是《祈愿》，她只给她的母亲弹奏过，以后便再没动过这首曲子，连提都不提，任凭音乐爱好者们掘地三尺，也从没找到过这首《祈愿》的乐谱。

胡蝶的妈妈一夜之间恢复健康之后，全力支持女儿的音乐事业，做了她的经纪人。

也只有在夜深人静的时候，胡蝶远离了白天的喧嚣，才得到机会独坐于专门为自己打造的绝对隔音的琴房中。

其实她偶尔会弹《祈愿》，轻轻弹，弹给自己听。

胡蝶一边弹一边闭上眼睛想：暮，你到底是谁？你从哪儿来？过去了这么多年，我已经成功了，你告诉我吧，我知道你能听见，请告诉我吧！

全封闭的琴房中忽然刮起了风，一个声音在她脑海中响起，那么熟悉，多年之前它曾经回荡在黄昏艺术馆中：胡蝶，你妈妈说过万事万物有灵，没错，就连一栋建筑也有它的灵魂。从黄昏艺术馆建成的那天起，我就在它的躯体里沉睡着，直到我看见你，单薄瘦弱的姑娘望着我的方向，我从你的眼睛里看到渴望、梦想和爱。于是我化身成男生帮助你。我为你作了《祈愿》，我希望你能熟练地弹会它，希望你实现愿望，希望你快乐。

多年前传得沸沸扬扬的"黄昏事件"，胡蝶慢慢思索着，终于知道了答案：黄昏艺术馆的确在呼吸，每天傍晚弹琴的时候，暮因为情绪激动都在大口大口吐气；半夜从黄昏艺术馆里流出的《祈愿》，也是暮弹奏的，他在心里一遍一遍不停温习着这首乐曲……

胡蝶在一片寂静中睁开眼睛，多年前那个单薄瘦弱的小姑娘出现在她眼前，小姑娘被风吹着，她望着遥远的黄昏艺术馆，聆听着馆内动听的琴音，眼里盛满渴望。

一个年轻的男生，站在通体橘黄、发出熠熠光芒的黄昏艺术馆前面，他面对小姑娘，微笑着，伸出了自己的手。

02

城市之

喧嚣与寂静

起初，我们走出的神奇的步子，跟已在旷野中走过的数不清的步子没有什么区别。长征仪式结束时举行庆祝。众多时刻中得到祝圣的一个时刻，现在才刺破蛹壳，放出带翅膀的珍宝，飞向光明。

——圣埃克苏佩里

钟楼

林予紧盯着铜皮包裹的大门，斑驳的朱红色油漆随着易洛歌的大动作被抖落下来。粗重的铁链被扯下，摩擦声让林予头皮发麻。他咽了口口水，不是紧张或是害怕，倒是期待和兴奋。

文/龚心远

所有建校超过七十年的学校似乎都少不了鬼故事，好像那个时代的教育事业捉襟见肘，选址的时候非得在一两个坟地上面；又或是改革开放前的独木桥太过拥挤，总有一两个被挤下了桥，成了晚自习彻夜苦读的学霸鬼和女厕所背单词的冤魂。

林予抬头看了看那个虚张声势的学长，他带着讲鬼故事的腔调，不时还辅助肢体动作，在林予眼里就像一个滑稽演员。

“我真的不是跟你们开玩笑，没看到学校钟楼外面是一圈封闭的花坛吗，门上还上着锁，学校是明令禁止进入的。”

“那是怕破坏花坛吧，钟楼那么旧的样子应该早废弃不用了，锁上也很正常。”有人提出异议。

“因为怕破坏花坛，所以靠近钟楼会被记过处分吗？隔几年就有学生因为撞鬼休学转校的，最严重的是八年前有个女生被吓出了精神病，学校花了重金才把事情压下去。那时候记者的鼻子还比不上狗，事情也没传播开来。不过，你们多待一段时间就知道了，这个在学校里不是秘密。没那么巧这么多人都是神经脆弱之徒吧。”学长敏锐地觉察到9点钟方向投过来的不屑目光，他挑衅地瞥了一眼林予，“我们这一届也有个不怕死的，暑假趁着封校偷偷进了钟楼。结果？现在在家养病呢，看情况今年高考是参加不了了。”

“子不语怪力乱神。我相信科学。”林予缓缓开口。

“这个世界上还有很多科学无法解释的事情。”

“那些只是当前的科学无法解释的事情，就像原始人无法理解打雷一样。”

学长有些无言以对。林予也对这胜利丝毫不感兴趣，他转过头，盯着窗外。

钟楼就坐落在学校的正中央，学校是个圆形的建筑结构。四散开来的道路连接着教学楼、宿舍楼、体育馆等建筑，它们交会在钟楼，又环绕着不靠近。

“你看这书？”

林予看着饶有兴趣翻动着自己的《上帝掷骰子吗？》的学长，他懒得解释地吐出一句：“装逼的。”

“易洛歌。”

林予抬头重新打量了一下面前的人，敷衍地握住他伸出来的手：“林予。”

正式开学后，日趋紧张的学习逐渐让所有人淡忘了学校里“鬼”的传闻，毕竟这是本市最好的高中之一，想进来不易，想立足更加不易。

林予却显得十分清闲，他用一小半时间维持着他不上不下的学业——既不会引起老师的过度关注，又不至于被责骂，剩下的时间基本都在翻阅几本书以及发呆。

五月过后的一个晚上，空气里湿气很重，雨云已经压在城市上空几天了，可是迟迟没有降雨的意思，闷热让人有些喘不过气来。

林予和同行的几个同学挥手告别，这个学校的课程很紧，好在宿舍条件不错，所以大多数人还是选择住校以减少来往家与学校的时间。林予是为数不多的几个走读生之一。

路过钟楼的时候，林予看见花坛中伫立着一个人影。

林予的心陡然一惊，但随即恢复了脚步，借助远处教学楼尚未完全熄灭的灯光，看清了那人的侧脸。

林予试探性地喊了一声："学长？"

那人警觉地跃下花坛，撒腿欲跑。

"易洛歌。"林予轻声唤住了他。

易洛歌转过身来，朝林予走来。

"林予，晚上好啊。"他轻快的语气好像这是一场理所应当的邂逅。

"走读？"易洛歌没等林予问什么，先发制人地说，"我也是，一起走吧。"

林予点点头，整理了一下快要从肩上滑落的书包。

"六月我就毕业了，时间不多了，我就想搞明白那是怎么一回事。"

林予自然知道他说的是什么事。他不是善于利用谈话技巧的人，这时候他决定先听再问。

"我也是无神论者，刚进校的时候，我也嗤之以鼻地以为这是一群好事之徒杜撰出来吓女生的低端故事。就算后来了解到那些曾经遇鬼的事件后，我依然觉得只是念由心生，都是那些胆怯者的夸大其词，或是有人为了粉饰自己的精神压力。总之，我不信。"

"后来出了我第一次跟你说的那事，那个人是我的发小，他是什么习性我一清二楚——胆子大、人也简单，他能被吓成那样就绝不是上面提到的这些事情了。我这才觉得，学校里这些事确实有蹊跷，不管是真鬼神还是假恶人，我都想搞明白。"

易洛歌亲切地和门卫打招呼，门卫似乎跟他很熟络，两人的热情交谈让林予很是讶异。

"抽烟吗？"易洛歌散给门卫一根烟，把烟盒转向林予。

"不会。"林予婉谢，"这还在校门口呢，你这么张扬。"

易洛歌点烟的手迟疑了一下："来学校半年多了，你不认识我？"

林予憋住了一句"你谁啊你"，只是摇摇头。

易洛歌自嘲地笑笑："我还以为我在这学校无人不知了呢。我已经被××大学提前录取了，现在不来上课都行的。”

××大学是国内一流的大学，×校虽然是市重点却也是几年才能出一个进××大学的，更别提提前录取了。易洛歌确实有资格在学校里做点目无法纪的事情。林予这才依稀想起升旗仪式上大喇叭校长经常提起的名字和校园里悬挂的横幅。

“你刚刚是想去钟楼吗？”

“不，不是现在。”易洛歌终究还是没点起烟。他摸出口袋里的一个玻璃瓶，“这是我从钟楼外墙上刮下的，如果我没看错，这应该是铜锡合金。”

“这你都能看出来。”林予看了看混在有些斑驳的油漆里的不明物质，肃然起敬。

“我是学历史的，以后准备子承父业学考古。青铜都认不出来也不用吃这碗饭了。”

“所以呢？”

易洛歌收起瓶子：“你不觉得奇怪吗？钟楼这么大的建筑，居然是用青铜浇筑的外墙。耗资多少先不说，实用性又在哪儿？到了雷雨天气，三层高的钟楼就是一个引雷针。”

“的确。”如果说之前易洛歌那些话林予只是出于礼貌随便听听，但此时，他的兴趣已经被燃起来了。

“我查过县志，我们学校的原址是当地一个前清举人的宅院，军阀混战时期，这个末代举人成了牺牲品，家产被搜刮殆尽，宅子也被改建成书院——也就是我们学校的前身。施暴者不仅没有受到指责，反而因为办学受到了当地人的拥护。当然，也可能是举人本来就不是个好东西。学校发展到现在，重修、扩建好几次，校内博物馆里存着的民国时候的东西也在‘文化大革命’时被毁得一干二净，可以说是面目全非。但是，唯有这钟楼，还是七十年前的那个，保存至今。在那个时期为什么要耗资巨大去建这样一栋十米高的钟楼，这一点县志上并没有提及原因。另外这个钟楼是典型的殖民文化时期的作品，在‘文化大革命’的时候没有被推倒炼铜，也是一件很奇怪的事情。”

“按照你的分析，这钟楼的确十分古怪。”

“你观察过没有，这个钟楼上的钟还走吗？”易洛歌抛出了一个让林予猝不及防的问题。

“那个钟古怪得很，已经没人维护了，但是过一段时间它会动一点，这不是闹鬼是什么？”这种说法林予已经听了无数次了。林予飞速地审查无数次上课发呆的时候向着窗口游离的目光。“它在走，它走得很慢，而且是没有规律间歇地走。”林予试着把自己的思路理清表达给易洛歌。

“学校说钟是坏的，的确，它是老式的机械钟，需要上发条的。钟楼已经废弃了几十年，按照常理，它缺少动力，是不会走的。但是……”

两人站在门口径自交谈，身后的路灯突然熄灭了，两人回头，校园已经归于黑暗平寂中。“走吧。换个地方，你急着回家吗？”易洛歌拿出手机，示意林予时间。

“我一个人住。”

“带你去个好地方。”

林予只是不习惯与陌生人共同生活，所以没有选择住校，而是在学校附近租了一个房间，步行几分钟就可到达。

易洛歌骑着他的摩托车带着林予一骑绝尘。林予第一次欣赏到贴地飞行时身边的景色。

两人靠着巨大的落地窗坐下，他们现在身处这个城市最高的建筑物之中，往下是令人炫目的初上华灯。

“以前我跟你一样，这是不经意的时候发现的，什么时候指针移到了‘3’，什么时候不知不觉地又走到了‘4’。我花了三个月的时间观察记录指针，可惜，我还是没能发现有什么可循的规律。”

林予接过易洛歌的小本子，他简单地翻阅了一下。“这里还有图片，我每个星期都会拍上一张。”易洛歌又点开手机相册。

“帮我查一下最近的天气情况。”

易洛歌怔了一下，随即欣喜地拿起手机，飞快地点击几下，递给一副认真模样的林予。

“应该是这样，不过这只是我的推测。”林予有些欲言又止。

易洛歌期待地看着他。

“你刚刚说，学校的外墙是铜锡合金，这种不纯的金属在酸性环境中是会产生电流的。而这几年城市污染严重，降雨基本都是弱酸性的，这样，整个钟楼在雨中就成了一个发电机。或许是钟表的结构问题，这种微弱的电流就成了钟表转动的动力。但是这个电量是极其微弱的，所以钟表的走动也是很缓慢的。对照你的记录和天气状况，钟表的确是在下雨的时候才会有能观察到的小幅度的走动。”

易洛歌一拍脑袋：“聪明，原来是这样，真是学好数理化走遍天下也不怕。我蠢兮兮地看了三个月，不及你三分钟。”

“这只是我的推测而已。”林予重复了一遍，“没有你的记录和提醒，我也想不到这点。如果你有机会再靠近钟楼，你可以采样一下周围的泥土，在电解中钟楼外墙会逐渐腐蚀的，所以周围土壤中肯定能检测到金属化合物。当然，就算检测到了也不能证明我的推测是正确的，电流如何能让钟表走动，只有看过钟楼内部结构才知道。”

看着易洛歌冷静了下来，林予小心翼翼地问：“而且，这点似乎跟你要探究的‘鬼’没有什么关系啊。”

“不，这点更让我疑惑。是不是设计者从一开始就知道这样的建筑设计能起到某种作用，才这样做的呢？”

易洛歌的思维方式让林予陷入沉默，他咬着吸管消化之前的内容。

“林予，你愿意跟我一起进钟楼吗？”

“愿意。”这次林予没有进行过多的修饰，回答得斩钉截铁。

两人的手又紧紧地握在一起。

时间约定在一个星期后例行的月假，学校放假两天，住宿的学生一般会趁这段时间回家补给一番。所以这是学校内人最少的时间段。

林予先到了二十分钟，他盯着学校的外墙，估摸着待会儿怎么偷偷潜入校园。

“大叔，唉，我忘了点东西在学校，进去拿下。这？这是我表弟，我顺便带他见识下我们学校，他今年中考，做梦都想上我们×校。”

“路灯给你们开了，大晚上别瞎转悠，快去快回。”门卫笑容可掬。

林予这才知道易洛歌和门卫熟络的关系足以让他在天黑后也能自由出入校园。

两人在监视器盲区开始检查背包。

“手电带了吗？你这个不行。”易洛歌取出一支强光手电，“还有这个，头戴矿灯。”

“这是对讲机，或许能用得上。”易洛歌简单地向林予说明使用方法，帮他戴上矿灯，绑好对讲机。

林予把玩着手上的三棱军刺：“你还有这玩意儿。”

“这个是网购的仿品，没有开过刃，顶端有个斜刀口，可以切割电线树枝什么的。主要是怕里面蛛网密布，这个够长，能挑开再走。当然，还可以壮胆。”易洛歌调笑地看着林予。

林予毫不感冒地把它收回鞘里，插到背包侧面的固定绳网中。

“这是MBO2000手握磁场测量仪，这是个灵敏电流表，玻璃瓶里装的是稀盐酸，这是荧光油漆笔。哦，还有几个采样的器皿。”林予展示了一下自己的背包。

“挺好，都是有用的东西。走吧，战友！”易洛歌拍拍林予的肩膀。

两个人影一前一后接近黑暗中矗立的钟楼，它像一个沉默威严的君主，不知道此时它的双目依旧紧闭，还是陡然睁开。

林予一面用手遮着手电，一面东张西望。

“上次那小子就是用万能钥匙开的这锁，那次锈得厉害，他搞了半天，这次应该容易多了。”易洛歌嘟囔着摆弄着锁头。

林予紧盯着铜皮包裹的大门，斑驳的朱红色油漆随着易洛歌的大动作被抖落下来。粗重的铁链被扯下，摩擦声让林予头皮发麻。他咽了口口水，不是紧张或是害怕，倒是期待和兴奋。

易洛歌拧开了头顶上的矿灯，轻轻地推开了钟楼的门。

两支手电在四周环绕了一圈，钟楼底层的全貌逐渐显露。

这只是一个狭小的入口，在右端是两条间隔很大的狭小通道，应该是通往内部主室。

左侧有一个窗口，但是已经被人用木板从内部封死了。

林予抬头看着头顶的天花板，只有几张巨大的蛛网在光照下显露出其清晰的骨骼脉络。

易洛歌关上门，走上前，径自用手电往通道内照："这两条通道是一样的，都是通向内室的。奇怪，为什么要建两条通道呢？"

"会不会是后来隔成两条的。"林予好奇地张望。

"中间这堵墙有一人厚，应该是一开始就这样的。"易洛歌扫视着通道内墙，"也没有壁画或者装饰图案啊。等等，林予，钟楼有多大？"

"啊？九十多平方米吧。"

"九十多平方米，九十多平方米。"易洛歌用光照着通道后面的主室，喃喃自语，"这太奇怪了，我们进门的地方如果说是一个入口，但你看这两条通道，有十几米长，占地宽度有五六米，也就是说，一楼的大部分面积其实已经被这两条通道完全占据了，后面的主室其实不会比现在我们待的地方大，而且还要算上楼梯口。"

林予对易洛歌的观察力十分佩服，他先前跃跃欲试先进为快的念头也转移到这两条怪异的通道上来了。

"之前你朋友没有跟你提到过吗？"

"他精神受损得厉害，闻钟楼色变，我哪敢多问。"易洛歌的脸上尽是无奈与伤感。

"这个钟楼的设计真是可以用诡异来形容了，这两条通道到底有什么用呢？"易洛歌关掉手电，拿出相机，朝着通道拍了一张。"先进去看看吧，说不定内部有什么收获。”

“不，等等，我们一人一条，节省时间。”

易洛歌默认了林予的提议：“男左女右，我左你右。”

黑暗中林予的表情有点僵硬。

十几米的长度对于能见度超千米的强光手电不足一提，林予扭头仔细检查墙壁和圆拱顶。

易洛歌的声音从对讲机中传来：“林予慢慢走，看到墙上有文字、图案、划痕什么的，立刻通知我，我……”

巨大的噪音冲击着林予的耳膜，与此同时，隔墙也响起了尖锐的杂音。

“怎么了？”林予低头看着胸前的对讲机，不经意地瞥到左手上紧握的磁场测量仪，瞳孔骤然放大：他发现磁场测量仪的指针在疯狂地转动。

据说人的脑后是长着眼睛的，那是一双带着意识的眼。所以，当有人出现在你背后，你的大脑就会有异样的感觉。此刻，林予觉察到了这种异感。

林予回过头，在头顶矿灯的照射下，他看到一个白色的人影朝着他飘过来。不是走，也不是跑，是飘。林予看着越来越近的人，他下垂的四肢，还有身后快要飘起来的长辫子。林予快要站不稳了，他一边仓皇地后退着，一边伸手去摸三棱军刺。

带着刀鞘的军刺触碰到那个白影的时候，白影微微地动了动头，很难说它在看林予，因为它没有眼神。

眼神是什么东西，虽然很难定义，目光呆滞或者空洞都是眼神的一种。但是此刻林予却第一时间明白了什么叫“没有眼神”。

白影迅速地消失了，林予扑通一声瘫软地坐在地上。

墙的另一侧传来易洛歌的呼喊。

门卫招手送他们离开。

林予面色惨白，几乎是挂在易洛歌身上。

易洛歌点了一根烟，他用的是火石打火机，打了几次才着火。

林予伸手："给我一根。"

林予深吸一口，被烟呛得泪流满面。

"你看到什么了？"易洛歌揽着他的肩膀。

"一个白色的人影，像是个干瘪的老头，拖着长辫子。就在我们的对讲机出现故障的时候，我用军刺碰到他，不，根本没碰到，是透过他的时候，他就消失了。不是瞬间消失的，是慢慢透明化。"林予的语速很快，好像一次性说完就能把脑海中的虚影驱逐出去。

路边车流不息，车灯和喇叭交汇嘈杂，带着最熟悉的人间气息。

"你觉得那是什么？"易洛歌试探性地问。

"幻觉。应该是受你之前跟我说的前清举人的影响，辫子都出来了。"林予放弃了快燃尽的烟。

"你能说服自己吗，用幻觉？"易洛歌顿了一下，"你现在精神状态还好吗？"

"我相信科学，我相信一切事情都是科学可以解释的。既然可以解释就可以操控，我为什么要怕？"林予直起身子，"我是一个有信仰的人。"

"好的，很好。那么，你怎么看'鬼'这个东西？"易洛歌盯着林予，"用科学，用你所知的科学理论，你该怎么解释？"

林予从包里翻出一瓶水，拧开喝了一口，又猛灌了一小半："你对量子力学了解多少？"

"皮毛都不敢妄称了解。"

"其实，自从接触量子力学，我已经开始慢慢相信这个世界上有一些非具象化的东西存在。其中就包括'鬼'。薛定谔的猫你听说过吗？"

"这个倒是如雷贯耳。"

"在盒子里的是一只处于濒死状态的猫，按照哥本哈根派的思路，猫处在一种生与死的叠加态中。这点需要我跟你解释一下观察者与坍缩吗？"

易洛歌表示愿闻其详。

"量子力学在微观尺度上认为，测量这动作不可避免地搅扰了被测量粒子的运动状态，因此产生不确定性；也就是说，当一个观察者出现，物体会在观察的那个瞬间坍缩成观察者看到的事物。”

“你不看花的时候，花是不存在的。王阳明的心学。”

林予点头赞许易洛歌的插话：“差不多一个意思。在这个实验中，猫的生死是由原子的衰变与否来控制的，而我们是无法准确地测量原子何时衰变的。所以，我们只有打开盒子，波函数突然坍缩，才能决定猫的生死。大概是1996年的时候，美国人用单个铍离子做成了‘薛定谔的猫’并拍下了快照，发现铍离子在第一个空间位置上处于自旋为正的状态，而同时又在第二个空间位置上处于自旋为负的状态。这也就是证明了这种叠加态的存在。”

“而我认为，所谓的鬼魂就是这种叠加态的‘人’。”

“一个盒子里的人？”

“不，或许是别的原因。这种叠加态的‘人’，首先它是坍缩态的，并且它的坍缩态是‘死’。”林予注视了一下易洛歌，“举个例子。”

“你感觉有一个‘人’出现在你身后，你一回头，却发现什么都没有。这有可能就是一个叠加态的人在你背后，但当你对他进行观测的时候，他突然坍缩成了死的状态。所以你什么都没看见。”

“那么照你这样说，我们是永远也无法见到鬼魂的。”

“还有一种更深的可能，就是这个叠加态的人其实已经量子化了。”

易洛歌做了一个暂停手势：“量子是微观尺度。”

“但是现在已经有薛定谔的病毒了，病毒已经是宏观世界的生命了。这就证明，宏观生命的量子化是完全有可能的，只是我们做不到。但是大自然、宇宙甚至更高层次的智慧生命可以做到。”

易洛歌被说服了，他太了解历史上曾经的谬论成为真理，真理又被弃若敝帚的过程了。

“如果鬼魂是量子态的‘人’，那么他可能是有意识的生命，而我们认为观察其实就是一个意识影响结果的过程。那么就有可能出现这样一种情况：量子人对于我们来说，是一个强观察者，所以他在我们的世界里就能存在一段时间。”

“强弱是怎么定义的？”

“有无意识。不，在这种假设中，应该是意识里，精神力量的强弱。”

“那如果量子人的精神力量远强于观察者，那他就会一直存在？”

“观察者有很多，而且量子人的出现也是随机不确定的。甚至还有种可能，量子人也会对观察者进行观察，从而影响我们观察到的结果，这种影响会导致量子人会以稳定态暂时存在。”

“你可以去当道士了，解释得头头是道，还披着一副冠冕堂皇的科学外衣。”

“玄学又怎么样，只要是一种以人类智慧探索未知事物的学科，它就有存在的意义，并且可能对其他理论产生影响甚至推动。我们觉得它是错误的，可能只是它陷入了一种极端主义，又或者是它与我们的认知相违背。在没有强有力的检验之前，在我看来，这都是科学的一种。”

“那么你是觉得死后有灵魂了？你之所以坚定地相信科学，其实是你觉得有一种现成的理论支持你的构想，其他的就统统归为迷信？”

“不，在我看来，科学与迷信的区别在于：科学在大自然中寻求解释，迷信在人心中寻求解释；科学靠了解庇护，迷信靠祈祷庇护；当科学解释不了的时候，一个又一个模型会被建立；当迷信解释不了的时候，一个又一个神会被创造。”

易洛歌笑了起来：“你这排比句真不像个理科生能说出来的。”

气氛缓和了起来，林予这才意识到，易洛歌只是在用提问帮助自己重新用理性思维分析刚刚的遭遇，减少了自己的畏惧感。他有些感激地看了易洛歌一眼。

“好了，现在我要说正事。”

林予嗅到了空气中不一样的味道，他仰头看着小范围踱步的易洛歌。

“刚刚在钟楼里你情绪不稳定，我没敢跟你说，其实，我也看到他了。”

林予应该庆幸他是坐着的。

易洛歌紧紧盯着林予的表情，林予的嘴轻微地嗡动。

“林予，你，没事吧？”

“学长，我想问你一个问题。”

“嗯？”

“你为什么不怕？”

易洛歌哑然失笑，他弯下腰握住林予的手，林予触到了他潮湿的手掌。

“我怕，我怎么不怕。我没有你那套理论可以解释看到的东西，所以我比你更怕。而我相信你可以帮我重新塑造认识，所以我才不断地问你，即使我可能无法透彻地理解你说的话。但是就像你说的那样，既然可以解释，我们有一天就必然可以操控，人的恐惧来源于未知，如果知道了，那又有什么可怕的。”

易洛歌指了指后背：“我当时脊背都是冷汗。林予，我以后想去考古，那些古城废墟、墓室葬场，可能会有更多超出我理解的事情出现。所以我必须要有一个可以在任何情况下都能坚定自己信念的东西。我父亲，他们那代人的思维方式很简单，一切都是唯物，他们不去想也不去讨论。而我们这代人，接受的信息远比他们更多更杂，我们很难抱有一颗单纯的心去看待这些事物。”

“幸好我在之前遇见了你，遇见了这钟楼。”易洛歌转过身远望着与黑夜几乎融为一体的钟楼。

“我也很幸运能遇见你。”林予伸出了手。

林予回到家中，飞快地把家中所有的灯全打开，当黑暗被彻底放逐，灯火通明的情景终于让他轻舒一口气。

再如何，林予也只是一个未成年的普通高中生。这才是一楼啊，连一楼都没走完，就被吓得丢盔弃甲。他有些恼火，咬着牙把书包往地下一丢。随即想起里面还有仪器，又后悔不迭地捡起书包。

林予起身的时候看见卫生间里橘色的灯光投射出来，在地板上留下一段光影。

光。缝隙。

太阳从地平线上升起，黎明的第一道曙光穿越阴霾直射到林予的心里。

“喂，易洛歌吗？你睡了吗？”

“哪睡得着。”易洛歌苦笑一声。

“我想我的猜测是正确的。”

“什么猜测？”

“量子态的‘人’。”

“你等等，我妈在，我去阳台接。”

“我再次向你确认一下，你看到的人影出现的方向和时间，是不是跟我一致的。”

“基本一致，我也无法精确。”

“你听过杨氏双缝衍射吗？”

“这是高中教科书中就提到的，证明波粒二象性。等等，你是说……”

“没错，每个光子都是同时经过两道狭缝的，那个鬼影也是同时经过那两条通道的。他是量子态的！”

夜风把易洛歌额前的碎发吹起，他看着周围世界的一切，能看到的那些人、车、灯光、月亮，以及看不到的那些空气、气味、质子、电子。他感觉头顶上因为雾霾长久不见星辰的天空裂开了，灿烂的星河正闪烁着、跃动着。

“一切变得可以解释了，我们假设那个人是在钟楼被量子化的，那么他的概率云就是以钟楼为中心的范围，越靠近钟楼他出现的概率就越大。所以校园里才会有人在不同的时候、不同的地方看见他。在钟楼附近出现的次数最多，所以就成了学生口中的钟楼有鬼。”林予显得十分激动，“如果我们再去一次钟楼，如果真的是这样，这就不是一个鬼故事被破解这么简单了，整个量子力学的研究都会上升到一个新高度。”

易洛歌受到了感染：“明天，就明天。白天就去。”

第二次进入钟楼，林予的心情十分复杂，他长久地注视着那两条狭窄的通道，即使可以解释，但那个白影如果再次无征兆地出现，他能否保存着看一片秋叶滑落的心态呢？

林予还在思索，道路已经走到了尽头，果然所谓的主室也只有不到十平方米，右侧是一个木质的双跑折叠楼梯。

“上楼吧。”易洛歌努努嘴，“不知道这破木楼梯能不能承受两个人的重量，我们一个一个上去吧。”

楼梯口是一个过道，挑起已经快要朽烂的珠帘，易洛歌挥开鼻尖的灰尘钻了进去。二楼是简易的起居室，一张木桌，一个圆凳，一张软榻，墙上依稀还能看见明暗不一的方形旧痕，应该曾经悬挂过书画。林予抚摸了一下那扇依旧被封死的窗户，几点光亮从缝隙中艰难地挤进这间沉闷已久的空间。

“这里应该曾经是钟楼看守的住所，顶楼应该就是大钟的内部结构了。”易洛歌在兴致勃勃地拍照。

两人一前一后走上了钟楼的三楼。

踏过过道，映入眼帘的又是一扇珠帘。这次是易洛歌先钻了进去。

一张木桌，一个圆凳，一张软榻，一扇被封死的窗户，一个木质的双跑折叠楼梯。

两人傻眼了。

“一模一样啊，两个起居室？钟呢？”

林予和易洛歌对视一眼，两人不约而同地奔向楼梯口。

两人急促的脚步把衰老的楼梯踩得嘎吱惨叫。

面对又一扇珠帘，两人怔了很久，易洛歌看了林予一眼，似乎在寻求着什么。林予咬咬牙，直接把珠帘用力扯了下来。

一张木桌，一个圆凳，一张软榻，一扇被封死的窗户，一个木质的双跑折叠楼梯。

“钟楼一共就三层，现在我们已经在四楼了。”易洛歌的语气第一次颤抖起来，“那这上面是什么？”

林予缩回脚步：“下楼。”

林予的手心全是汗，他的脚步像灌了铅一样沉重，他扶着斑驳的墙壁，一碰就成齑粉的墙皮在他手上叠了一层。

被林予扯烂的珠帘赫然跃入眼帘。

易洛歌一个踉跄几乎摔倒。他抓着林予的胳膊才稳住身形。

“下楼！”林予几乎是喊出来的。

一模一样的珠帘，一模一样的桌椅窗户，甚至在楼梯上留下的脚印，墙上留下的印记都一模一样。

易洛歌吐了个脏字。

事情的诡异已经超出了林予的想象，他蹲坐在地下，努力遏制心中的恐惧和无助。

“我们一直在二楼吗？”易洛歌问。

林予不置可否。

“我们一直在围着这个楼梯绕圈子，怎么会这样？”易洛歌自言自语。

“潘洛斯阶梯。”

“那是什么？”易洛歌急切地问。

“英国数学物理学家罗杰·潘洛斯的创造。”林予在积满灰尘的地板上画了一大一小嵌套的三角形，“你看，顺着这条线走，我们会在这里翻折回去。”

“那怎么办，我们怎么走出去。”

“不用走出去，这是不可能出现的东西！”林予握拳在地板上狠狠一画，把图案抹掉，“这只是一种将三维物体描绘于二维平面时出现的错视现象。”

“那我们现在是什么情况？”

“我不知道。”林予把脏兮兮的双手插进头发。

“既然不可能出现，那就是幻觉。”易洛歌沉吟片刻，干净利落地给了自己一耳光。

“真是幻觉，你这样也没用。你的痛感，你走过的路，接触到的东西，甚至你看到的我，听到我说的话都可能是幻觉的一部分。”林予抬头看着捂着脸的易洛歌。

“不，不可能是幻觉，就算有什么东西可以迷失我们的心智，难道可以同时让我们两个经历一样的事情吗？”

“你还不懂吗？幻觉是独立的，现在的我可能只是你幻觉中存在的一部分。是你觉得我跟你此时此刻处在一起，但是实际上真实的我经历的幻觉中此刻又是另一幅图景。”

易洛歌恐惧地看着林予。

“如果要用幻觉来解释，我们现在什么都不用做。就算你拆开那扇窗户，毁掉楼梯，甚至炸掉墙壁跳下去，都可能只是幻觉里的事情。真实的我们可能还在一楼那个狭小的地方昏睡着。”

“我现在知道他为什么能在钟楼里丧失神志了，这完全不是可以理解的事情。”易洛歌却突然变得平静下来，“如果考虑幻觉，那么就等于承认我们完了。林予，我们不能这样。”

林予注视着他此刻温暖的双眸，重重地点点头。

“那么就是真正的空间折叠。”林予撕下一张纸，把它卷起，头尾连接，“就像这两端，我们跃过这个点，就到达了另一个点。”

“但这也不可能。”林予摇摇头，“这两点只是无限接近，但是不可能重叠，所以我们在从这一点到达另一点的时候必须经历一段‘真空’。这段真空该是什么样子呢？”

“现在不是上课的时候！”

“它必须有大小。”

“大小？”

“我们先开始是一前一后，隔着半个楼梯的距离……”

“我明白了。它必须有足以容纳我们两人及其之间空隙的空间，不然，当前面那个人跃进第二点的时候，他会瞬间出现在后面那个人面前。”

“是的，但是这个空间大小对于整个楼梯已经过于大了。这是违反空间规律的。”

“机关，会是机关吗？当我们踏上楼梯的时候，它旋转下降到二楼的位置。”易洛歌随机摆摆手打破了自己提出的假设，“我们走动的距离、时间是不确定的，难道这个楼梯还能时刻监控吗？”

林予拼命地甩头，像是要把什么从脑中甩出去一样。

箭头绕了一圈，最终还是指向了幻觉二字。

“就算是幻觉吧，为什么会产生幻觉？”林予先打破了沉默。

“我们吸入了什么药剂？”

“不，我问的是幻觉的本质。”

“意识的混乱吧。”

“意识，意识。”林予重复着这两个字，“幻觉就是意识产生物质的过程。”

“这样说不无道理。”

“玻尔说过，在观察发生之前，没有任何物理量是客观存在的。也就是说，是观察创造了现实。”

“你这是完全否定了唯物主义。”

“唯物主义不能帮我们走出这个钟楼。”

易洛歌陷入沉默。

“我们大胆地假设，我们现在所经历的一切，都是在我们幻觉之中。”

“这不是废话吗？”

“不，之前我们讨论的幻觉，是我们在物质世界因为某种原因，本体留在了原世界中，思维跃升到了另一个物质世界。现在，我们认为，我们的本体直接从物质世界进入了一个意识世界。”

“物质与意识难道不是一直共存于一个世界中吗？”

“是，但是量子力学与经典力学正在将它们割裂开来，因为量子力学不适用宏观世界，微观尺度上，观察会影响结果，甚至逆向地创造结果。但是宏观上这是可笑的。现在，我们要做的，就是认为量子力学在宏观世界中也是适用的。我们的意识决定了我们周围的一切事物。”

“这有什么用呢？难道我们现在想象我们在时光大厦顶楼的咖啡馆里就可以了吗？”

“不，因为我们并不是影响周围的观察者。”

“那是……”易洛歌硬生生地把接下来的话咽回了肚子，“林予，这不好玩。”

“这里，还有一个观察者。一个更高层的观察者。”

易洛歌的脑海中浮现出那个拖着长辫子的白影，他好像近在眼前，干瘪的脸就要贴在自己的面颊上了。他终于崩溃般地叫出了声：“我们只是这个观察者仪器中的粒子。”

“既然我们是粒子，我们就有救了。”林予露出一丝不易察觉的冷笑，“我们是有意识的粒子，我们可以自我观察。”

“你听说过贝叶斯概率吗？”

“那是一个将概率定义为某人对一个命题信任的程度的概念，怎么了？”

“这其中所提到的对命题的信任的程度，就是意识，意识影响观察结果。如果一个人对某个事物坚定不移持‘否’，那么这件事发生的概率就会趋向于零。波粒二象性实验中，我们想要得到波，得到的就是波，想要得到粒子，就会得到粒子。”

1935年被关在箱子里的那只瑟瑟发抖的猫突然在暗箱中睁开了眼，它视网膜中的视杆细胞澎湃跳跃。它轻松地跃出了箱子，优雅地倚着箱子梳理自己的毛发。它幽暗的瞳孔中闪烁着狡黠。

林予看到了面前巨大的钟表结构，它静默地塞满了大半个屋子。此时它剖开胸腔，坦诚地展示着沉默中的钢筋齿轮。

就像抽掉了积木塔中的一块积木，林予直直地倒在地板上。他吸毒般贪婪地在地板上来回蹭动，捕捉灰尘的气味。扬起的尘霾呛得他不住咳嗽，咳着咳着就涌出两行清泪。

易洛歌还没反应过来，他惊讶地环视周围的一切，他趴在林予身边，又抑制不住地起身，对着楼梯口张望。

“学长，你往下走，走到一楼，再回来找我。”林予笑得癫狂。

林予隔着一层楼就听到归来的易洛歌同样张狂的笑声。

“当我们处于被观察状态时，观察者的意识决定了我们在空间的两点来回跃迁，但当我们进行自我观察的时候，我们就影响了观察者的观测结果，就会出现全新的结果。做什么？做自己！”

“林予，我仔细想了想你之前跟我说的话，有没有可能，人真的就是一个粒子，躯体只是灵魂存在于宏观世界的载体。当人活着的时候，灵魂通过躯体存在于在这个世界，这时的人是遵守宏观世界规律的。人的一生只是灵魂作为一个粒子的衰变过程，当灵魂衰变到一个临界值，它所剩余的能量无法支持这个躯干在宏观世界活动的时候，这个灵魂就不得不脱离躯干，而这个人也就死亡了。当人死了以后，灵魂脱离了躯体，这时的灵魂是完完全全的量子态。它完全遵守微观世界的法则。”

“学长，你知道我想起什么了吗？”

“嗯？”

“小时候很火的一部动画片——奥特曼。哎，你别笑。”林予自己也禁不住笑出了声，“M78星云离地球非常遥远，如果奥特曼以8马赫的速度飞来地球，人类恐怕早就不在了。所以，最合理的解释是奥特曼是一种量子生命形式，他是通过虫洞跃迁来到地球的。这种跃迁所消耗的能量是巨大的；另外，如果奥特曼是量子态，那么要打败怪兽，就需要有实体。所以，奥特曼都是附身在一个人类身上的。变身器就是一种量子实物化的装置。要维持实物化，需要消耗极其庞大的能量，所以只能支撑三分钟。因此，使得奥特曼能量急速消耗的不是和怪兽的战斗，而是维持实体外形。”

“我现在知道为什么布鲁诺会被烧死在罗马鲜花广场上了。向您致敬，林先生。”

林予看着迎面走来的三三两两的学生，返校的时间已经到了，人潮将会重新填满校园。

“学长，我想见见他。”

易洛歌回头看着钟楼：“我也想。我们怎么才能见到他？按照你说的，他的出现是按照电子云概率出现的，我们怎么定位呢？”

“电子云也是有规律的，简单来说是离中心越近，出现的概率就越大。”

“中心是钟楼？”

林予点点头：“姑且这么认为吧。”

“那又该如何计算呢，总得有个模型吧？就算我们把它看成一个简单的单粒子，我们也不知道他是什么粒子啊？”

林予突然站住了脚步：“你还记不记得你说过，钟楼为什么要被设计成这样，是不是为了什么未知但确定的原因呢？”

“记得。”易洛歌顺着林予的目光，看到了立在校门口的平面示意图。

“那让我先顺着他留给我们的东西找原因吧。”

“学长，你上次说你搜集了一些有关学校和那个人的资料。”

“嗯，是的。”

“它们在哪儿？”

“我家里。”

“方便去拿吗？”

“现在？”

“现在。”

“你不用上晚自习吗？”

“去他的晚自习。”

易洛歌露出一丝赞许的笑容：“我们去哪儿？”

“我家。”

“你家就像一个物化实验室。”

“就像你家像个博物馆一样。”林予倒了一杯水，递给易洛歌。易洛歌依旧在东张西望，林予用胳膊碰了碰他。

“你好像对它们很感兴趣。”

“没有好奇心，怎么跟历史打交道。”

“你说得对，不管是历史还是物理，好奇心都是必需的。物理可能更需要。”

“现在我们干吗？”

林予拉过椅子：“来，你对照学校初始建造时的资料，把刚建校那段时间的建筑物标注在地图上。”

易洛歌没有发问，光标在文件上飞速地滑动。

林予注视着屏幕，小口喝着给易洛歌准备的水。

“搞定。”易洛歌转过头示意林予。

林予点开一个图形编辑器，把涂改得面目全非的地图导了进去。

“你有没有注意过，我们学校的整体看起来像个什么。”林予一边把键盘敲得啪啪响，一边问易洛歌。

易洛歌翻看相机中的学校平面图。

“一个圆形，圆心是钟楼……等等，原子？”易洛歌看着屏幕上逐渐成像的新的平面图，咽下的半口水在喉咙打了个转，差点从鼻腔涌出去。

“学校虽然屡经改建扩建，但是在大致结构上基本维持了原貌，所以我一直有这种感觉。看来的确是这样。”林予满意地离开键盘，“一个新的元素。”

易洛歌吃惊地看着那张图成像、成三维立体图形，那些清末的花坛、学堂、厢房、门厅、会客厅，以及如今的宿舍楼、图书馆、体育馆和绿化带变成一个个电子，环绕着钟楼。

“这，这……”易洛歌已经说不出话来了。

“你提醒了我，或许，这一切设计背后都是有原因的。这或许就是原因。”

“有人在指引我们。”易洛歌抬起头，仿佛一双无处不在的眼睛在注视着自己。

“或许这就是那个东西的粒子？”林予喃喃自语。

易洛歌兴奋地看着那个旋转着的优美图景，随即又皱起眉头：“可是凭我们的力量也无法计算出他的概率云吧。难道我们要冒着被当成疯子赶出来的危险去找国家科研机构？”

林予冲着易洛歌狡黠一笑：“不，我有。”

“你从来没跟我说你是林天寒的儿子。”易洛歌的目光从屏幕上那个标注中科院内部使用的程序移开，表情有些精彩。林天寒凭借完善希格斯模型体系获得了七年前的诺贝尔物理学奖，在整个华人界名噪一时。

“我不觉得这有什么好说的。”林予一摊手，“我父亲也不管我，他把我丢在这个城市已经五六年了。”

“他是怎么培养你的？”易洛歌就像一个无聊的记者。

“他希望我能做个演员或者歌手什么的。他说我除了遗传了他的帅，其他一无所有。”

“那你不更应该告诉他你的伟大发现吗？”

“我们。”林予轻轻地纠正，“我们现在还是在呓语，在实际的证据出现之前。”

“好了。”林予拍拍手终止了易洛歌的提问，“运算需要很长一段时间，现在，让我们完成我的作业吧。学生放假学校可没停着，布置的作业我还没动过呢。”林予抽出三张英语卷子，心安理得地递给易洛歌。

“这是波函数图，我也看不懂。”林予把它随意地丢掉，“我们看这个。”

“颜色越深，概率越大。”

“接下来做什么。”

“等。”

“等就行了吗？”

“如果他想见我们，我们等就可以。”

“他？”易洛歌狐疑地看着林予。

“在钟楼楼梯的时候，我们不是遇见了嘛。他是一个强观察者，我们不必担心他会因为我们的观察而坍缩。他的出现是他意识的一种体现。”

易洛歌咽了口口水：“那既然这样，我们为什么要运算概率云。直接在家里等不就行？”

“他的意识只作用于显示稳定态，他的出现还是遵循量子理论的。我们只是缩减他来寻找我们的时间。”

“那么他会来吗？”

“他会的。”林予把还发烫的打印纸紧紧攥在手中。

夏天就这么不知不觉地来了，高考结束后，三分之一的人带着欢笑、泪水、憧憬、希望、失落、愤怒、甜蜜、回忆以及青春的萌芽离开了这个校园。好像那些情绪也是有质量的，当它们被连根拔起，学校里突然变得空荡荡的。

林予和易洛歌席地而坐，正在激烈地拼杀一局围棋，丝毫不管身后耀眼的烈阳和旁人异样的眼光。

林予执黑，此时属于他的领土已经不多了，他在易洛歌稳扎稳打的蚕食下节节败退。

一颗棋子就这样毫无征兆地悬浮起来，在焦头烂额的林予面前绕了一个圈，然后咻地落在棋盘上。

易洛歌低着头，全然不知地审视着这颗鲁莽另类的杀入自己包围圈的黑子。

“银瓶乍破水浆迸。”易洛歌仔细观察过后，念出了一句毫无关系的诗，“妙招。林予，你这是瞎猫碰上死耗子还是扮猪吃虎？”

不见回应的易洛歌径自走了下一步棋，然后得意扬扬地抬起头。

林予木讷地看着斜上方。

易洛歌转过头，一群花枝招展的女生匆匆走过，嬉笑地看着他。

“喂，林予，看到哪个漂亮妹子了？”

“他来了。”

易洛歌只迟疑了一秒，然后他从地下弹了起来：“他在哪儿？”

“不知道。”林予拿起刚刚落下的黑子，示意易洛歌，“刚刚他下了一步棋。”

易洛歌似乎要把那颗小小的棋子用目光焚化：“他走了吗？”

“不知道。我们去下一个观测点。”

围棋就这样被弃下，风刮起棋纸，棋子们相互碰撞，又杂乱地归于无序之中。

“为什么他可以控制棋子？”

“两种解释。一、他的坍缩态并不是我们之前想的那样是死的，而是真正的生死叠加态。他坍缩时可能是生，也可能是死。所以在生这个状态下，他是可以影响周围事物的。二、那颗棋子不属于我们的棋盘，它也是量子态的。”林予奔跑着，风把他的话吹得有些模糊。

“两位。”

林予停下了脚步，他用一秒钟在原地绕了一圈，想寻找发声的来源，即使他知道这是徒劳的。

下一秒。林予面前是熟悉的桌椅床榻，一丝微光从封死的窗户中探出头，成为这个空间里唯一的光源。微弱，但足以识别现实。他回过头，易洛歌刚从奔跑中稳住身形。

“你到底是什么？”

“我叫丁谦，字虚谷。光绪三十年的举子。”

林予刚要说什么，易洛歌轻轻地拉扯了他的衣角。

“我叫易洛歌，他叫林予。先生的字虚谷，可是取自虚怀若谷之意？”

那个人微微颔首：“倒是个好孩子。不过不用这么麻烦，我知道你们等了我很久，我也不知道我还能存在多久。简单直接一点吧。”

“你到底是什么东西。”那个人说的话让林予心急如焚，此刻他也顾不得话语是否得当了。

“我怎么知道呢？蚂蚁会知道人给他们命名为蚂蚁吗？”

“那你的状态是怎么样的？你此时此刻是一个实体还是我们意识下的产物？”

“抱歉，我不是很明白你说的话。”

林予傻眼了。

“您，知不知道，自己死过没有？”易洛歌适时地抛出问题。

“我只记得，我今天早上还在学堂门口扫地，然后回到这里看书。”

“今天早上？”

“然后，晚上下了暴雨，我当时正在这里看书。一道光就从窗户里涌了进来。”

“闪电？”林予的脑海中此时也在翻腾着一场暴风雨。

“您是怎么‘看到’我们的？”

“我走在一条小路上，我看着周围的景色，然后我被石子绊倒了，然后我就看见了你们。”那个人点起一根蜡烛，拉开椅子，坐了下来。

他的衣衫整洁，辫子梳得一丝不苟，连脸上的皱纹也似乎十分严整。

这是一个很意象的说法，林予知道他在很努力地描述自己的意识，显然他也明白彼此之间缺乏沟通的桥梁。

“虽然我感觉只是过了几天，但我能模糊地感觉到自己跟周围的一切正在变得不同，似乎有什么神在操纵我或我周围的事物。”

说完这句话，那个人，丁谦，逐渐在两人面前溶解般地消失了，同时消失的还有这间屋子里的一切。

林予和易洛歌站在空地上四目相对。

易洛歌期盼地看着林予，林予缓缓开口：“他是量子态，他能感知的是跟我完全迥异的时空。或者说，他只能看到宏观世界在他面前的投影，同样，我们也只能看清他的宏观形态而已。”

“这就是为什么他说他感觉自己只过了几天？”

林予点点头。

“他提到了闪电，难道这就是他成为量子态的原因？钟楼是一个导体，在击中钟楼的时候，发生了我们无法窥视的事情？”

“只能这样理解了，这个世界太奇妙了。”林予喃喃自语。“你相信神吗？”他突然发问。

“如果神是一种极高层次的智慧文明，或者某种宇宙规律，那我相信。”

“这不就是神在世人心目中的一贯印象吗？”

“即使是这样，那我也相信他的存在，而不是相信他能听到我们的祈祷。”

“为什么？”

“蚂蚁或许知道在它们的周围存在一种体型巨大、可以瞬间让它们的世界发生改变的生物。但是这对它们来说毫无意义。它们需要自己觅食，自己战斗，自己发展起自己的文明社会。甚至连畏惧都不一定需要，人类不会因为早餐上爬满蚂蚁而恼怒地杀掉全世界所有的蚂蚁，也可能什么理由都不需要就用开水烫死一窝蚂蚁。在这种差异之下，一切都是没有意义的。”

三两个学生踩着上课铃声匆忙地朝教学楼奔去。“宇宙的最可理解之处在于它是不可理解的。宇宙的最不可理解之处在于它是可以理解的。”林予注视着他们的背影，重复着这两句话。

一个月迎考的密集复习让林予几乎脱了一层皮。这一天，他疲倦地背着书包从教学楼走出，甚至没有跟同伴打招呼。

路过钟楼，他下意识地停下脚步，远远地看着那漆黑的孤独的建筑。

一个人影敏捷地从花坛上跃下，冲他走来。

“学长。”林予开心地笑了出来，“你不是去龙门石窟探险了吗？怎么，被吓回来了？”

“行程比我想象中的顺利太多，还有什么比这个更奇妙更可怕的呢？”易洛歌指着钟楼。

“有的，肯定会有的。”林予收回目光，只是笑。

“你不看物理看神学了？”易洛歌抽出林予手中厚厚的一本《圣经》，“走牛顿的老路？”

“《圣经》里说，在第三天时，坟墓里没有骸骨、遗体，只留下当时缠裹耶稣身体的布。当时是安息日，马利亚在天未亮时去了埋葬耶稣的坟墓，突然间听到声音说你要找的耶稣已经不在这儿了，他已经复活了。她看见坟墓中没有耶稣的身体……”

“然后，耶稣的追随者甚至反对者看见了复活的耶稣之后，复活的耶稣向妇女和门徒显现四十天之久，不单向他们讲解《圣经》，更让门徒触摸他手上的钉痕和肋旁的伤口，并在门徒面前吃喝。这个我比你熟。”易洛歌接过他的叙述，“然后呢？”

“你知道的。耶稣复活了四十天之久，然后他又消失了。人们认为他升天了，之后的年月里，他又出现过数次，但是行踪飘忽不定。信徒称之为显圣。后来的后来，没人再追寻他的踪迹。”

易洛歌把回忆中的内容串联起来，得到了一个难以置信的答案。

“你是说，耶稣也是量子态的人。”

“概率云是会扩散的，直到有一天，他在一点出现的概率无限接近于零。”

林予顿了顿，“丁谦也会这样。我父亲狠狠地嘲笑了我一顿，他说我之前建立的新元素包括概率云模型都是巧合凑成的瞎扯淡，我们能遇见丁谦完全是运气好。”

“巧合？”

“是啊，巧合，就像这个钟楼的设计，在巧合的情况下引发了一次雷电爆炸，产生了量子态的丁谦。巧合的两条通道让我们自认为验证了杨氏狭缝。”

“不，这不是巧合。”易洛歌嘴角扬了起来，“我也读了很多书，其中就包括人择原理。或许这一切的概率都是很低的，低到只能用巧合形容，但是它已经成了客观存在的事实。”

“你不会弃文从理了吧。”林予调笑地竖起大拇指。

“那倒不会。”易洛歌揽上林予的肩，两人朝校门走去，“你看，上一次巧合促成了人类历史上一个伟大的宗教，它对人类过去和未来造成了难以估量的影响。这难道不是一种必然的结果吗？”

“那么这次呢？”

“或许他促成了一个伟大的物理学家的诞生。谁知道这不会比前者对人类文明的影响更深远呢？”

林予放肆地笑出了声：“那你呢？”

“我？它让我坚定了追求真理的心，用我自己的方式。”易洛歌仰起头，“好久不见的星空啊。”

林予也抬起头，眯起眼睛，看着闪烁的星河：“它真美，值得我们每个人用一生追寻。”

站在能分割世界的桥
还是看不清
在那些时刻
遮蔽我们黑暗的心
究竟是什么
住在我心里孤独的

孤独的海怪

痛苦之王

开始厌倦深海的光

停滞的海浪

站在能看到灯火的桥

还是看不清

在那些夜晚

照亮我们黑暗的心

究竟是什么

于是他默默追逐着

横渡海峡，年轻的人

看着他们为了彼岸

骄傲地，灭亡

03

走，

去穿行世界

树对我说：“我需要肺，于是我的树液变成叶子，借以呼吸。当我呼吸以后，我的叶子枯落，但我并不因此而死灭。我的果子蕴藏着我对生命的全部思想。”

——纪德

And Then There Were None

我会化作一缕轻烟，不着痕迹。

文/王君心

Mr.Armstrong

亲爱的安娜:

我真想亲口告诉你，亲爱的，我成功了！时间在我身上静止了——永恒地静止，彻彻底底。这真是疯狂，对吧！让人幸福得晕眩的疯狂！

我剥掉了怀表的发条，扯掉了老座钟的钟摆，拔掉自己的一颗牙齿。此时此刻，我正在夏日的凉风里给你写信，而窗外，是被雪压抑成肃穆庄严的教堂。时间于我不再是沉寂的诅咒。我把它捏碎了，就像捏碎一个番茄。

我成功了！告别那些纠缠不休的喧扰，挣脱那些絮絮叨叨的人情世俗！哎哎，这真叫人快慰，时间的坟墓里只有孤独和麻木，真是快活！不知道多少人想像我一样！即使……时空的反噬已然出现，所有的记忆一起搅碎，就像被抛进一个榨汁机。即使如此，这样消失，对我是多么光彩啊！

致以最真诚的祝福

阿姆斯特朗

Mrs. Brent

阿姆斯特朗消失了。老实说，目睹这位老邻居的消亡，我一点也不惊讶。在这个世界上，每个人都在追求荒诞的死亡。这可怜的老东西，死前的那些日子是多么容光焕发！他拆散了时间的纹理，被时光捏碎了，就像捏碎一个番茄。

那么我呢？离去的方式未免太寂静了。那老头以为我想赖在窗边窥探他？我是再也挪不动了：从脚指头向上，身体正一点一点变成一尊大理石。最痛苦的是，老头儿走了，闹剧也看不成了。

之后的一天，我惊觉自己又能行动自如了。这是时光的赦免，我冲出家门，为自己的回光返照觅得一处僻静归宿。站稳了，直到完全成为一尊石雕。冬雪飘然而至，有人经过，为我系上温暖的围巾。我睁眼打量，只来得及看清一缕轻烟。

Miss. Claythorne

“很感谢你接受我们的采访，克莱索恩小姐。”

“不客气。”

“这么说，你……看不见任何人的脸对吗？”

“是的，只有一片空白。纯粹，光洁，无瑕。现在的您也一样。”

“听起来有点可怕。你觉得，这是否是一种内心的……隐疾？”

“内心的隐疾？不，不。我只想说，我很满意。真的，很庆幸。面皮是人类最成功也是最失败的伪装，那些堆满虚假的面孔表情真叫人作呕。看不见它们只叫我高兴。在这世上，离群索居是人们最推崇的生活方式。我听说，您来自的那个世界，人们管这种倾向叫‘宅’，对吗？真有意思。”

“……你期盼过自己的死亡吗？”

“是的，每时每刻。我几乎能看到它了。在冬天，安静的雪后，宛然世界初生时的模样。我会化作一缕轻烟，不着痕迹。”

Mr. Marston

马尔斯顿先生是一位高贵的诗人。现在，专注于创作的他毫无闲暇，就由我来转述他的生活。

马尔斯顿先生每天早上5点钟起床，夜里2点睡下。一整天都在桌前写诗、写诗。噢，让我们看看他刚才写下的一句——“疼痛是智齿上墨绿的苔藓”。之后，他要吃掉这句话。对，自己创作的诗就是他的食物，为了使诗歌更加可口，他准备了很多蘸酱。

马尔斯顿先生表示，蛋黄酱会让文字像蔬菜一样鲜爽可口，咖喱粉让诗词更加风味浓郁。和周围的所有人一样，他也在等待自己的死亡。他正在消失，不急不缓，手臂与腿脚都只剩下黑灰色的阴影。或许有一天，他会完全变作一条薄薄的影子，覆盖着文字，在满月里唱着自己写下的诗。

Mr. Lombard

传闻是世界上空最简洁的飞行。

“好久没看见隆巴尔德先生了。”

“你不知道吗？他变成气球飞走了。”

“怎么回事？”

“那天我看到他了。胀鼓鼓的，像个气球一样。半空中还向我脱帽致意呢，真是位了不起的绅士。”

“他是怎么做到的？”

“他注射了太多孩子们的梦想。不止一个人看到，他把那些彩虹色的液体用针管注入身体，每日拥着最天真的幻想入睡。即使副作用让头发花白，他也乐呵得像个三岁孩子。这些梦想让他变得轻飘飘的了。于是有一天，他就被风带走了。”

“哎呀，真是不错的离开方式。不知道我的会是什么样，真叫人期待。”

注：篇名与人物名均来自阿加莎·克里斯蒂的《无人生还》。

时间客

他意识到自己不仅失去了曾经的身体和外观，内在和灵魂也随着时间丢失。

文/范洋

他的家位于乡下，几乎没有车辆通达，当时他在最近的镇上下车，步行向村子的方向走去。那时天色将晚，路上一个行人也没有，使人感觉有些悚然，可他却发觉不远处有一个老人的身影，于是便加快脚步想与其结伴而行。他大喊，希望老人能等他一会儿，老人没回头却停下了脚步。他慢慢地走近老人，最终来到他身边，然后老人又走起来。他跟随着，两人谁都没说一句话，就这样不清不楚地结伴而行。他最终忍不住搭话，问了句怎么从来没有见过、住在何处云云，但老人却又停下来。他自认刚才的话没什么失礼之处，问时也加了晚辈使用的敬语，正常人本该做出相应正常的反应。

他想一走了之，可又觉得不太礼貌，就在他犹豫之际，老人开口了。老人自称时间客，既可以无中生有，也可以使任何东西凭空消失。他说，没有不朽的永恒之物，任何东西都能被他轻易摧毁。

这些话可把我的朋友逗笑了，紧张过后的大笑是难以抵抗的。可他笑后又一想，自己或许是遇上了某些头脑不太正常的人，如果这时忽然发起疯来，自己恐怕真的要凭空消失了。幸运的是快要到家了，他加快脚步，后面随即传来老人的声音：我会让你明白的。

这句话好像一个诅咒，诅咒在他到家之后就生效了，家中的一切东西，包括他的父母，还有他可爱的猫，他的床、家具、书籍，都以肉眼可见的速度迅速腐朽、衰老。显而易见，某些掌控时间的人加速了属于他们的时间流速。他想至少他还没什么变化，仍然是自己。但他刚有这种念头就发觉自己长出了胡子，原来俊美的脸也迅速变得苍老。父母和猫很快死亡，化为枯骨，枯骨变成泥土，家具和他心爱的书也迅速被虫蛀，最后成了灰尘。

他想这玩笑可开大了，他可不能坐视不理了。但就在一秒钟过后，一个漂亮女孩出现了，他们相恋，他结婚了，他爱她。她既温柔又漂亮，新的感情注入以及时间的加速，使他遗忘的速度也被加速了。他很快将父母消失的事情遗忘，时间的流速让伤心也很快过去，甚至（或许时间加速过甚）他完全把父母遗忘了，父母在他的记忆中、头脑里也凭空消失。

他拥有了漂亮的新房子、新家具和新的猫，还有了漂亮又温柔的妻子。可在一分钟后，他就发现这又是时间客的一个玩笑，他同样加速了他们的时间流速，漂亮又温柔的妻子开始变得唠叨，皱纹以可见的速度出现在她脸上——她变成了丑陋又唠叨的女人，而最终她也消失了。同样消失的还有他的新猫，房子、家具也都迅速腐朽不见。

他这次可真的生气了，但他又无可奈何，可为了他的尊严，他还是要进行最后的抗争。他看着自己衰老的身体，大声宣告至少他的灵魂是不朽的，是唯一可以和时间抗衡的永恒之物。

但他本是个善良而对未来怀有期待、盲目乐观的稚嫩年轻人，对现有的感情倍加依赖，却对此毫无思考。经过这些事，如今他已然变了，曾经的他已经消失，他已变成一个成熟稳重，甚至老辣看破世事的老人。这样的他凭空出现。他意识到自己不仅失去了曾经的身体和外观，内在和灵魂也随着时间丢失。他意识到了这一点。

他最后的抗争也被打败了，他终于投降，一切也随着他的投降而恢复正常——父母正欢喜地迎接他回家，那只他从小养的猫也在喵来喵去，但他知道时间客并没有走，他只是放慢了速度，以常人难以察觉的慢速度玩弄他作弄人的把戏。

他紧紧地抱住父母，抱住猫，同样也抱住自己，他不希望失去他们，他的父母很意外，但也紧紧地抱住他，可他知道这不会改变什么，他什么也做不了。

真相核桃派

当我走进面具存放室的时候，突然感觉身体变得轻飘飘的，然后我看到自己一贯勉强的笑容化作一个空皮囊，柔软地褪下来，被工作人员收在置物架上。工作人员给了我一个手牌说，离开的时候请到这里取回。

文/残小雪

01

第一次听说那家24小时营业的甜品店是路小满带我去的。

那天我失业了，晚上在酒吧里干掉了五杯长岛冰茶醉得昏天暗地。她说丢了工作你就这个样子，如果失恋了会不会去跳河自尽。

我说“不会”的时候，突然想到自己当初是在某一次失恋之后学会了游泳。那时候每天泡在水里，戴着泳镜从这边游到那边，一直到力气全部耗尽。多么好，没有人看到我哭肿的眼睛和肆意横流的泪水。

这一次，失业事小，失意事大。

那个在办公室里买了行军床的老板，从我第一天入职到现在，他的黑眼圈深邃得一眼望不到底。我从没见过他喝水，杯子里永远都有冒着热气的美式咖啡，桌子上的烟缸茂盛得和夏天的野草一样。

他有个比他小十岁的女朋友，是个英国海归，说话的时候常常中英文夹杂着。有时我们集体加班，她就带着好吃的蛋糕来给我们当夜宵。

多么有心计的女人。半年之后，公司里所有的女员工体重都增长了五公斤以上。

直到有一天，老板下班的时候说："今天我们准时下班，请你们去吃好吃的。"那是一家人均消费接近四位数的著名日料店，新鲜的刺身，有着入口即化的口感。

这是仅有的一次老板没有说聚餐主题的饭局，大家吃得心里七上八下，真是委屈了那些据说是空运过来的昂贵海鲜。

几杯烧酒下肚之后，老板哭了。几乎是号啕大哭，眼泪沿着他夜以继日雕刻出的硕大眼袋流下来，流进嘴巴，流到脖子上，打湿了他材质考究的白衬衫。

那一刻时间好像停止了。我们所有的人，无论是在吃着寿司卷、咀嚼着三文鱼，或是用筷子搅拌着调料碟里的芥末，全部暂停了手里的动作。

然后老板起身去了洗手间，去了很久很久，中途有男同事去找过他，据说有一个隔间的门一直锁着，里面没有任何声音。

在我们几乎认为他在里面自尽而打算找服务员帮忙开门的时候，老板满面红光地坐回原来的位置。手里好像变魔术一样拿了一沓红包，双手送给每一个人，还带着鞠躬和一声谢谢。

当我们还在震惊中没有缓过来的时候，他说："今天是我们公司最后一天上班，大家辛苦了。这是你们的工资和补偿金，祝愿大家前程似锦。"

原来这是一场别开生面的散伙饭，大家一下子失去了享用美味的兴致，怀着各自的心事面面相觑。

那一天我们都醉了。

第二天我醒过来的时候，躺在一个酒店空荡荡的房间里，退房的时候据说只有我一个人的入住信息。服务员还退给了我500块的房间押金。

可是我找不到那个装了上个月工资和补偿金的红包了。于是我丢了这份工作之后，唯一得到的就是手里这500块现金，还有嘴巴里意犹未尽的芥末味。

当天晚上我就叫了路小满一起去喝酒，把身上最后的现金挥霍得一干二净。

当我在马路边吹着初夏的冷风酒渐渐醒了的时候，我对路小满说："请我去吃好吃的吧，不然我真的想躺在马路中间自生自灭了。”

路小满说：“站起来，我们走。”

我们俩都穿着高跟鞋，手挽手走了半个小时终于抵达了那家叫“真相”的甜品店。这里没有咖啡，没有酒，只有果汁、奶茶和各式各样的温暖甜点。进门时我看到一个醒目的标记——24H。

需要走过一条长长的木质玄关才能进到店铺里面，然后看到一个隔离出来的小房间，门上写着“面具存放室”。路小满说：“来这里的人不能有任何伪装，必须显露真相才能享受到食物的真实味道。”

当我走进面具存放室的时候，突然感觉身体变得轻飘飘的，然后我看到自己一贯勉强的笑容化作一个空皮囊，柔软地褪下来，被工作人员收在置物架上。工作人员给了我一个手牌说，离开的时候请到这里取回。

走出去的时候，我看到一面落地镜子里真实的自己。满面愁容，眼眶深深地凹陷下去，眼睛无神得好像一对老化的玻璃珠子，无精打采。整个身体都是干枯的，像是被人遗忘在角落而干瘪的芦荟。

站在身边的路小满的真相是一只白色的猫，纯澈的颜色一点杂色都没有，骄傲地扬着下巴，鄙夷地看着我。

我笑了，说：“路小满，原来你的真相是一只小白猫。”她的耳朵转了个圈，优雅地转身，用毛茸茸的小爪子挽着我的胳膊一起走了出去。

坐在柔软得一坐就陷进去的沙发上，路小满说：“今天晚上我们试试真相核桃派吧。”

我看到菜单上有一段注释：苦中作乐，甜蜜治愈一切心中疾苦。苦涩并不可怕，差别在于你品尝的方式。

路小满说核桃派是现烤的，所以等候的时间非常久。我被酒精刺激的脑子渐渐由亢奋转为疲倦，几个哈欠之后，靠在沙发上迷迷糊糊地睡去。

叫醒我的是一股浓郁迷人的香甜味儿。那味道是有形态的，像姑娘的一双柔软的手，轻轻地抚在鼻尖上，那种食欲的挑逗让我顿时睡意全无。我觉得自己干枯的真相一下子活跃起来，那些干涩的脸，在对香气的期待中，渐渐变得丰盈生动了。

服务员端上来的核桃派大概有两个手掌的面积大，酥脆的派皮里面装载着核桃与红糖的混合物，经过高温的烘烤，核桃的苦涩味变成浓香。

一口咬下去，我感觉眼前绽放了绚丽的烟花。我的舌头爱上它了，我再也不要离开它了。这种恰到好处的甜与涩完美地交融，那种对生活的期待与勇气，透过暖融融的温度灌输进了肚子。

路小满说："你知道吗，吃核桃派的时候，你真相原本无神的眼睛，一直在闪着星星一样的光。"

因为我太过激动地咀嚼，舌头被核桃磨破，传递着轻微尖锐的疼痛感，让这份午夜的甜蜜又多了些阴暗。

当我的心绪，伴随着胃部的饱胀平缓下来，我倚靠着沙发环视周围，大家都围着木质的桌子或是兴奋或是失落地窃窃私语着。每个人的真相都不相同。

在我的斜前方，一对看似约会的情侣，女孩的真相是一个萎缩腐烂的苹果，男孩的真相则是一柄水果刀。这样的一段感情，注定要以一方的毁灭作为终结。那苹果女孩在吃一份美式的粗薯条，蘸着浓浓的番茄酱，吃得嘴角都是鲜艳的红色痕迹。她一边吃一边在哭，薯条塞在嘴巴里，发着呜呜的声音。每一根薯条吃罢，她都要用力地吮吸一下手指，那样子既贪婪又绝望到不可控制。

路小满看了他们一眼告诉我说："在这里常常能看到他们俩，好像经常吵架的样子，每次女孩都是边哭边吃薯条，一直吃到笑出声来为止。这里的甜点就是有能够让你笑的能量，如果不能笑出来，就继续吃，总有一刻，它的香甜会把心中的悲伤填满，嘴角溢满笑容。"

后来我看到女孩笑了，嘴唇上满满的番茄酱。他们从面具存放室出来，看起来又是一对甜蜜的爱人，女孩儿清秀的脸依偎在男孩的肩膀上，脸颊涂着暖暖的橘色胭脂，若不是见过他们真实的模样，谁会想象到她绝望地就着眼泪下咽的悲伤。

我和路小满用叉子把盘子里最后的一点残渣都消灭干净，真相核桃派似乎并没有在我们面前存在过。

我和她相视而笑，笑得默契亦不可道破。

渐渐地，我感受到甜食带来的一种力量，舌尖上传递过来的甜蜜欢欣，好像一阵风一样把心头阴沉的云彩驱赶得了无踪迹。

02

当我和路小满重新穿好自己一直用来伪装的面具，照照镜子，从真相甜品店出来，天快要亮了。空气中的寒气一下子裹在身上，困倦被刺激得一扫而光。街道上稀稀拉拉的出租车行驶而过，从我们身边路过的时候按几下喇叭询问是否要上车。

路小满突然邪恶地对我笑了一下说："咱们走回家吧，从这儿到我家步行大概要一个小时。"

我看了看高跟鞋，犹豫了一下，没等我回答，路小满就拉着我走了。

那天我们沿着马路走着，路过清晨起来工作的环卫工人，路过卖油条和豆腐脑的早餐摊，看到一个遛金毛的英俊男人，还有化了妆在跳广场舞的老太太。听着店面卷帘门被老板拉起的声音，整个城市在我们眼前苏醒起来。它一点一点地，在迷蒙的昏暗里缓慢地蠕动着，在毫无遮挡的日光之下，表达着人们想要表达的情绪。真实的悲伤和孤独的感情，在这个特定的时间被迫回巢。大家化妆成人们希望看到的表象，匆匆地开启新一天的行程。

我说："路小满，你知道吗，这么多年来，我没休过一天病假，没请过一天年假，这是唯一我不需要早起上班的周一，我高兴得好想奔跑。"

然后她说："走啊，我们跑起来。"

于是我们在众人的侧目中，踩着高跟鞋嗒嗒嗒地跑了大概有一千米，我把双手搭在膝盖上大口喘着气。这么多年了，我觉得自己从来没这么畅快过。

"路小满，你说我下一份工作去干什么好呢？"

她说："叶虹，你是我身边唯一可以连续每天工作18个小时，如此循环往复连续半年还没有任何怨言的女人。这样的劳动模范还担心失业吗？"

我想对啊，之前有那么多的猎头给我打过电话，我都一一回绝了。现在我最需要一份称心的工作的时候，那些人都去哪儿了呢？

路小满说："你是不是也该试试享受下生活了，你自己说，你什么时候这么放松地看过日出。"

是啊，这么久了，我每天一睁眼就盘算着电脑里还没有完成的工作和永无尽头的deadline，甚至连堵车的间隙都在掐算着今天需要加班的时间。然后在办公室里开启严肃的办公模式，直到凌晨下班。坐在出租车上，我常常疲惫得昏睡过去。我都不知道路边的小超市新开了一家又一家，无人光顾的小饭馆老板换了一个又一个。

我好奇地看着这条让我觉得无比熟悉又陌生的路，突然发现在这匆忙的生活里，我只剩下路小满这一个朋友了。

路小满是个自由职业者，她有时帮杂志写点稿子，有时帮朋友的项目拉点赞助，总之大部分时间都优哉游哉的，和许多朋友聊着天，然后钱也不多不少地赚到手。她总是说，不求家财万贯，只求日日开心。

我俩之所以成为无话不谈的好朋友，皆是因为在一次撕心裂肺的失恋之后，改变了自己的生活状态。

曾经我也有一搭没一搭地做着工作，每天下午都盘算着晚上的约会地点，发现新的浪漫餐厅和男朋友一起前往。分开之后，我就换了这个忙得没空喘息的工作，忙得连悲伤的时间都没有。

曾经路小满是个一周要飞四个国家的空中飞人，周末和男朋友的约会都是拿着计时器来计算的。分开之后，她就辞了职，变成了一个没有固定收入的无业游民，只顾着享乐至上。

我和她是同一天回归单身的，甚至连分手理由都是一样。

那个周末我们一起去参加老同学的聚会，新婚喜帖都发出来的陈小欧没有带家属赴宴，她说那男人劈腿了，卖了婚房就从此一刀两断。

于是整场饭局女人们都在热聊八卦。几杯酒下肚之后，陈小欧就红着微醺的脸把整个故事事无巨细地倾诉了一遍，悲情的故事自然很老套，比如说从老公经常晚归啦，周末外出电话打不通啦，约会越来越没耐心啦，手机换了新密码啦，性生活次数越来越少啦等堆积起众多疑点，然后陈小欧就鬼使神差地在网上找了所谓的私人侦探，花了一点小钱查了老公的开房记录。

和另外一个女人一周三次的频繁约会，陈小欧就拿着这个记录和他一起把刚刚领到手的结婚证换成了离婚证。

路小满把私人侦探的联系方式要了过来，对我说："叶虹，我们要不要也试试？"

印证自己的多疑大概是女人难以获得快乐的根本原因。我和路小满也都拿着调查出的那份记录，顺藤摸瓜地发现了自己身边挚爱极力隐瞒的秘密。

我们俩分别在和男朋友经常约会的地点提出了分手，一周后我们又纷纷和自己的老板提出了离职。

我当时的老板也是女人，四十上下，她在听了我的辞职理由时语重心长地说："叶虹，感情和工作是一样的，眼里如果容不得沙子是没办法长久的。"

大概只有到了那样的年纪，我才能真正领悟到这份叫作包容或者说自欺欺人的智慧吧。

在找到现在这份工作之后，我常常和老板申请额外的工作，不给自己留下时间用回忆来挑逗悲伤的情绪。时间久了，偶尔的空当里想要矫情一下，居然一下子想不起来那个男人的脸了，眼前满满的都是客户疑问的表情和同事信任或者质疑的眼神。

而路小满的选择和我截然不同，她放下了过去繁忙的工作，把自己陷在一种哀伤的情绪里无法自拔，一会儿写文章剖析下情感疑难，一会儿在网上和网友们倾诉自己的故事，不知不觉地，她居然在网络中被誉为"情感导师"，众多杂志和节目邀约她做嘉宾，为读者和观众对症下药地解析情感困惑。

可私下里路小满说："我有什么资格指导别人怎么谈恋爱呢，我连自己的爱都没谈明白。"当然这话路小满只能在夜深人静的时候，悄悄地对我说说，或者对她自己说说。

自从享受了众星捧月般的"专家"待遇之后，路小满身边的追求者络绎不绝。

有千里迢迢开车穿过大半个城市坚持每天送花的，有看到她微博里说心情不好打包了楼下甜品店里所有款式的蛋糕送到家门口的，也有直接快递了豪车钥匙说是普通礼物的。路小满说：“这些俗气的套路真的有意思吗，他们的手腕可以移花接木地应用在任何一个风华正茂的姑娘身上，我不过是他们鱼池里众多的一个选择罢了。”

路小满并非坚不可摧，她也是动过感情的。短暂地交往过一个大学英语老师——微胖的脸盘，戴着一个粗边的复古眼镜，伦敦腔的英文讲得十分地道。可是在他们牵手100天的纪念日上，她拒绝了他的求婚。

她说，她那天问了问自己，其实她没有那么想和他厮守终身。他说他需要一个老婆，半年之后，英语老师和自己刚刚毕业的一个女学生结婚了，路小满还大大方方地参加了结婚典礼。她后来对我说，那一刻她觉得他幸福极了，如果新娘是她，一定没有那么幸福。

03

我从小到大几乎没有崇拜过什么偶像，这个刚刚让我失业了的前任老板可以算是其中一个。当初第一次见他，是在他的办公室里接受面试。他看着我，看了大概有五分钟，问我：“为什么辞职？”

“我想换一种生活方式。”

“你想换什么样的生活方式？”

“和之前不同的。”

“那你之前活成什么样？”

“大概是怡然自得的样子。”

“不满意？”

“不满意。”

“好，那你看看我的生活方式怎么样？”

“经常加班？”

“怎么看出来的？”

“黑眼圈。”

“嗯，也想试试吗？”

他挑着眉毛看我。

我点了几下头，他就给了我offer。

后来，我成了办公室里唯一和他一起加班的姑娘。再到后来，我招了一个团队的姑娘陪他一起加班。他对我说：“我知道你喜欢这样的生活，所以我给你这样的生活。”

一次凌晨接到一个重要客户的confirm邮件，我们激动地去楼下小超市买了红酒庆祝，用饮水机旁的纸杯喝，一杯接一杯，简单的庆功宴之后，他说：“今晚我们就睡在公司旁边吧。”

然后我鬼使神差地和他走进了酒店的房间。轻柔的吻和剧烈的拥抱之后，疲惫的两个人背对着背，各自在大床的两端沉沉睡去。

第二天一起吃了丰盛的自助早餐，若无其事地回去上班，路上还聊着接下来工作的执行细节。几个小时前的恣意疯狂，似乎随着酒意的消散，彼此都默契地当成了一场虚假的春梦。

晚上他的小女朋友一如既往地带着蛋糕来探班，我和过去一样冷静地和她打着招呼。

我算是欣赏过他的，但那和喜欢与爱没有什么关联。后来我们常常在持久的加班之后到旁边的酒店休息，彼此对此事并无多言。工作得力时会收获嘉奖，冒失犯错时也有劈头盖脸的责备。

有时候生活会延续不动声色的一种节奏，偶然的跳跃和波澜，你我皆知它不会长久。但若出现，就把它当作坚果饼干中偶然咬到的惊喜，尽情享受，继续期待但并不沉迷。零食是一种消遣，而这看似漫长无尽的生活并不会因此发生任何改变。

在一次热烈的相拥之后，我抽了支烟躺在他的大腿上跟他讲我刚刚想出的工作思路。他拿过我手里的烟兀自吸了起来，我仰头看着他暗色的黑眼圈，透过烟雾显得朦胧遥远。他略显粗糙的手指划过我的脖子和脸，说：“你的灵魂是个男人吗？居然还可以这么清醒理智。”

“为什么不可以？”

“我有时候也想变成女人，想哭就哭，不开心就买衣服和鞋子，可是当个男人，我有时候真的不知道不开心的时候能做些什么。”

“下次不开心就去花钱试试，这样你也能感觉到生活中向上的力量。”

他叹了口气，把烟头摁灭。我的舌头上回味刚才淡淡的幽香和苦涩，转过头去睡着了。

和他单独在一起的时候，无论是工作还是其他，都没有听到老板主动提起过他的女朋友。后来晚餐时在同事们的八卦中听说，他那女朋友是公司投资人的女儿，老板一直依靠着未来岳父的资金扶持，苦苦地支撑着这个公司。

和我聊天时，他说那个公司，算是他的一个梦想。

04

第二次去真相甜品店，是我自己去的。那天我带了一本自己买回家大概已经有一年的时间却总是无暇去读的一本旅行日记。那个时候，我想象自己能够和作者一样，全世界四处游走活得潇洒自在。可后来，生活却慌乱得让人无暇喘息，而如今节奏恢复了当初向往的闲散，却已没了那份心情。

白天的店铺热闹许多，在盛夏的季节冷风呼呼地吹着。我从面具存放室出来的时候，看到今天自己的真相变成了一个新鲜的蘑菇，水分充足，外表柔软。那次我才知道，原来一个人的真相每天都会变的，你所做的事所保持的心情，都会影响表象之下的真实形态。

周围桌的人都在快快乐乐地聊天。我听到隔壁桌的一个男孩子在说：“我今天赚到了一笔钱，我想找个老婆结婚了，你们快来帮我介绍吧。”他的真相是一匹棕色的骏马，说话的时候露出硕大的白色牙齿，尖尖的耳朵来回转着。他周围朋友眼里的嫉妒在这一刻无处隐藏，那些眼睛里放着狼一般的绿色光芒。

我来来回回翻看着让我眼花缭乱的菜单，还是想念着上次的真相核桃派。

等待它出场的时间，在这喧闹的环境里，我居然又觉得困了。然后我看到了一个美丽女人朝我的桌子走过来，样子很温柔，让人忍不住想要多看一眼，看我的眼神很熟悉，一点没有胆怯。当她开口说话的时候，居然是一个男人的声音。

那声音是我熟悉的，原来眼前的这姑娘，当真是老板的真相。

我笑笑说："喂，你的真相真的是女人？"

他低头看了一下自己的身体："我也是今天褪掉了面具才知道的。小蘑菇，你今天看起来很新鲜。"

我不知道怎么的，感觉到了一种哑口无言。自从上次散伙饭之后，我像所有失业的员工一样，和昔日的老板切断了任何联系。

他就那么笑着看着我。居然让人觉得有些毛骨悚然，我情愿他不停地说着话，毕竟在我的眼前，他是一个女人的形象。

当鼻子前飘过那让我又一次生龙活虎的香味的时候，我知道真相核桃派出锅了。

"喂，作为一个女人，都喜欢在不开心的时候吃甜品的，快来试试。"

他说："以往我学着女人，在想缓解压力的时候，就出去吃甜品。一口咬下去，好像烦恼都被隔绝在外了。"

"这个核桃派味道不同凡响，快试试。"我说着切下一个扇形小角，用叉子推到他面前的小盘子中。

他吃了一口，轻轻地咀嚼，之后就迫不及待地吃光了一整块。我太明白那种感觉了，好像是怕幸福走了似的，慌忙地让这美味精灵驻扎进胃里，需要它的时候，就从舌头上的记忆里拿出来慢慢回顾。

我们安静地吃着真相核桃派，偷听着周围桌愉快的聊天，直到我轻轻掀开窗子旁的窗帘，才发现天色已黑。然后我们相视无言地沉默许久。

他问我："下一份工作准备做什么？"

我说："不知道，准备休息一阵子了。那你呢？"

"我想离开这里了。"

"准备去哪里？"

“随遇而安吧。”

我轻蔑地笑笑说：“你可是曾经一切工作都要明确标准的老板，现在也会相信随遇而安？”

他说：“既然活在规则里那么久，为什么现在不能出来享受下。”

“我以前想不到公司会破产的。”

“对不起。”他又是那么诚恳地道歉。

“嗨，我们聊点开心的话题吧。”

他的眼睛左看一眼右看一眼，我又静静地开始听旁桌人的对话。

好像随着夜色的来临，那些白天里的喜悦谈笑，渐渐也从人们的面前淡去了。汩汩涌上来的，都是极力克制的悲伤与抑郁。大家都在聊着不开心的话题，父母关系的烦恼，男朋友劈腿的困惑，闺密彼此厌烦的心事。

那天他对我说了许多许多的话，我想大概是把这几年沉默抑制的话语通通倾倒出来了吧。我看着眼前这张漂亮的真相，眉头之间笼罩的抑郁逐渐消散开了。就像第一次吃真相核桃派的我一样。

我说我懂得你的心情，就像是我懂得此刻你嘴巴上的美妙感觉一样。

他走的时候抱了抱我，走到门口的时候我以为他会转过头来。穿回面具的他，还是一个背影里充满了疲惫的人。

我一直称呼他为老板，从没有过任何的亲密和越界。我习惯了仰视他、尊敬他，还有崇拜他。

05

路小满在自己的作品集出版之后，经常被邀请到全国各地的大学去做情感演讲。她给我看过现场的录像，那时她的形象温暖得如同不食人间烟火的圣母一样。可谁会想象到，我们也曾经在失意的晚上，顶着花了妆的黑眼圈，醉醺醺地坐在马路边吃肮脏的路边摊。

当她把几乎全中国的高校都走了一圈之后，她告诉我她找了个在复旦大学的男朋友。

“怎么，这么喜欢老师？”

她说：“不，这一次是个大学生。”

我认识她这么久，怎么也想不出路小满会是一个能维持住姐弟恋的人。

她从手机里拿出两个人的合影，当真还是个青涩的少年，隔着手机屏幕我都能看清那几乎透明的眼神。路小满说：“我大学时就和比自己大十几岁的男人交往了，好像从来都不知道校园恋情是怎么回事，从没有在学校食堂里一起分食过哪怕一碗简单的牛肉面。”

“那现在试过了，感觉怎么样？”

“其实真的不好吃哎。”路小满说话的时候鼻子皱在一起，像一个偷腥未得逞的猫。

她问我：“那你呢？”

“还是老样子。”

老板新觅得一个女朋友，是个死了前夫坐拥千万遗产的年轻寡妇。她为他开了一个甜品店，开业那天他邀请我去品尝。

她笑着朝我打招呼，是个温暖的漂亮姑娘，没有华贵的妆容，也没有盛气凌人的气场，普通得就像每一个依偎在男人身边的女朋友一样。

老板亲手端了一个核桃派过来，居然还是那种苦涩里带着香甜的熟悉味道。

我们尽情地分食着，可我感觉舌尖又被核桃划破了，略微有些扫兴。

离开的时候，我看见玻璃门倒映出的自己，还是一株新鲜的蘑菇。

那个世界

一百年后曈曈从冷冻的梦里醒来，眼前的这个世界焕然一新，历史书里的天空在眼眸里蔚蓝若海，河倾月落，江河水优柔轻盈。

文/半月王子夜

世界很乱，我们自己不乱就好了，虽然失望，但不能绝望。

一

没想到，这个平行时空的自己，居然这么富有。

当修竹依照地址来到眼前这座豪宅时，不禁有些震惊，庭院泳池在眼眸里清澈晶莹，独栋别墅俨然是一座城堡。如果不是看到了满屋悬挂着自己的照片，他还真会怀疑自己的眼睛，可他知道那个人并不是自己。

“不敢相信是吗？我也不太相信。”谷涵坐在沙发上打量着硕大的客厅，“三年前我们还是一穷二白，现在却有用不完的钱。”

“你在信里说，让我来杀了他。”修竹疑问道，“为什么？”

“如果我再不动手，就会被他杀了。”谷涵说道，“这个平行时空的你叫狂良，外面的人都以为他学识渊博，精明强干。可跟他在一起的这三年里，我逐渐发现他不仅博古通今，任何事情手到擒来，甚至能预测未来发生的事情。他的这些家产只要轻轻动一下手指就可以得到，他太优秀了，优秀得过头了。他的学识、魄力、能力远远超出了正常人能理解的范畴，后来有一天晚上我无意间醒来，看见他用钥匙打开了那扇门。我才知道，他确实藏着一个天大的秘密。”

“什么秘密……”

二

如果谷涵说的秘密是真的，那这件事就太不可思议了。

从别墅离开之后，修竹仍然一副不可置信的样子，谷涵用了整整三个小时才把她知道的给他解释清楚，他不知道谷涵说的话有多少水分，可他冥冥之中又觉得好像这些事情，都是真的……

“怎么可能？”想到这里修竹不寒而栗，不禁自问：“她为什么要告诉我这些？”

是啊，就算要骗自己杀人，也要编一个像样的理由，这种匪夷所思的理由可信度几乎为零。为什么会是这个理由？修竹边走边想，这个问题困扰着他。

“美女，来份炸鸡吗？”这时路边一道机械般的声音在修竹耳畔响起，他才从思绪中回过神来，发现自己已经走到了人流涌动的大街上。

“炸鸡是绿色食品吗？”一个顶着两根机械牛角的女人问着贩卖机。

“本公司出售的食物均属绿色食品，我们炸鸡的原材料是农场专供的，选用天然饲料精心喂养……”贩卖机的回答如一套广告说辞，在修竹耳中回响。

“那给我也来一份吧。”修竹走上前对着贩卖机说，“正好我饿了。”

“一份有蛆的炸鸡，加两元可以配送兑水的牛奶。先生需要吗？”贩卖机问。

“什么？”修竹莫名其妙，“刚才不是说都是绿色食品吗？”

“对不起先生，按照我的程序设定，我是需要骗骗你的，但是不知道为什么，面对你我无法说谎。”贩卖机如实说道，“顺便说一句，这个牛角女人很丑。”

“给我来一份吧，加两元送牛奶的。”牛角女人往贩卖机里投钱。

“你怎么还买？”修竹不可置信地问女人，“这种东西怎么能吃？”

“既然江里可以有死猪，菜里可以有头发，为什么炸鸡里不能有蛆，牛奶不能兑水？”女人面无表情地取出炸鸡和牛奶，指向雾蒙蒙的天空，“环境都已经坏了，还需要在乎这些吗？”

三

“疯子。”修竹撇下牛角女人向宾馆的方向走去。可在川流不息的人群中，他看到的是三只手的克隆人、人首蛇身的怪物、没有腿的乞丐……

乞丐向路人展示自己的残疾以乞讨，可当修竹走近的时候，乞丐却长出了腿疯狂地奔跑。

三只手的克隆人向路人低价推销新款手机，可当他走到修竹身前时，新款手机却变成了手机模型。

修竹看到跌倒的老伯，好心跑上前去搀扶，可老伯却自己爬起来说，不要来妨碍他做生意。

“做生意？”修竹对这个空间的人大惑不解，“我只是看到你摔倒，想扶你起来。”

“如果讹你钱的老人躺在地上，你是选择被告上法庭，还是交出你的所有存款？”老伯咯咯笑道，“呵呵呵，好奇怪，我一个骗子，面对你居然不能说谎。”

“不能说谎，什么意思？”再次听到这句话时，修竹像忽然意识到了什么，“不能说谎，对，他们都不能对我说谎！贩卖机、乞丐、克隆人，这个空间的人好像都不能对我说谎！要是这样的话，谷涵所说的话就全是真的了！”

那一刻仿佛晴天霹雳，修竹奔跑在大街上像是被满世界的骗子嘲笑，他不明白究竟发生了什么，为什么这些人唯独对自己不能说谎？

四

“修竹先生，欢迎您回来。”当修竹跑回宾馆时恭迎声迎面而来，圆筒形的机器人服务生上前来帮他取下衣帽，“今天您需要哪一款睡枕？”

“还睡什么觉？”修竹如行尸走肉般坐在沙发上，“疯了，全是疯子。”

“今天您需要哪一款睡枕？”机器人跟随他到沙发前依旧重复这句问话。

“不要烦我。”修竹说道，“让我静一静。”

“今天您需要哪一款睡枕？”可是机器人依旧重复着这句问话。

“你能不能给我消停点？”修竹心烦意乱，“你们这是什么世界，环境乌烟瘴气，充斥着雾霾、臭水沟和谎言。你还在这儿跟一个枕头较什么劲，用哪一个有区别吗？”

“这个世界可不只你看到的这些。”机器人说，“那我推荐您用B款枕头吧，用完之后看不到善良。”

“看不到善良？”修竹笑道，“蒙谁呢？”

五

第二天醒来之后修竹并没有感觉到什么异样，他望着那款用过的枕头沉思良久，对机器人问道：“看不到善良，这个世界会变成什么样？”

“这需要您亲自去体验，修竹先生。”机器人回答，“有效时间会持续到今晚十二点，您要去的地方坐地铁就可以到。”

“今晚十二点……”修竹在智能表上记下这个时间点，同时打开地图输入了一个坐标方位，地图上显示那个地方距离这里十千米。

于是修竹怀着忐忑不安的心情走出了宾馆，坐在地铁里的时候他就一直在思考昨天谷涵告诉他的话。谷涵说，她从很早之前就开始怀疑狂良了，他学历不高，却博古通今；他不精通任何行业，却轻而易举获得挥之不尽的财富；甚至很多没有发生的事情，他都可以准确预料。

后来她终于发现了狂良的秘密：“他有一把钥匙，可以随意在空间里画出一道门，将其打开，他所有的东西都是从门里面得到的。”

“门里面？”修竹问道，“你进去过没有？”

“进去过……”谷涵欲言又止，想了很久才组织好语言来描述，“门里面像一个操控室，可以看到无数个平行空间，每个平行空间投影成一个全息影像，过去和未来全都编排好了，只需要按前进和后退就能全部看到……”

“所以我找你来杀了他。”说到这里谷涵抬起头，惊恐万分，“因为我在里面看到，他会杀了我。”

不可思议，想到这里修竹不禁叹道：“如果我可以进门里面看一眼，是不是就可以知道一百年后的事情了？”

“小姑娘，我头发都白了，把你的座位让给我。”一道严厉的命令声打断了修竹的思路，他抬首看到对面的老伯双手举着自己的头，让全车人看到他花白的头发。

“我怀孕了，我就不让。”那个七八岁的小女孩肚子忽然肿胀起来，与老伯对峙。

整个场面极为怪异，断头的老伯与大肚子的小女孩在车厢里大打出手，可周围的人漠不关心，仿佛司空见惯。

修竹想起身去调停，可他忽然又觉得哪里不对。

六

修竹来到餐厅的时候，餐厅的大屏幕上正在播放一场捐赠仪式，他坐在座位上没事，便抬头观看。

“小朋友别哭。”镜头里的慈善家用钞票给孩子擦眼泪，小孩衣衫褴褛，望着眼前这个人不知所措。

“A先生，刚才摄像机没启动好，没拍到。”此时场内摄像师的话传出来。

“没关系，我们再来一次。”A先生继续用钞票给小朋友擦眼泪，“小朋友别哭。”

可是小孩并没有哭，站在那里，呆若木鸡。

“眼泪可以后期加上去吗？”A先生一边给孩子擦眼泪一边问摄像师。

“加不上去。”摄像师放下摄影机，“要不等他哭了再拍吧。”

“没关系，现在就拍。”说完A先生狠狠地扇了孩子一耳光，孩子泪如雨下。他把A先生的钞票捏成一个馒头吃了下去，号啕大哭：“你们在干什么？我好饿。”

“看不到善良？”望着屏幕里发生的事修竹忽然意识到，刚才地铁上的老人和小女孩也是这样。

而不多时狂良终于来了。看到他的瞬间，修竹大脑一片空白。那个和他长得一模一样的人从餐厅外推门而来，走到修竹身旁坐下，面带微笑："终于见到你了。"

"你，知道我要来？"

"你说呢？呵呵。"狂良狡黠一笑，"我故意把地址透露给谷涵，所以她才能指引你来这里。"

"谷涵……"没错，狂良今天会在咖啡厅出现是谷涵告诉修竹的，想到这里修竹更是疑问连连，"你怎么知道我要去找谷涵？"

狂良凝视我，半晌："我还知道曈曈。"

"不可能！"修竹几乎站起身来，不可置信！曈曈根本就不属于这个平行时空，他怎么还知道曈曈？

"你为了跟曈曈在一起，越狱出来，可出来了才知道她把自己冷冻了一百年，你自己是通缉犯，不能解除她的冷冻，也不能冷冻自己。"狂良轻蔑道，"于是你跑到这个平行时空来找到我，我们的血型、指纹、DNA全都一样，你要用我的身份在这里把自己冷冻起来，一直等到曈曈苏醒。"

听得狂良这番话后，修竹目瞪口呆，完全不知所措。所有秘密，狂良居然知道他的所有秘密，怎么可能？

"五秒钟后会进来一个乞丐。"这时狂良手指餐厅正面，"然后被服务员轰走。"

修竹顺着他手指的方向望去，果不其然，片刻之后一个乞丐推门进来，他衣衫褴褛，脏乱的头发里散发着饥饿的气味。他向食客们乞讨，可他在我看不到善良的眼中被人们唾弃，随后长着三个嘴巴的服务员一口气把他吹出了餐厅。

看完这一幕后修竹冷汗直冒，没想到狂良连将要发生的事都知道，这再次让他想起谷涵告诉他的秘密……

"那么，如果你用了我的身份冷冻自己，那我的所有财产和生存证明都将被冻结，我在这个世界将寸步难行。"狂良凝视着我，眼神里是深邃的海洋，"所以，我肯定不会把身份让给你，那你又怎么办？"

面对他的问题修竹沉默良久，他洞悉万物的本事在修竹脑海里不停翻涌，修竹知道自己根本骗不了他，于是修竹直言不讳："只有一个办法，杀了你。而恰巧，谷涵也要杀了你，所以我就跟她合作了。"

"哈哈哈，跟我想的一样。"狂良放声大笑，"既然你看不到善良，我也不用伪装君子了。你会被我开车撞死，明天。"

七

回到宾馆后修竹几乎要笑出声来，不知道狂良懂不懂一句话叫骄兵必败，狂良居然把杀死他的方式和时间都告诉他了。那明天只要我在宾馆待一天不出门不就行了？他怎么开车撞我？把车开进我二十三楼的房间？

简直是无稽之谈！

而修竹现在最感兴趣的事情却是这里的枕头！

昨天修竹只把机器人的话当作笑话，可没有想到他今天真的看不到善良。而第一天遇到的怪事，如果他猜得没错的话……

"您说得很正确，修竹先生。"机器人解释道，"第一天您睡的枕头具有听不到谎言的功效，第二天您睡的枕头具有看不到善良的功效。"

"听不到谎言？"修竹幡然觉醒，果然是这样，因为用了这里的奇怪枕头，所以第一天自己听不到谎言，所有他遇到的人对他说的话都是真话，当然也包括谷涵！

那么现在可以确定谷涵告诉他的秘密全都是真的了，他今天也算见识到了狂良无所不知的本事。

那把钥匙，这一切都源自狂良有那把打开那扇门的钥匙。

"修竹先生，您今天要用哪一款枕头？"机器人打断了修竹的思绪。

"除了用过的那两种，"修竹问道，"还有什么类型的？"

八

第二天醒来后修竹就一直待在宾馆，一直到日落黄昏都没有看到狂良，那时候他望着窗外沾沾自喜，虽然狂良料事如神，但道高一尺魔高一丈，我就一直不出去看他还能把我怎样？

“修竹先生，您一天没有吃东西了。”机器人提示道，“今天宾馆换了主厨，为所有顾客提供了免费晚餐，您可以去三楼餐厅进餐。”

“运气这么好？”修竹暗自笑道，“他的车也不可能开到三楼。”

于是修竹往三楼走去，而他刚走出房门没有几步，便看到一对男女在走廊里吵架。

“你不就有几张破钱吗？老娘我有的是，今天算我玩儿你了！”女人从包里拿出一沓钞票打在男人脸上，扬长而去。

而男人二话没说便朝女人离开的方向追了去，空留钞票散落一地，修竹走上前一张一张地捡起来，欣喜若狂。

看来，枕头的作用奏效了。

九

在三楼餐厅用餐的时候修竹就一直在想，虽然今天他可以躲过狂良的预言，但以后呢？他已经暴露了，狂良肯定不会善罢甘休，而且狂良还有无所不知的本事，他要用什么办法才可以杀了狂良呢？

就在这时，修竹视野里的人忽然之间都往出口方向逃窜，人们相互拥挤，惊恐声四起响彻耳畔。

“快跑啊，失火了！”

“别推我，救命啊！”

“啊！别踩别踩，我的腿！”

都怎么了？

说时迟那时快，熊熊烈火在修竹眼眸里翻涌而来，来不及多想，修竹起身便朝着人流的方向奔去，二楼、一楼、大门，就在他逃出大楼的后一刻，好几个人被掉落的吊灯砸倒在了大厅，如果晚出来几秒钟，后果不堪设想！

运旺时盛，当修竹站在街边回望陷入火海的大楼时不禁感叹，这应该又是枕头的功效吧。

可这时修竹忽然意识到了什么，拔腿就跑，街上，车，车，他要撞死我！

也不知道跑了多久，极目四野高楼耸立，修竹瘫坐在不知道几层楼高的废弃工地上大口喘气。他想这下总可以了吧，狂良的车总不能爬上这么高的楼吧。

“嘀——”可就在这时，车鸣声在修竹耳畔响起，一辆长着翅膀的车朝他飞来，司机从车窗里探出头来问修竹：“去美国走不走，还差一位。”

“妈的，忘记了这个平行时空的车会飞。”修竹气喘吁吁地钻上车，“走，带我去一个车少的地方。”

十

最后司机把修竹送到了一座孤岛上，四面环海，人烟稀少。

修竹想这也算天涯海角了，如果狂良真的能找到他，也只有认命了。

曈曈，只怪自己还没有来得及对她说最后一句话。

没想到自己临死前的一刻想到的还是曈曈。

可谋事在人，成事在天，自己终归还是逃不过这一劫。一个小时后，狂良驾车从空中飞来。修竹瘫坐在地听天由命，修竹看见狂良坐在车里面露凶光。

太近了，来不及了，他已经来不及跑了。

“砰！”忽然之间另外一辆车横向开来撞飞了狂良的车。受巨大的冲撞力反噬，两辆车相继坠入大海。修竹在距离相撞地点二十厘米的地方手脚瘫软，不知所措。

就在修竹左手触碰到地上时，他摸到了一把钥匙。

是枕头，是枕头救了他。

今天餐厅免费、在走廊捡到一地钞票、晚出大楼三秒就会被砸死，还有狂良无缘无故被横向开来的车撞飞。

看着海中逐渐下沉的两辆车，修竹不禁庆幸用了那个枕头，运气，都是运气。第一天的枕头让他听不到谎言，第二天的枕头让他看不到善良，而最后一个枕头给他带来了运气。此时修竹手持钥匙暗叹，不仅他逃脱升天，狂良还自己死了，现在只要找到谷涵，她就能帮他换上狂良的身份了。

十一

第二天修竹到那座豪宅的时候，大门紧锁着，按门铃也无人应答，于是他只好坐在门口等。百无聊赖的时候他掏出那把钥匙观察，不锈钢制品，手指长，跟寻常钥匙没什么区别，可它怎么就能打开任意一扇门呢？

想到这里，修竹望着紧锁的铁门，寻思良久，然后把钥匙插了进去。瞬间门自动开启，他置身于一个无边无际的立体空间中，极目四野是无数个全息投影，每一个投影里都是他的影像。不，应该说，是不同平行时空里的他。

修竹找到狂良的这个时空，如看电影般将时间轴倒退回去，于是整件事的发展过程在他的眼眸里一览无余。

事情开始于三年前，当狂良得到这把钥匙后便能从时空影像里看到过去未来发生的事，于是他凭借这种洞悉天地的本事获得了大量财富。可后来他逐渐从不同平行时空中发现了一个秘密，那就是在这所有时空之外还有一个世界，而这些平行时空就像一个个监狱般将人们囚禁在其中。

谎言、邪恶、运气这些东西支配着人们的命运，这个世界充斥着贫穷、污染，我们在这个尔虞我诈的世界里匍匐前进，行尸走肉般受着监狱里的制约。世界把我们塑造成了魑魅魍魉，稍微有几个清醒的人却被认定为疯子。而命运这个东西，从来都不是掌握在自己手中，只要我们停下脚步回头看一看，现在的自己已经离最初设想的未来差之千里，然而我们只能一直朝着偏离的方向越走越远。

不过，如果逃出这座监狱，去到外面的世界就可以逃离这些东西的支配，所以一定要逃出去，一定要到那个外面的世界去！

通往外面世界的门也在这个立体空间里，可每次狂良打开那扇门想要走进去时都会被传送回自己的平行时空，因为每个人都被自己的时空锁定，无法跨越，除非他死了。

于是他想到了一个瞒天过海的办法，那就是引诱另外时空的自己来到这里，将那个人杀死，那样就代表自己已经死去。于是他和谷涵勾结，研究了十几个平行时空发生的事，然后找出大家的软肋，向大家发出邀请。

而修竹的软肋，就是疃疃。他也是第一个被骗来的人。

看到这里修竹后背冰凉，都是阴谋，原来这一切都是他们串通好的，为了把他骗过来，杀死他。

此时修竹看着那扇通往外面世界的门，监狱、阴谋、已经身亡的狂良，一切一切在他脑海中飞速闪过。

然后他毫不犹豫地推开门走了进去，他也想看看，监狱外面的世界是怎样的。

十二

一百年后曈曈从冷冻的梦里醒来，眼前的这个世界焕然一新，历史书里的天空在眼眸里蔚蓝若海，河倾月落，江河水优柔轻盈。

醒来之后曈曈就一直在康复中心适应这个世界，互联网终端由电脑和手机变成了一切生活用具，桌子、墙壁、床都被镶上了触屏，各种商品广告随处可见，这个时代的人只需要触动它们就可以和世界取得联系。

有一次和护士聊天，她问曈曈为什么会冷冻自己。曈曈告诉她因为她要等一个人，他的名字叫修竹。

“修竹去哪里了？”护士对他们那个时代的事情充满好奇。

“他被判刑一百年，冷冻在监狱里，我怕时间太长自己等不到他，所以也把自己冷冻了。”曈曈回忆道，“我们很小就认识了，那时候我们是同桌，我老爱欺负他，捏他的大腿、揪他的耳朵、画课桌线的时候只给他留一丁点儿地方，而他老是傻傻的，从来不反抗。直到有一天，他忽然送了我一盒巧克力。那时候我发现，其实我也蛮喜欢他的。后来我们就在一起了，初中、高中、大学、工作，最后商量着结婚。可那个奇怪的时代，结婚不是由我们两个人说了算。”

“结婚不是你们两个人的事吗？”护士不明就里，“还要经过谁同意吗？”

“还要钱同意，还要房子和车子同意。”曈曈继续道，“可我们没有这些，于是修竹只好去诈骗，然后被抓起来了。后来在法庭上我们的律师使尽浑身解数证明了修竹的诈骗罪行只能被罚款，可修竹却被判处了一百年徒刑，罪名却是贫穷。”

“天啊，那是个什么时代，怎么还会有人因为贫穷被判刑？”护士惊呼，指着窗户上触屏里的广告，“我们这个时代各大商家都施行流量经济，商品广告经过消费者扩散给自己周边的人，书籍、电影、音乐这些思想上的产品就可以免费获得；我们还有直销模式，消费者成为各大商家的会员，把产品推荐给朋友也可以获得各种物质商品，食物和生活用品我们完全不缺；成为银行机构的会员，房子车子这种大件的商品也会获得免息贷款。”

“就是说，只要我们加入各种商家组织，便会获得福利？”瞳瞳不可置信。

“是啊，钱这种东西都快消亡了。”护士解释道，“我们历史书里都讲，贫穷产生的所有弊病，都会随着时代发展而逐渐改善。你现在看到的这个世界，没有了环境污染、没有了贫穷、没有了欺骗和邪恶，运气摆弄命运的成分下降得越来越低，这些都是因为科技和时代的进步而改变的。”

“所以在这个时代看来，我们那个时代的人为之奉献一生的事情，都是没有必要的吧。”

“对啊。”护士说，“自己一生过得完美，才是最重要的。”

十三

从康复中心出院后，瞳瞳就去了监狱，却被告知修竹早在一百年前就越狱了。她不知道他去了哪里，也不知道要去哪里找他，所以只有等他。

可是等了好久，瞳瞳逐渐在等待中意识到，自己再也等不到他了。

很多年之后，瞳瞳随着这个时代的潮流加入了各大商家的销售体系，无忧无虑地过完了一生。直到生命的尽头，那天窗外风和日丽，儿孙们围在她的床榻周围送她最后一程，随处可见的商品广告在墙壁上栩栩如生，智能机器人把她的思维编码后储存，以备日后再生之用。

然后她收到了一封信，落款的名字是修竹，信中只有短短的一行字：

“我不能回来了，但我和你看到了一样美丽的世界。”

是啊，曾经那个疯癫的时代过去了，只存在于历史书里。像那个护士说的，贫穷产生的所有弊病，都会随着时代发展而逐渐改善。

04

你的
眼里是故乡

忧伤无非是低落的热情。

——纪德

生命泉

很久很久以前，大约在我小的时候，听老人讲了本族的一个叫传的男子为了心爱的女人不听劝阻去寻找生命之泉，从此再无音讯的故事，可这都是几十年前的事情了。

文/李经启

这是一个古老的故事，流传于村子里老人们的口中。他们确实已经很老了，似乎也没有人记得他们的年龄，但可以确定他们活了很久。他们头发都已经斑白，牙齿掉光，目光也早已没了神采。他们最喜欢做的事情就是蜷缩着腰，躲在悬崖边石头墙的角落里，一边望着山的那边，一边晒着太阳。他们除了一遍又一遍地讲述那些老掉牙的故事，别的什么也不会去管了。

“在山的那一边啊，有一口生命之泉。只要能喝上一口泉水啊，咱们就可以返老还童啰，重新获得一次生命该多好，有很多事情可以做呢。”老人们窝在墙角的阳光里自言自语，“什么时候我们也能喝上一口啊，喀喀喀……”他们目光空洞地望着悬崖那边。然而，只是望着而已，仙逝的祖先们除了告诉山的那边有一口生命泉外，同时也恶狠狠地警告不要试图翻越悬崖峭壁，因为每一个不听劝阻企图翻越的人，都活不见人死不见尸，再也没有音讯。以至于后来，任何试图尝试的人都会被严令禁止，甚至会受到惩罚。于是乎，人们就在这样一个美好信念的支撑下繁衍生息，任时光画出一道又一道年轮。人们相安无事、与世隔绝地活着。

一代代的老人们重复着这个美丽的故事，孩子们耐心地听着。等到有一天他们变老的时候，会以同样的口吻向孩子们讲述这个故事。在讲述的过程中，故事不断被美化，随之而来的警告也与日俱增。人们不明白这是为什么，不过也没有人愿意去追问，既然老人们是这样认为的，那么，他们就是对的，不用怀疑。何况，怀疑了又有什么意义呢？更何况悬崖深不见底，跌落一块石头很久都听不到落地的声音呢，他们坚信没有人可以翻过悬崖。

人们就这么与世隔绝地活着，一代又一代……

村子里有一对情侣，男子叫传，女子叫姒。他们和大多数情侣一样有着花前月下、卿卿我我的甜蜜和梦想。在人们眼中，他们是相配的：传身材高大，长相俊美，目光像雄鹰一样，浑身充满了力量，曾经独自一人搏杀一只白额吊睛虎，震惊了整个村落；姒身形优美，面若桃花，温柔贤惠，又会唱歌。每当月亮升起来的时候，姒的歌声就响彻在人们的耳边，人们的心都跟着飘了起来。由于能力突出，传已经被默认为下一任族长的继承人。

生活似乎可以平静地度过每一天，然而生活毕竟是生活，永远不会风平浪静。

姒出事了，她被山上一种剧毒的蛇咬伤。被这种毒蛇咬伤的人几乎无药可医，但也不会立刻死亡。这种毒蛇的毒液有强大的麻醉功能，它可以让人沉睡不醒，如植物人一般存在着。许多被这种毒蛇咬伤的人都会在睡梦中安静地死去……

姒被蛇咬伤纯属意外。因为只有在夏天的时候，这种沉睡的毒蛇才会苏醒。姒原本是想采集悬崖边一朵无比娇艳的花儿。它在风中招摇着，发出令人眩晕的光芒。姒心里想着摘下它来戴在自己头上一定会很美，传一定会非常喜欢。然而她没想到，在手指触摸到花茎的瞬间，剧烈的疼痛从手腕传来……花叶下面竟然藏着一条毒蛇……

她“啊”的一声，疼痛瞬间穿越了她的神经，既而什么感觉都没有了，她轻飘飘地倒了下去……

等到传发现姒的时候，太阳已经落山。传把姒抱回家放到床上，姒双目紧闭，长长的睫毛交织在一起。在微弱灯光的映照下，她的脸色显得更加苍白，身体似乎也没有多少温热。传抱着姒，仰天长啸，声音嘶哑而尖锐，划破了夜空，惊醒鸟儿们沉睡的梦。那一夜，传的嘶吼声不断响起，人们无法入睡……

传决定去寻找生命之泉。

果不其然，传遭到了老人们的一致反对。他们仿佛吃了灵丹妙药，一个个精神矍铄，他们围着传，口齿不清地说着话，他们似乎用这种方式来证明自己的存在价值。

然而传决定的事情，是没人可以阻拦的。他毅然决然地走向未知的路。他深知，从正面越过悬崖是完全不可能的。然而他相信悬崖总是有尽头的，只要沿着悬崖往前走，他一定可以找到下去的路。但他更加知道，没有太多的时间可以供他浪费，他心爱的人的生命正遭受毒液的侵蚀。所以，他背上羊皮做的水壶，带上一些干粮，冲出老人们无力的包围圈，在人们恐惧和不解的目光中迈开强健的步伐。他飞速地奔跑着，身影越来越小，很快消失不见了。那些老人依然不停地摇头和叹息，喋喋不休。在接下来的时光里，传将成为他们的谈资，而他们也相信，他们的故事里又多了一个鲜活的例子……

传在悬崖边奔跑，一刻也不敢停息。尖锐粗糙的石头磨破他的双手和双脚，枝丫撕破了他的衣襟，然而他不敢停息。他奔跑在暴雨闪电里，雨水模糊他的双眼，闪电为他指明前进的方向；他奔跑在烈日风沙下，烈日曝晒他的皮肤，风沙撕扯着他的脸颊；他奔跑在黑夜和黎明之间，迎着夕阳和朝霞……

他就这么不停地奔跑，为了心中的姑娘奔跑，为了自己的信念奔跑，为了奔跑而奔跑……

不知道过了多久，他累倒了。那天傍晚，他觉得步伐有些沉重，目送着太阳极缓极缓地落下山头，而前方的路依然没有尽头……他觉得头有些沉，身上的伤口早已经结疤，旧伤未愈又添新伤，不过他早已麻木，然而现在也似乎隐隐作痛。他似乎是真累了，只是微微闭了一下眼睛，便一头栽了下去……

再次醒来的时候，他发现自己躺在小屋里的一张床上，周围都是陌生的面孔。看到他醒来，人们惊恐似的忽然散开，继而又慢慢围上。他在每一个人的眼中读到了一丝好奇和些许恐惧。在人们清澈眼睛的倒影里，他看到一个怪物——

头发散乱，胡子很长，满脸都是皱纹和伤疤。他突然明白，自己就是这个怪物，他已经人不像人鬼不像鬼。

这时候，一个精神矍铄的白胡子老人走上前来问了几句简单的话：“你是谁，从哪里来，要到哪里去？”语言铿锵有力，不留任何拒绝回答的余地。传知道这是族长，因为他的族长就是这个样子。于是他便如实回答。没想到却引起人们的哄笑。老人止住了人们的嘲笑，严肃地告诉了传，没有人能越过悬崖寻找到生命之泉，你还是放弃吧。你可以选择回家，也可以选择留在这里。他拒绝了人们的好意，拿上食物，重新出发了……

又不知道过了多久，他的头发已经很长很长，将他的身体包裹住。起风的时候，他的头发甚至可以拉成一面旗帜。他的身体消瘦不堪，脚步也不再稳健，厚厚的茧子已经不再惧怕任何疼痛，然而前方似乎依然没有尽头。

他似乎想要放弃，他觉得自己已经无法坚持下去。然而放弃了又该去向何方？这个问题让他的脚步更加沉重了起来。他也许想过，心中的姑娘已经离世，然而他不愿意面对这个事实。于是，唯有继续前行，才能抚慰他内心的不安和恐惧。

他继续前行……

他的身躯里似乎干涸得没有一点水分，衣服早已不知踪影，唯有长长的毛发将他拥抱。突然，他停下脚步，望着远方，双目聚焦如一眼深井，盯着那渐渐落下山头的夕阳。

此时的夕阳被悬崖割裂，晚霞也早已消散了血红的颜色，一如他的肌肤。

透过那无边的夜幕，他的目光捕捉到一个女人清瘦如画的影子。这个赤足扮演成水做的骨肉的女子，她的不安在季节里放飞，为渐行渐远的传，为冷酷无边的悬崖，为沉默如斯的大地……

她的眼睛里隐藏了千年井水，她十指缠绕遗世独立，她美丽而模糊的脸颊恍惚而又摇曳，唯有影子发出神秘的微笑……

传有些迷失，在他透明的青春里，一片片绿在目光中膨胀，还有那条小河，那片芦苇地，那只受惊吓的飞鸟；还有青蛙恋爱，麦子吐穗；还有那腐烂的芦苇根开始冒出新芽；还有他的爱情在曙光乍现的时候就要死去，他无法虚构幸福和存在，只是想为一次爱情，把自己的一生画地为牢。

当一种存在成为一个习惯，他明白自己注定无法得到宽恕。他就像一尾逃离的鱼儿，游走在干涸的沙漠，去寻找那心中的圣泉。

他不能否认这一切，他要奔跑，在宿命的河流上奔跑。

今夜，纤细的风反复呻吟。薄夜清淡如水，久违的星光把时间扯得漫长。山谷中的风开始狂欢。孤独的传，用双脚丈量时间的宽度，用生命交换尊严。他坚守一个人的夜，那么固执。除了死亡，没有什么可以否定，他奔跑的身躯迎风飞舞。

不知道过了多久，他没有了意识。只觉得山谷里翻卷着的原始的风，将他轻轻托起。他轻得如鸿毛一般，在天空中画出一道美丽的弧线，飘落了下去。

等传再次醒来的时候，他惊呆了，他发现自己躺在一条温暖的溪流里。他的臂膀变得分外有力量，他的四肢和躯干又恢复了原先的模样，他的毛发变得有光泽。他站起身来，发现脚下是一条绵延向远方的小溪流。难道这就是传说中的生命之泉吗？他的内心一阵狂喜。不容多想，他跑到岸边，用锋利的石头把自己的头发割断，用竹子做了一件武器。他要捕猎，他需要一张兽皮来做衣服和水壶。

打猎对于健壮的传来说是很容易的事情，他不知道这里的动物活了多长时间。守着生命之泉的动物们，似乎也并没有什么天敌，它们悠闲地踱步，这给传很多捕杀机会。传很快就做好了衣服和水壶，他背起满满的泉水。用充满力量的双手向上攀爬着。

似乎并没有用太多时间，传已经爬上了悬崖。他望着来时的方向，似乎很遥远，但是他现在并不畏惧。他迈开坚实的步伐，向着家的方向奔去。他的速度太快了，风在耳边呼呼地吹刮着，土地在脚下向后不断地延伸着。他目光深邃，脚步生风。似乎也并没有记忆中那么长的时间，他便来到了自己熟悉的地方。这里有他的家，有他心爱的女子正等待着他的生命泉水。尽管他已经多次虚构了她的死亡，但已经无所谓了。因为，他回来了，带着生命泉水回来了，他要拯救他的爱人。

然而一切都变了，人们围着这个兴奋异常的男人，似乎显得不知所措。他惊呆了，这些陌生的面孔让他隐约感到有些恐惧。白胡子族长来了，同样问了他三句话：“你是谁，你从哪里来，要到哪里去？”

传如实回答，白胡子族长说：“很久很久以前，大约在我小的时候，听老人讲了本族一个叫传的男子为了心爱的女人不听劝阻去寻找生命之泉，从此再无音讯的故事，可这都是几十年前的事情了。”白胡子老人摇头表示出对传极大的不信任，村民们也表示出极大的不耐烦。

传似乎明白了一切，他并没有解释，只是转身来到井边，把身上的泉水倒进村民的井里，然后，头也不回地走了，一如当年他寻找生命之泉的模样……

人们再也没有看到传，然而那口井里的水却让村民的身体变得强健起来。也有人说，曾经在傍晚时分，在悬崖边看到有个男人驾着风飞走了……

人们逐渐忘记了这个男人，生命之泉的故事依然在继续……

裁枝录

昨日夜里的雨声打落了一地桃夭，我在熹微里扫花时，忽然想起，
我已经很久没有回盘丝岭了。

文/南国

我已经记不清大漠的荒芜了，只知道那里黄沙漫天，将从前的旧人故事一并掩了去。

住在长安这些年，我看足了此地的丰饶盛茂，也明白热闹的背后不过一盏灯一壶酒一些故人而已。可是昨日夜里的雨声打落了一地桃夭，我在熹微里扫花时，忽然想起，我已经很久没有回盘丝岭了。

人世热闹转眼间烟消云散，我站在境外这一眼甘泉旁边，洗净身上这副皮囊。抬起头来的时候，看见有零星的雪花落了下来，夹杂在微雨里，像极了那些年里的温柔岁月。

我似乎感觉到，围绕在我身边的那束目光，长久地注视了我数十年。

盘丝岭与其他地方不同，一年四季树总是绿着的，花总是姹紫嫣红日日开着。

我坐在屋内纺纱的时候，裁枝就坐在旁边焚上一支香，拿出琴来。如果不仔

细看她眉间戾气的话，无人会猜到这倾城之色竟是盘丝的首席大弟子。我尚能记起她十四岁时用一根木棍直指绿歌师姐的咽喉，众弟子皆为其身法诧异，裁枝却只是轻轻躬身道：“失礼了。”

自她接过那代表着盘丝最高荣誉的青藤开始，这泛着微光的武器就再未到过他人之手。

除了雨生。

雨生是大唐子弟，为太宗皇帝效命。因运送贡品途中出了事故，误打误撞闯入岭中。

从未出岭的我们哪见过这般好看的男子，简直将我们心中牛头马面的男人样貌全给颠覆了。

只是师父不许我们与雨生接近，说是尘世人往往居心叵测，城府极深。而裁枝却是个例外。她每日三次准时给雨生送去食物瓜果，有时还会在屋内为他弹一曲《广陵散》，曲乐婉转。甚至还把青藤借给他观赏，惹得对方啧啧赞叹。

雨生愣愣地看向她，道：“你同我已故十余年的妻子为何如此相似？”

裁枝便笑，低头不语，回房轻声告知我：“这可不是巧了，我不久前才取得这皮囊，竟是他妻子的，宿命这样弄人。”

谁又看得透宿命这东西呢？传闻地府有生死簿，将生死怨怒全写在纸上。你将遇见怎样的人，度过怎样的一生，都是早就定下的。只是世间众人皆看不破，为情爱为名利为权势倾覆一生。

我原以为裁枝不过是因岭中寂寥才去找雨生，孰料一日她来找我缝制衣裳，用的是岭内最好的布料，按雨生的身骨裁制。

我笑叹道：“你这是真爱上了？”

她一愣，半晌不语。

雨打在屋檐上，将少女心思全表透，晶莹剔透的模样。

只是我们是骨女，人皮最长能保十年不腐。雨生自然不知，他只当我们是隐于这桃花源，如何知道我们与他这般不同。人鬼终究殊途，这中间隔了千里万里的血脉，怎能轻易被那薄脆的情愫所破。

裁枝去求师父，她这身皮囊无论是于她还是于他都太过重要。

师父从小看着裁枝长大，第一次见她这般模样，轻声叹道："罢罢罢，当年你师尊也是这般，你可见她得了好结局？"

"裁枝不求什么，只求这数十年安稳。"她跪下来，神色凄厉，将那倾城之貌衬得更加动人心魄。

至于这后来的谈话我已经不清楚了，只知道师父启封了岭内禁药，但此药药引难寻，须得上天宫下东海才能寻来。

裁枝领了药方，与雨生告辞。那日雨下得极大，雨生仗剑走在雨中，他当然不知裁枝此行何去，只当她出门远游。裁枝也并不告知他内情，她是太害怕了，怕雨生会舍她而走。骨女生来是鬼，又是妖物，若非这盘丝洞主好心收留，我与她恐怕早就死于某位道长之手。

雨生站在这白水里，眼神却让人捉摸不透。

我似乎听见谁在鼓乐而歌，声音清透："高山仰止，景行行止。"

这一行便是三年，只不过三载光阴于岭中如白驹过隙罢了。

我依旧是采桑饲蚕，坐于织机下纺布。首席大弟子的位子始终是空着，原本总有年轻些的弟子求师父撤了裁枝这名号，均被师父驳回。师父说："青藤在她手里，没有此信物，要这名号管什么用？"久而久之，就再也无人提起此事。

只是那雨生却日日寡欢，没半点笑颜。我给他送的食物全被丢到溪里。

我以为他是念着裁枝吃不下饭食，便去规劝。

他见了我，却是声嘶力竭地哭了出来，我从未见过人可以哭得那样撕心裂肺，简直要把内心所有委屈不甘发泄出来。

他扯着我的衣袖大声哭喊："回灯，我当你是至交，你可否送我回长安，我不想娶妖物。"

我忽然如何也讲不出话，眼泪比他流得更多。裁枝，你如何也想不到，你豁出性命也要嫁的男子，竟是这样对你。

"我知道你不是人，这里位于大漠，却繁花似锦，我早该发现的。裁枝走的前一个晚上，我看见她的药方，才知道你们是骨头做的。回灯，我求求你了。"

我心中怨怒四起，想要取了他性命，铁爪指到他咽喉却停住了。

“你走吧，我送你回长安。”

我如今也想不明白我当日为何放过雨生，但我知道绝非因为他神色凄凉。大约是，大约是因为裁枝。

那么一刻，我似乎觉得谁的力量制住了我，让我如何也下不了手。

宿命啊。裁枝说过，宿命这样弄人。

那之后岭内像是约好了那般，再也无人提起裁枝和雨生。岭内很快有了新的首席大弟子，只是再也没了那闪着微光的青藤。

这出戏真是热闹得过分，等到曲终人散了，看客戏子都离场，我这个说书人却深陷其中。

师父告诉我裁枝在东海出了事，不会再回来了。可我如何也不相信，那个十四岁就能轻而易举打败首席大弟子的裁枝，生命消失得如此云淡风轻。只是谁说我们有生命呢？我们不过是骨女，依靠别人的骨骼得到性命，又依存着别人的皮囊生活。

多年之后，我褪下了这副皮囊，重新求得了新的倾城之色。清风满袖，我离开了盘丝岭。

到长安那日正是元宵节，处处灯火通明。太宗皇帝取消了宵禁政策，因此这灯火就明到了第二日清晨。

我在长安置了一处庭院，只是没有繁花，我早已厌倦了盘丝那样的花团锦簇。院中不过亭台一座，立于湖心罢了。

但我似乎总能感觉到，当年牵制我的那股力量，始终在这城内。

后来我开了一座织坊，卖些布匹，倒也得以谋生。裙下也不乏求亲之人，不是没有动心过，但都一一婉拒。

我还记得裁枝当年的模样，她害怕失去的模样。我虽没她眉间戾气，但我始终知晓我与她其实是同一种女子，拥有着同样的心性。

一日地府的旧友来访，我同她在亭心烹茶煮酒。聊得尽兴了，难免提起裁枝。她摇着头道："我从未在奈何桥上见过她，她应当还活着。"

是的，她一直都活着，以另外一种方式，以我们所有人都不知道的方式。

盘丝岭已经不同于以往了，这里居然开始落雪，我进去只看见一派萧索的冬景。

从前的师妹来迎我，她已经是新的首席大弟子。而师父还是师父，模样从未变过，她在炉前烤火，见我来了，只一笑："回灯，你回家啦。"

我眼泪簌簌地落下来。

师父拥住我："回灯，宿命虽然是生死簿上注定的，但那终究是墨写的，可以更改。"

我抬眼望着她。

"你知道吗，其实根本没有什么禁药。裁枝她去了地府，更改了生死簿上她的命运。其实她自己一直不知道，她本就是那宋雨生的妻子，她的骨本就是宋雨生妻子的骨。她自顾自涂改了命运，将原本规定好的宿命全部改写，这样大胆的作风，倒真是像她师尊当年啊。"

"裁枝她现在在何处？"

师父坐下来："只是我终究不明白，她在生死簿上写的东西，居然不是让她和宋雨生厮守。她啊，让自己一生长伴青灯。"

我直到如今还记得，那一年盘丝岭的雪从未停过，如同静默的祭礼。

很久之后，旧友告知我，裁枝并未转入轮回。

我不过是个说书人，这声醒木太过刺耳，让人感觉寒气彻骨。

不过后来我想起裁枝的时候，记起的居然不是她爱慕雨生时的动人容颜，也不是她决定去地府改写生死簿时的坚毅面孔。

而是她十四岁的时候，木棍直指师姐的咽喉，笑道："失礼了。"

滚滚红尘

日光变得璀璨绚烂起来，花鼓把手放到喜乐手里，两个人慢慢地走出茶园，走出分别与入骨的思念，回家。

文/黎江萍

01

从前有个姑娘，叫花鼓。花鼓没有爹也没有娘，跟着一个跑江湖卖艺的老师傅，四处奔波。在她十四岁那一年，路过江南一个小镇，镇上一个茶园在招女工，老师傅就把花鼓搁在那儿了。十六岁，花鼓第一次跟着运茶的队伍北上，来到东京。东京城内汴河穿城而过，就是在这河边的夜市，花鼓邂逅了一个少年。

东京的夜晚很喧闹，南城东城都有大规模的夜市，朱雀门边的汴河段还会挂起大红花灯。在这朱雀门边汴水河畔的煌煌灯火中，花鼓和一个布衣少年擦身而过，走出五步，花鼓回头，那个少年也回头，两相对视，眼波流转，仿若有珠光闪烁，而后又各自转身，各自匆匆。

接下来的五天，花鼓都在想着那个行色匆匆的少年。她在朱雀门边徘徊，虽知机会不大，但仍期望再次偶遇那个少年。五天后，交易完成，茶队南下，花鼓离开东京回到江南的茶园，那个少年的身影便也渐渐湮没在江南的烟雨迷蒙中了。

从前有个少年，叫喜乐，在洛阳一个镖局里当学徒。喜乐两年前第一次出师，跟着师哥们押镖到东京，在那里遇见一个江南小姑娘，看到她的第一眼他就觉得自己的心在怦怦地跳。他只回头多看了一眼，时间不允许他多做停留，很快他离开东京，回到了洛阳。

两年后的某一天，喜乐押镖下江南，一大箱白花花的银子，送到江南的某个茶园里，再换上几大箱茶香浓郁的上等茶叶，押回洛阳。在这个江南小镇的茶园中，喜乐又遇到了那个江南小姑娘，一个名叫花鼓的茶园女工。

茶园并不算大，但也不小，花鼓是二十来名女工之一，专管茶叶的采集与贮存。当时喜乐把银子送到茶园，为了等待最后一批茶叶的挑选与装箱，在茶园的厢房内住了两天。花鼓在茶园里清点茶叶，喜乐在园中闲逛看到了，便凑上去与她聊天。

喜乐问花鼓："我叫喜乐，你呢？"

花鼓说："花鼓。"

喜乐说："两年前我们好像见过。在东京，是不是？"

花鼓说："嗯。"

喜乐想了想，说："我觉得我喜欢你，要不你跟我走吧，怎么样？你愿意跟我走吗？"

花鼓摇头。

喜乐说："明年我就不是学徒了，到时候成为真正的镖师，就会有押金的分红，等我赚到钱了，就来带你走，好吗？"

花鼓仍是摇头。

喜乐问她："你不喜欢我吗？"

花鼓说："世上太多变数，我不知道。"

喜乐说："两年后我再来找你。不管你有没有在等我，我一定会来的。"

花鼓深深地看了喜乐一眼，不置可否。

不久后，喜乐离开了。花鼓想着他说要带她走的话，并不抱多大希望。但这些话就像一粒种子，虽迟迟未见发芽，却在泥土的掩埋下，在岁月的滋润中，悄悄生根了。

02

花鼓并没有等来喜乐。还未到两年，一年半后，花鼓从茶园的女工变为陪嫁的侍女，跟着园里的二姑娘随嫁到了东京。喜乐在两年后依言去到茶园，被告知花鼓已走，又找到东京的薛府上，几经辗转，才又见到花鼓。

花鼓很惊讶，她以为喜乐早已经忘记她。就算喜乐真的去了茶园，发现自己已经离开，也决计不会再寻。没想到他会追至东京。喜乐说：“这次，你还要逃避我吗？”

这次，花鼓没有逃避。她向已是薛夫人的二姑娘请辞，希望她能成全让她离开。薛夫人心地善良，与花鼓感情深厚，很是不舍，又担心花鼓跟着喜乐不如在薛府过得好。

花鼓跪在地上，向薛夫人叩首行礼：“小姐，花鼓多年蒙您错爱，感激不尽。喜乐与花鼓四年前于东京匆匆一遇，时至今日，喜乐爱慕之心未减，花鼓无以回报，唯有遵从我心，以身相许。”

薛夫人说：“花鼓，我待你如姐妹，此去经年，你若有何难处，记得回来找我。”

花鼓叩谢，薛夫人赠了些礼金嫁妆，花鼓便跟着喜乐回了洛阳。

喜乐一路很是兴奋，他骑着马，花鼓被他搂在胸前，二人慢慢前行。喜乐说：“我虽无宏图大业可成，但一定好好待你，永不相负。”花鼓把头靠在喜乐的肩膀上，淡淡地笑起来，觉得天空晴朗，惠风和畅。

及到洛阳，喜乐仍回到镖局做镖师，花鼓则为洛阳的大茶铺管茶。两人举办了非常简单的婚礼，新家是城郊的一间小屋。生活虽然清苦，但好在平稳安逸。喜乐和花鼓都是无父无母的人，从此之后就算有了一个家，这让他们感到无比心安。

傍晚的时候，喜乐和花鼓吃过饭，相互依偎着坐在门边看夕阳。晚霞将整个天空都染成橘红，热烈的颜色把一切都渲染得浪漫而又温馨起来。

喜乐说：“花鼓，你还是更喜欢江南吗？”

花鼓点点头。

喜乐说：“那再过几年，等存够了钱，我们就离开洛阳，到江南去吧。”

花鼓看着喜乐，喜乐也看着她，说：“到时候我不押镖了，我们到一个小镇子里，包一个小茶园，你种茶，我卖茶。我们还会有孩子，一家人开开心心地生活。好吗？”

花鼓说：“好。到时候男孩子跟你卖茶，女孩子跟我种茶，我们不要把生意做得太大，一直简简单单、平平淡淡地过下去。”

夕阳渐渐沉没，月亮开始爬上来。屋子里点起了蜡烛，两个人的影子投在纸窗户上，影影绰绰，慢慢地像是融在了一起。窗外远处的湖面波光粼粼，月色中青黛的远山也变得柔软和缠绵。

03

喜乐押镖去了西夏。这趟镖并不算贵重，也不难以携带，只是某位富商的一些私人物品。但是因为要过境，所以酬劳很高。如果这趟镖成功押到，喜乐和花鼓就能更快实现到江南开茶园的梦想了。最近边境并不太平，花鼓劝说喜乐不要去，但喜乐还是去了。喜乐已经迫不及待地想要让花鼓过上美好的生活，所有可以抓住的机会，他都愿意一试。

临行的时候，花鼓与喜乐道别。喜乐说：“花鼓，你等我，我会尽快回来。等我回来之后，我就把镖局的工作辞了，我们一起回江南。”

花鼓说：“哪有那么快存够开茶园的钱呢？”

喜乐说：“我们可以先在那边安居，再慢慢想办法，慢慢存钱。”

花鼓点点头，说：“那你一定要快些回来。”

喜乐握了握花鼓的手，摸摸她的额发，就这样离开了。

一个月之后，西夏和宋突发战争。边关战乱，宋军封锁了边境，喜乐再无消息回来。

很快，又是一年。延续了一年的战火，延续了一年的思念，花鼓再也按捺不住焦躁的心情，对喜乐的担忧使她坐卧难安，食不下咽。她决定自己孤身一人去西夏，找到喜乐。一年未归的原因花鼓不愿深思，是否已经牺牲在战火下更是想都不敢想。她只能保佑并庆幸战争爆发时喜乐仍在兴庆，远离战火纷飞的边境地带。

战争稍停，宋与西夏进入相持阶段。边境的封锁早已解开，但要过境仍需经过重重排查。踏入西夏的国土之后，花鼓独身一人走在乡野路上，前方是稀稀疏疏同样前往西夏的宋人，间或看到几个身着异族服装的西夏人。花鼓紧紧捏住身上包裹的系带，指节泛白。花鼓觉得疑惑，自己从来不是英雄般的人物，喜乐也不在身边，到底是从哪里来的勇气，孤身一人，踏上他国未知的土地。后来喜乐说：这就是爱吧。

花鼓好运气。才过了宋夏边境不出十里，她便遇见了打马而来的喜乐。在那一瞬间花鼓觉得好像许多事都在冥冥之中注定，不论是她和喜乐的相见别离抑或再见，在无形之中，在尘世的转变，在时光的流转，在岁月的蹉跎，谁在翻手为云覆手为雨。喜乐把花鼓抱上马，带她回了宋的边境小镇。

那时喜乐与同门师兄弟三人押镖至兴庆，归来时，宋夏开战，他们正巧在战场附近。战争点燃了男儿保家卫国的热血，喜乐在归途中无意间发现了西夏的后援粮队，趁夜火烧粮车，随即彻夜奔逃，前往宋营，加入宋军。这一战，便是一年。

喜乐说："花鼓，你怪我吗？"

花鼓说："不。"

喜乐亲了亲花鼓的面颊，说："这场仗还没有完。你懂我的意思吗？"

花鼓的眼眶红了，她点点头："我会等你。"

相聚不过数日，又是匆匆而别。四月，边陲小镇的春意渐浓，江南应是一片好风景。喜乐说："大地春如海，男儿国是家。"他把随身带着的佩剑给了花鼓，说："拿着它，离开洛阳，到江南等我。"

04

花鼓在江南一待又是四年。她把洛阳的小屋卖了，拿着在边关时喜乐给她的钱，还有薛夫人给的嫁妆，连同以前存下来的所有的钱，在江南的一个小镇里买了一个小茶园，慢慢地经营着。喜乐已经是军队里的一个小军官了，花鼓曾在战事不那么吃紧的时期收到过喜乐寄来的家信，上面只有短短的几个字：我会回来。花鼓忽然间就变得安心了。她相信，喜乐说会回来，那就一定会回来。

四年后，宋夏议和，战事停息。盛夏，杨花已经落尽，山林一片郁郁葱葱，空气中泛着似有似无的淡淡茶香。喜乐就那么突然地出现在茶园里，他看上去比花鼓刚遇见他时成熟了好多，比花鼓刚嫁给他时也成熟了好多，他的眼睛深深地凝望着花鼓，花鼓第一眼看过去，好像看进了最浓厚醇香的茶水里。

喜乐说："花鼓，我们回家吧。"

花鼓说："好。"

日光变得璀璨绚烂起来，花鼓把手放到喜乐手里，两个人慢慢地走出茶园，走出分别与入骨的思念，回家。

不好的时光都扑簌簌地掉落下来，从此以后是温暖和明媚的明天。滚滚红尘中分分合合相聚又离别，自从最开始那一刹那不经意匆匆的遇见，到好不容易走到的现在，到往后平淡的幸福的数十年，时间的手翻云覆雨，终于给了两人一个美满的结局。

水龙头和一滴水的故事

第二天，天气暖了，它才如释重负，放出了哗哗的水，氤氲的白气中，小水滴不见了。

文/王瑞

从前，有一只水龙头，它在一个大院里掌管着一个小水塔，人们都得从它那儿打水。有一天，它觉得自己爱上了曾经流经它身体的一滴水。于是它趁着夜色，忍住一切疼痛，把自己活生生地从水管上拧了下来。

它从没有离开过水管，它的身子锈在上面了，所以它流了很多浑浊的血。但是水很大，把它冲得干干净净的，也把它逃跑的痕迹冲散了。在院子门口，它回头听那些嘈杂的咒骂声，也听到了老奶奶的叹息。老奶奶说，多么好的小水龙头，它从来不漏水，也不上冻，它只会静静地淌水，在冬天或夜里也是这样。

它跑到了河边，见到了另外一滴水。那滴水指着那条波光粼粼的大河说："她可能在这条蜿蜒的主河道里，也可能在其中任意一条支流；她可能在稻田的蓄水池里，也可能在麦地的灌溉渠里，还有可能在即将干涸的玉米地里；她可能在村庄的胃里，在云彩的眼里，在杨树的手里，在西瓜的心里……总之，她可不好找了。"

"没事的！"水龙头说，"我相信她就在不远处，只要她没有逃离大气层逃逸到外太空，我就能找到她。你知道，我可是黄铜的水龙头。上天下海都难不倒我！”

执着的水龙头把地上的江河湖泊翻了个遍，日夜寻找那一滴不知身在何方的水。蛇鱼虾蟹见了它，总是扭头就走；水草浮萍听说它要来了，也都拼命往淤泥里钻。好心的鹭鸶们问它：你要找的那滴水到底是什么模样？她一定是一滴漂亮的、忧郁的、让人难忘的水。

水龙头听了鹭鸶的问话，突然悲伤起来。因为它这才发现，它也记不得小水滴的样子了。它花了这么长的时间，竟然在找一滴已经记不得样子的小水滴。那天，它不得不悲伤地停住脚步，重新审视自己的所作所为。它爬上岸，一整天都不说话，默默接受阳光的抚慰。

傍晚，它遇见了一只旋转喷头。它正在喷灌一大片野牵牛花。水龙头问它为什么独自一人照料这些花儿。旋转喷头说：“在那片玫瑰花园，我得小心谨慎地旋转，以免射伤那些高贵花的花蕊。后来我的脖子和腰都伤了，我成了一块漏水的废塑料。但在这儿，你看，我可以旋转、跳跃，甚至飞翔，我真快活。是她们一直在照顾我。”

看着那些紫色的花朵，水龙头忽然记起了小水滴的模样。如旁人所说，她确实是一滴漂亮的、忧郁的、让人难忘的水。很多年前，在那个寒冷的冬天，她躲进了它的阀门，她冻得直哆嗦，不停地问前面的水滴什么时候轮到她出去。大家都被她问烦了，但是看她楚楚可怜的样子，没有一个人抱怨她。只有水龙头知道外面有多冷，今天所有逃出去的水都冻成了冰碴儿，它的嘴上悬挂着一大串水滴的尸首——一个长长的冰锥。

院子里的人都以为它冻坏了。不断有人拧它，打它，骂它，还有人拿开水烫它。但它就是不肯吐口，它固执得像是水坝上的大闸。第二天，天气暖了，它才如释重负，放出了哗哗的水，氤氲的白气中，小水滴不见了。

“小水滴在哪儿呢？”水龙头站在沙漠的中心，问一棵仙人掌。

“我不知道。我已经十几年没见过任何水滴了呢。”仙人掌说，“你若是渴得慌，你就应该去大海。这里是水滴的坟场。我可怜的小铜管。”

水龙头这才发现自己已经被寻找磨损成了一根小铜管。风沙甚至未经允许就吹奏起它，蜥蜴也爬进它的心里躲避骄阳。但它接受了仙人掌的建议，它要到大海里寻找那个小水滴。

临死之前，它遇见了不锈钢的、镀锌的、高分子材料的各种水龙头。它们也都在海底的淤泥中等待腐朽和死亡。

“嗨，小破铜片，你在那儿翻腾什么呢？水都被你搅浑了。”

“我在找一个小水滴。”

“哈哈，你在找一个小水滴。大家听到了吗？一个将要淹死的小破铜片在找小水滴。”

“是的。但这就是死去的意义。”

忘情水

恍然明白，时间，就是人世间最好的忘情水。

文/张海磊

一

“男人没一个好东西！”

凌晨一点半，我站在商贸大厦八十八楼楼顶，准备从这里跳下去。

“等一下！”一朵散发着七彩光晕的云团飘在我面前，上面站着一个漂亮的女子，确切地说，应该是一个仙女。

“姑娘切莫轻生！我是路过此处的洛神，你我有缘，特来相劝！”仙女说。

“你就是曹植《洛神赋》中的那位洛神？”

仙女答道：“正是小仙，姑娘莫非因情而欲轻生？”

“是！那个臭男人背叛了我！我们在一起三年了，我那么爱他，为他付出了那么多心血！可今晚，今晚他说要和我分手！就为了一个刚认识两个月的女人！男人没一个好东西，我要让他后悔！我要让他生不如死！”

我将这些压在心头的话倾泻而出，我说话的语气甚至冲撞了洛神，不过洛神并不在意。

洛神淡淡地说："所以你要跳楼？你从这里跳下去，让自己得到解脱，然后把生不如死的悔恨留给那个负心汉？"

"嗯！嗯！"我冲洛神使劲点头。

洛神笑笑："要是他并不悔恨甚至在心底还很高兴怎么办呢？你死了，为他们两个人扫清了在一起的障碍，结果他并不生不如死，反而你的父母痛不欲生怎么办？"

"我不知道！我不知道！我不知道怎么办！"我发疯地冲洛神咆哮着，"反正我就是不想再清醒，我脑子里每一分每一秒的画面都是他！都是他！我真的很爱很爱他，他为什么要离开我！让我跳下去吧！跳下去以后他就再也不能折磨我了！我就可以彻底把他忘掉，我就再也不痛苦了！"

洛神微微笑着："我不能让那个负心汉夺去你的性命，你不是想忘掉他吗？你不是想忘掉所有和他在一起的痛苦回忆吗？我有忘情水，你愿意喝吗？"

二

"忘情水？"我疑惑地看着洛神，然后坚定地说道，"愿意！"

三

洛神把我带到洛水边的一条小溪。

洛神指着小溪对我说："这条小溪里的水就是忘情水了！"

我欣喜，然后蹲在溪边，准备用双手捧些水来喝，可无论我怎么捧，这些清澈晶莹的溪水就像空气一样，根本捧不到手里。

我转身看洛神，洛神递过一个玉杯给我："这条溪里的忘情水只能用我的玉杯盛出，其他任何东西都不能从这条溪里舀出一点水！"

我接过洛神的玉杯："喝得越多，忘得越多？"

洛神点点头。

我连喝三杯，第四杯实在喝不下，就只喝了半杯。

然后，我就不知不觉晕过去了。

四

然后，我又不知不觉醒过来了。

我坐在柔软的沙发上，这是一间很大的房子，我旁边还有一个小男孩儿。他是谁？我怎么和他在一起？

“奶奶！”小男孩儿冲着我喊，“奶奶！帮我折个纸飞机吧！”

忘情水，这一切一定是忘情水造成的！我看着小男孩儿和这房子，告诉自己。

我走到厨房，一对中年夫妇在做饭。这应该是我的儿子和儿媳妇。

我走到书房，一个老头在看书，他应该就是我的丈夫了。他虽然老了，但看起来依然很有气质。

可是，虽然我可以和他们亲密无间、熟悉万分，但我无论如何也记不起任何关于我和他们的过去。

这有多么可笑，这又有多么可怕，我竟然想不起任何关于我和我丈夫、我儿子的回忆，他们真的成了我最熟悉的陌生人了。

五

凌晨一点半，国贸大厦八十八楼楼顶，当我第五次站在这里时，洛神终于出现了。

“我已经不记得关于他的任何消息，我也不想关注他，可是为什么，为什么我却记不起关于我和我丈夫、我儿子的回忆呢？我们仿佛没有过去一样！”

洛神没有回答我，只是再次把我带到洛水那条小溪边。

六

站在小溪边，洛神指着一块石碑给我看，我走近，石碑上刻着四个字：春秋之河。

“什么意思？”我问。

“春秋之河就是时间之河啊！”洛神淡淡说着，“这条河里流的不是水，是时间。人世间其实也有忘情水的，时间，就是最好的忘情水。人世间的爱恨情仇、浓情蜜意、真真假假都将被时间洗刷。”

“我喝的是时间？”

洛神点点头：“是的，一杯忘情水就是十年，其实你喝半杯就可以完全把他忘掉。可是你喝了三杯半，所以你直接过掉了三十五年的时间，这三十五年里发生了什么你永远不会记得。这三十五年里，你忘掉了他，也遇到了你现在的丈夫，你们恩爱有加，相濡以沫，你们有一段美好甜蜜的爱情，但是你不记得关于这份爱情的任何回忆。你只知道你爱你的丈夫，却永远不知道你为什么爱他，而你的丈夫却知道，你的儿子也记得！”

我瘫坐在春秋之河边，恍然明白，时间，就是人世间最好的忘情水，可一切都来不及了，我已经睡过去了三十五年。

“回去吧！”洛神对我说，“你的丈夫和儿子在找你呢！”

05

来得及

说再见

石头迸发火花。太阳剥开我的眼睛。两颗星星在我空洞的眼窝中把它们的红色羽毛抚弄得光滑。光辉，羽翼的螺旋，和一只残忍的嘴喙。现在我的眼睛歌唱。凝视它的歌，把你自己扔进火里。

——奥克塔维奥·帕斯

黑手镯

在十二指街这个偏僻的葫芦庙里，这一夜，转瞬之间发生过许多事情。其中大部分细节注定为人们所遗忘，但江湖中人无法遗忘的是矮胖子铁如意的死：他的双手被两条黑色的铁丝牢牢套住，而腹部却插着一支短小的分水峨嵋刺。

文/陈崇正

三年相思，十年相忘，骨瘦梅花落，最痛处，对影孤灯又一年。春衫短，人情薄，顾影自怜，尘世中花红柳绿，葬尽柔情是何人？

——《梅花辞·黑手镯》

这一年是雍正六年，距离大将军年羹尧被杀，已经有三个年头。三年前，年羹尧大将军在雪地中打完最后一套年家拳，叠好衣物，从容赴死。在人们快要忘记这件事的时候，山西却有人建了一座将军庙，供奉年将军的雕像。半月之后，出钱修庙的富商血溅将军庙。本来这是一件小事，但江湖传言，取下了富商首级的武器，正是江湖中消失了三年的血滴子。又有传言说，一批清廷杀手乔装打扮，正在追杀年羹尧最后一个儿子。

这些流言随着寒风，自北向南卷走了江南的桃花和柳絮，带来一丝萧瑟之气。江南的天气，秋天像是被故意省略掉的，短得可以忽略不计。眼看还是挽起袖子的夏天，一个转身就到了冬天，北风一吹，依然翠绿的叶子却一片片往地上掉，发出清脆的响声，让人看了不无惋惜。

十二指街如此太平，传说中在头顶乱飞的血滴子还没有出现——据说那是一些铁器做成的黑鸟，它们旋转飞鸣，取人性命。在十二指街，卖菜的、卖肉的、磨刀的、卖烧饼的……所有人都好像永远活着，死亡离他们还很远很远。

在这条江南街巷的尽头，是一座破庙，供奉着胖嘟嘟的弥勒佛。因为门口立了一个插满香烛的葫芦，当地人也叫它葫芦庙。大概是天气的原因，庙门前有点儿冷清。在角落里，蹲着一个和弥勒佛一样胖嘟嘟的矮胖子。他的跟前摆着两个箩筐，一个里面装着从附近孩子手里收购来的各种旧货，另一个箩筐则装着令许多小孩流口水的灶糖。这灶糖分两种，白色的特别甜，但粘牙；红色的不是很甜，但矮胖子叔叔会用他手中那把银白色的小刀，雕刻出各种动物的模样，有猴子、孔雀、老虎、骆驼之类，所以价格也就高一些。有些孩子嘴馋，甚至不惜从家里偷鸡蛋来换一只糖猴子，接过糖猴子时还不忘央求矮胖子叔叔不得告诉他们的父母。

这时，一阵寒风刮过来，街道的转角处飘来了两个人细碎的说话声，隐约可以看到一个女人带着她的孩子向这边走来。母亲看起来很年轻，倒像是孩子的大姐姐。

“记住了吗，这分水峨嵋刺最后一招最为重要！”女子的声音很轻很慢。

“记住了。娘，你说前面比画了那么多，就为最后把峨嵋刺向后挑出去，不是浪费了很多力气？”

“你这孩子，净调皮！今天先生讲了什么课呀？”

“先生教我们：自反而缩，虽千万人吾往矣。”

“布苏，这也是你爹最喜欢的一句话，你可知是什么意思？”

“先生说得很复杂，大概意思是只要是对的，敌人再多也要往前冲。”

这女子满意地笑了，但她一抬头，看到了矮胖子痴痴地看着她，便收敛了笑容。这孩子也看到了矮胖子：“矮胖子叔叔！矮胖子叔叔！娘，我要吃糖猴子，我要吃孙悟空！”

“哎哟，布苏，来，叔叔给你一个！”说着，矮胖子从箩筐上取下一支竹签，挑起一只糖猴子，举在空中。

孩子试图挣脱他娘的手，但被那年轻女子死死抓住。孩子还想纠缠，但看他娘脸色一沉，便对矮胖子吐了一下舌头，默不作声地跟着他娘拐进了葫芦庙旁边的那个院子，只留下矮胖子，手中还举着那只糖猴子。他有点失落地叹了一口气，抬眼望去，天空依然是灰色的，让人感觉烦闷。突然，葫芦庙另一侧的池塘里，有几只白色的鸟哗的一声飞起。三个红色的影子，几个起落，就到了矮胖子的摊位之前。

“胖子，这附近可有一个叫吕四娘的女人？”其中一个人问。

“她使一对峨嵋刺，还带着一个孩子。”另一个补充道。

矮胖子悠然地转过头来，望着她们。这三个女子自上到下都穿着红色的衣服，手腕上一只黑色的玉镯非常显眼。她们眼神如刀，正看着他。

矮胖子漠然地摇了摇头：“带着孩子的女人多着呢，不知你要找的是哪一个？”话刚说完，那三个女人已经无影无踪。

矮胖子刚松了一口气，又低头捏着他的灶糖。突然，他觉得后颈处一阵冰凉，有什么尖利的东西顶住了他的脖子。他吓了一跳，不敢动弹。一个孩子嘿嘿地笑了起来，然后矮胖子的脖子就被布苏紧紧搂住。

布苏把头从矮胖子叔叔的肩膀上伸出来，看着箩筐里的灶糖：“矮胖子叔叔，如果不给我糖吃，我就用峨嵋刺打劫你了，偷走你全部的灶糖。”

“你这小土匪！兵器快收起来，这分水峨嵋刺锋利无比，会把我的脖子扎个洞的。来来来，给你！”矮胖子叔叔一只手抱住他，另一只手拿着一只糖猴子递到布苏的嘴边。他笑了。他蹲着的时候，肥胖的身子像一个梨子。

布苏接过糖猴子，咯咯地笑了：“还要一个，全新的，你现在雕一个……一匹马，我要骑马！”

“好——，只要我们的小布苏喜欢，矮胖子叔叔都给。”那把银白色的小刀不知什么时候回到矮胖子手里，他手法纯熟，顷刻间一匹马的形状就出来了，活灵活现。

“矮胖子叔叔，你不是喜欢我，你是喜欢我娘，对不？她每次赶大白鹅去池塘边洗澡，你总看着她。”

“叔叔当然是喜欢你。”

“但我娘却不喜欢你，她只喜欢我爹。”布苏歪着脑袋说。

“小孩子别乱说话！”矮胖子眼神中有掩饰不住的慌张。

“我娘常说我爹统率千军万马，是大英雄。他现在去打仗了，过两年他就回来。”

“你娘说你爹出去打仗？会回来？”

孩子天真地点了点头。矮胖子为这个孩子感到难过，但他依然微笑着，他不能告诉布苏，他将永远也无法看到他爹，那个被皇上赐死的大将军年羹尧。是啊，认识年羹尧的时候，吕四娘还只是个十几岁的孩子，在她眼里，大英雄是那样美好，所以才不惜在英雄死后，带着他的孩子东躲西藏，即使她至今仍然不知孩子的亲娘是谁。

就在矮胖子浮想联翩之际，一阵清脆的兵刃碰撞之声从布苏家的院子中传来。矮胖子喊了一声“不好”，伸手去拉布苏，但布苏已经向院子飞奔而去。矮胖子跟着跑了几步，却放心不下自己的灶糖，回头挑起箩筐紧跟上去。他太矮了，肩膀拼命往上顶，箩筐依然还是贴着地面，有时还会被高低不平的路面磕碰一下，晃晃荡荡，东倒西斜。

布苏推开大门进了院子，只见院子里一片刀光剑影，她的娘亲吕四娘正被那三名红衣女子死死围住。她双手握着分水峨嵋刺，以一敌三，步法轻灵，边打边退。那三名女子手持铁钩，招招阴险毒辣，攻人要害，丝毫不留余地，逼得吕四娘只能东躲西闪，护住破绽，没有还手的余地，情形十分危急。在这个破旧院子西北角，圈养了一群大白鹅，这是娘儿俩的生计。此时，大白鹅看到有人吵闹，也雄赳赳地伸长脖子跟着嘎嘎大叫起来。兵器声、喘气声和鹅的叫声混杂在一起，这阵势让布苏呆住了。

就在这时，矮胖子冲进了院子，他喘着粗气，伴随着一阵猛烈的咳嗽，但还是死死抓住肩膀上的扁担不放——他不能放，因为他人站住了，但是装满灶糖的箩筐由于惯性却稳不住，向前荡过去。他那肥胖的身躯加上两只大箩筐，简直就是一面矮墙，竟然将吕四娘和三名红衣女子分隔开来。吕四娘稍稍缓和下来，惊魂未定，但见三名红衣女子却未停手，六只铁钩齐刷刷直奔矮胖子肩膀、肚子和胯下。

“死胖子，你来凑什么热闹！”其中一名红衣女子大骂。

矮胖子大惊失色，嗷嗷直叫：“杀人啦，你们想割我肠子，啊，还想让我断子绝孙啊——”他边喊边跳，一个转身，左右的箩筐掉转方向，刚好把那六只铁钩又挡在外面。三名红衣女子从未见过这样的招法，被他这胡冲乱撞，三人手上的铁钩显得好像是多余的。

但吕四娘却心急万分：“卖灶糖的，你快出去，这里危险！”她腾身而起，婀娜多姿的身段在空中画了一个半圆，分水峨嵋刺从空中接连画了三个圆，直奔三名红衣女子面门，招式中规中矩，正是峨眉派的“三潭印月”。她这一招，目的不是杀敌，而是想纠缠一下，赢得时间，让这个无辜的矮胖子可以脱险，无须枉自送了性命。但这个矮胖子似乎根本不能领会，更不配合。他被两只箩筐一旋转，整个人又像陀螺一样转了一圈，脚下打滑，重心不稳，步法凌乱，整个人又向一边颠过去。其中一名红衣女子正想招架吕四娘的峨嵋刺，冷不防被那笨重的箩筐撞个正着，仰面倒地，在地上滚了两滚方才停下来。

他眼见撞了人，赶忙扎起马步，并大叫：“不好意思，抱歉！抱歉！撞到人啦！快闪开，又撞人了——”

果然，他的另一只箩筐又撞向一名女子，撞得她一个趔趄，手中的铁钩脱手飞出，落入白鹅圈里，惹得大白鹅又一阵嘎嘎大叫。

最后一名红衣女子，眼看两个同伴不明不白就被打得七零八落，斜眼看见布苏：“姐妹们，杀了那个孩子，那就是年家后人！”三人的轻功都十分了得，一个腾跃从三个方向扑向布苏。吕四娘大叫一声，手中一对分水峨嵋刺掷了出去，企图阻止她们。但她们似乎早就料到这一着，铁钩向后一撩，峨嵋刺叮当落地。

就在这时，从三个不同的方向飞出三颗核桃，刚好打在三个人的膝盖上，方位力道都恰到好处，三名女子腿一软，应声倒地，显然被击中了穴道。她们挣扎着爬了起来，互望一眼，当即会意，一纵身翻过围墙，消失无踪。

院子里突然安静下来，只剩下一两只大白鹅，还不知趣地嘎嘎叫了几声。吕四娘眺望四周，却没有发现什么人的踪迹，她心中诧异，难道有人可以让手中的暗器拐弯？真是不可思议。她抱起布苏，对着围墙之外朗声说道：“多谢恩人相救，如不嫌弃，请现身喝杯薄茶。”但四野无声，并无人回应。她捡起地上的核桃，仔细端详，这些核桃和市场上卖的并无两样，方才核桃的速度太快，方位古怪之极，忙乱中谁又能看得清呢？

那矮胖子从地上爬了起来，眼见箩筐里的灶糖早已经全部翻倒在地上。他拍了拍屁股上的尘土，弯下腰，一块一块地捡起来，放进箩筐，边捡边喃喃自语：“幸好还不是很脏，洗一洗还能吃。”

吕四娘却勃然大怒，她将矮胖子臭骂了一顿，要他以后离这个院子远一点：“你不知道你刚才有多危险，那些人杀人不眨眼，你刚才差点就死在她们的铁钩之下，你知道吗？”

“你这是在关心我吗？”矮胖子一阵傻笑。

“你这个死胖子，不知好歹，还有空说风凉话！”

矮胖子挨了骂，却也不生气，他拿出一块灶糖，在衣襟上擦了擦，递给布苏：“这块不脏，可以吃的。”又回过头问吕四娘，“你吃不吃？”

吕四娘觉得好气又好笑，摇摇头：“我才不吃你这脏兮兮的糖，你走吧，我们得收拾东西，逃出城去。今天暴露行踪，她们一定不会善罢甘休。”

“她们当然不会善罢甘休，但你母子俩又能逃到哪里去呢？这普天之下，哪里才是安全的地方？”

这一问让吕四娘默然良久。是啊，哪里有安全的地方呢？

“你还是跟我到葫芦庙里去住两天，等她们到别处去追查，你还搬回这里住。”

最危险的地方也是最安全的，这个道理确实不错。吕四娘沉吟片刻，也只能点头同意。

葫芦庙中遍地落叶，冬日的太阳急急忙忙就下山了。柔和的阳光透过木格子的窗户照在弥勒佛那笑吟吟的脸上，慈祥中带着一丝惊怖。庙内阴暗，在光柱穿过的地方，可以看到漫天飞舞的尘埃，诉说着不尽的寂寥之感。弥勒佛神像两旁，挂着布幕，从屋顶一直垂到地面，刚好将庙内的空间一分为二。神像前是摆放着香炉的杉木案几，还有一只跪拜用的蒲团；神像后面，用木板搭着一张床铺，矮胖子平日就睡在这里，另一侧，摆满了锅盆碗筷之类的杂物，凌乱不堪。

吕四娘刚将衣物放下来，透过窗口，就看到五六条人影飞进了原来居住的那个破旧的院落，他们身手敏捷，但是警觉的大白鹅还是嘎嘎叫了起来。发现没有人，他们很快分成东南西北四个方向追踪而去。当夜，大白鹅叫了四次，但黑夜终究将喧闹吞没，一切归于平静。

吕四娘不禁对矮胖子感激一笑，并说："这位大哥，平日里只见你在庙门外卖灶糖，小女子避难多有不便，疏于问候，还未请教大哥尊姓大名。"

"江湖险恶，又有谁可堪信任，这个我当然理解。称呼嘛，只是符号而已。布苏叫我矮胖子叔叔，你还叫我矮胖子吧，反正这里的人们也都这么叫我。"

稍作安顿，矮胖子就出去了，不久他便回来。为安全起见，庙里也不敢点灯，但借着微弱的月光，却可以看清他带回来一只烧鸡，几碟小菜，还有一壶酒。

"吃吧，吃饱了就不会想家。"

当夜吕四娘非常小心地巡视了一番，矮胖子却倒头就睡，不久便发出轻微的呼噜声。几天过去，仿佛平安无事。只是平日叽叽喳喳的布苏，这几天突然不怎么爱说话。白天他倒是专心练习分水峨嵋刺，但一到晚上，他便显得有点闷闷不乐，经常对着窗口发呆。

"矮胖子叔叔，我告诉你一个秘密，这两个晚上，窗口总有人在看我睡觉。"

"瞎说！哪会有什么人？"矮胖子不禁打了一个冷战。

布苏失望地笑了一下："就知道你们大人都不信。"

为了讨他开心，矮胖子还特意买回了两条金鱼，放在窗台下的铁盆里养着。布苏高兴了一个下午，每隔一会儿就过去看金鱼。

第二天一早，布苏醒来就去看金鱼。但他没有看到金鱼，在铁盆子里，只有两个金鱼头在水里泡着。布苏看着铁盆子，呆了，很久才哭出声来。

大概是野猫一类的东西把金鱼吃了吧。矮胖子便又买了两条回来，为了以防万一，这一次，他将铁盆移到神案前的香炉旁边。但第二天，那两条活泼乱跳的金鱼不见了，留在铁盆子里的，依然是两个触目惊心的金鱼头，像是什么人一口把金鱼吃了，再把鱼头扔回铁盆里。

这一次，三人面面相觑，一种恐怖的气氛在这间小庙中弥漫开来。布苏的肩膀抖动着，低低地哭泣，声音很低很低，似乎害怕惊动什么。

吕四娘双眼无神："难道是我们冒犯了佛祖吗？"

良久，矮胖子才说："大概是佛祖提醒我们不能吃鱼。"

这个时候还开玩笑，吕四娘白了他一眼，紧张的气氛终于稍稍缓和了一些。但这一天，空气显得十分沉闷，夜幕降临时，吕四娘不无忧伤地说："你还是让我和布苏走吧，如果敌人的武功如此之高，躲也是躲不掉的，何必让你这个不会武功的局外人搭上一条性命？"

"能到哪儿去？三年了，你搬到哪里，我这个灶糖匠，就会跟到哪里，你难道还不明白吗？好不容易才和你走得这么近，我如何会轻易和你们分开。"

布苏走过来，依偎在他娘的身边："娘，我也不怕。"

"好孩子，我可怜的孩子。"吕四娘握着手中的分水峨嵋刺，不觉已泪流满面，她用袖子将脸上的眼泪一擦，转过身，将庙里的蜡烛依次点亮，把窗户也全部打开："该来的，就干脆让他来吧！"

矮胖子挪动肥胖的身躯，艰难地爬上神台，从后面将弥勒佛像敲破。泥像是空的，弥勒佛硕大的肚子刚好可以把布苏装进去。

"叔叔没有叫你，你就别出来，知道吗？"

一切安排停当之后，矮胖子走到角落里的炉灶边，开始生火烧柴熬灶糖，矮胖子提起那把大铲子，慢慢地在锅里搅拌，不久，一股灶糖的香味就在夜色中荡漾开来。

在这个庙里，所有人都是怀着必死的信念对待这个夜晚的。只有在庙外，那个身穿红衣的杀手，才认为自己必定不会死去——对活下去有多大把握，往往决定一个杀手的优劣。

在窗外，一个女子十分柔弱的声音低吟浅唱："三年相思，十年相忘，骨瘦梅花落，最痛处，对影孤灯又一年。春衫短，人情薄，顾影自怜，尘世中花红柳绿，葬尽柔情是何人？"

夜深人静，每个字音都十分圆润清楚，但声音听起来却让人毛骨悚然。

"娘——"在佛像中的布苏叫道。

吕四娘赶紧压低声音说："别害怕！别出声！"

一个红色的影子站在门口，和之前红衣女子不同的是，这个红衣人脸上罩着一层红色的纱巾，全身上下没有一个地方不被红色的衣服罩住。她举起左手，手腕上赫然戴着两只黑手镯，晃动手臂时两只黑手镯便叮当作响。此人手上的手镯比之前三个红衣人多了一只，身法更加诡异，显然是红衣杀手的重要人物。

蒙面红衣人轻轻跃起，就在她左手抬起的一瞬间，她身后一个黑色的小铁钩嗖的一声从黑暗中飞向吕四娘。

吕四娘以为是暗器，举起右手的峨嵋刺便挡，却不料那个小铁钩居然会拐弯，向着吕四娘腰间飞去。吕四娘又用左手的峨嵋刺去挡，小铁钩仿佛一只蝙蝠，闪着黑色的光，又在空中拐了个弯。这时吕四娘才看清原来铁钩的末端连着一条细小的黑色铁丝，铁丝牵动，铁钩就拐弯。但太迟了，铁钩距离她的咽喉已经不到两寸，如何躲得开？

叮——

一声清脆的响声过后，那个小铁钩竟然飞了回去。紧接着，一个核桃掉落在地上，骨碌碌地在地上滚动着。

"有意思。"红衣人的声音很小，"这么小的庙，居然还能遇到小李飞刀的传人。"红衣人转向墙角，看着一直在炉灶边烧火的矮胖子。

矮胖子静静地站起来，手中不知什么时候已经多了一把银色的小刀，正是他平日用来雕刻灶糖的那一把。

那个十分温柔的声音继续说："飞刀矮胖子，安溪铁如意，小李飞刀的传人，果然名不虚传，不过我听说铁如意哥哥很久以前就只用核桃，不用飞刀，今日怎么破例了呢？"

"如果一早用飞刀，也就不会迟了一步。江湖传言的血滴子，原来不是飞天钻地的大家伙，却是这样一根小铁丝。"矮胖子凄然一笑。

刚才那个小铁钩虽然被核桃弹了回去，但那条铁丝却已经在吕四娘的脖子上盘了好几圈，只要红衣人轻轻一用力，吕四娘便要身首异处。

蒙面红衣人看了吕四娘一眼："小蹄子，果然挺艳的，难怪那杀千刀的舍不得你！”

就在蒙面红衣人说话的瞬间，矮胖子铁如意手中的飞刀已经飞出，没有人看得清飞刀是怎么飞出的，但它却已经在黑夜中画了一道银色的弧线。红衣人对这一枚飞刀似乎早有预料，她手一扬，在屋顶垂下的布幕上一借力，身体仿佛没有重量一样斜斜飘出。就在飞刀神奇地拐了一个弯的瞬间，她的另一只手又向外挥出。所以，当那枚飞刀切断第一根铁丝时，她另一只手的铁丝又盘住了吕四娘的脖子。而且这一次盘得更深，血从吕四娘雪白的脖子上往外渗出来。吕四娘痛得咬紧牙关，呼吸急促。

“如果我看到第二枚飞刀，那她这个头就要落地！”红衣蒙面人语气中满是怒气。

“别，别……”铁如意退后了几步。

“那么，现在我们直截了当，我也不要你一条手臂，我只要你右手一个食指，我就放了你这个小美人！”红衣人说话时声音依然很低，仿佛不是在说人的手指，而只是去菜市场上买一斤猪肉。

“你明知道没了右手的食指，小李飞刀就不再是飞刀了……”

“娘——”布苏一声悦耳的叫喊，打断了矮胖子的话。布苏不知什么时候，已经把头从神像后面伸出来，注视着庙里的一切。

“别出来，布苏！”吕四娘叫道。

红衣人冷冷一笑：“他不是叫你，他是在叫我，你才和他认识多久？三年算得了什么？他单单在我肚子里，一住就是十个月。你一滴血都不流就要当人家的娘，岂不便宜了你？”

布苏跳下神台，果然向红衣人扑了过去：“一听声音我就知道是你，你刚才一唱歌我就知道是你，是你在窗外看我。”他紧紧抱住了红衣人的腰，喜形于色。

“但你不能伤害我那个娘，”布苏指着吕四娘，“你要放开她。”

“好啦，这就放开，你吕阿姨太严肃，我只是跟她开个玩笑，”红衣人一看到布苏，仿佛瞬间就换了一个人，从一个魔鬼变成一个有求必应的天神，只是天神笑了。她手一挥，铁丝便从吕四娘的脖子上解开。“有我一个娘还不够，你这个臭东西，你跟你爹一个德行，要一个还不够，总要两个、三个、四个，他的其他女人都是宝贝，就安排我去当杀手……”

“那你为什么要去当杀手呢？”布苏天真地问。

“这个啊，就跟猫抓老鼠是一个道理，无论是白猫还是黑猫，都是会抓老鼠的，但如果让老鼠假装成猫去抓老鼠，真正的老鼠仔仔就安全了！没有娘的暗中保护，你能长这么可爱吗……啊！你这个死胖子——”

矮胖子手中的飞刀，此时正插入红衣人的胸膛。血从红衣人的胸口慢慢渗出来，把红色的衣衫都染黑了。

矮胖子冷冷一笑：“还是皇上圣明，早就料定红衣杀手里面必然有奸细，让我耐心等待，务必斩草除根。你这条草根埋得可真够深的！”

这个变故来得太突然了，所有人都呆住了。原来矮胖子铁如意才是雍正皇帝身边的杀手，这三年来他一直监视着吕四娘，围而不杀，目的不在保护他们娘儿俩，而是想找出杀手集团内部的奸细，布苏的亲娘。

吕四娘眼睛中快喷出火来。蒙面红衣人瘫倒在地，她拉着布苏的手，说：“孩子，这个世界上，别去相信任何人，你想活着，就只能相信你手中的兵器。”

矮胖子从怀中摸出黑手镯，一只只依次戴在手腕上，一共是三只，上面镶嵌着白色的梅花。这才是神秘的梅花黑手镯的主人，所有红衣杀手的首脑。他像在欣赏多年的老朋友一样欣赏着那三只黑手镯，嘴角挂着若有若无的笑：“三年了，我等了三年了，取得你们的信任还真不是件容易的事，苍天有眼，今天终于一网打尽了，你们这些叛臣逆子，苟活至今，早就该送你们上路了。”

烛光下，矮胖子铁如意的手中，不知何时又多了两把明晃晃的飞刀。

但其实飞刀的锋利，只能在它离手的瞬间发挥到极致，而一把没有机会出手的飞刀，永远只是铁片。在十二指街这个偏僻的葫芦庙里，这一夜，转瞬之间发生过许多事情。其中大部分细节注定为人们所遗忘，但江湖中人无法遗忘的是矮胖子铁如意的死：他的双手被两条黑色的铁丝牢牢套住，而腹部却插着一支短小的分水峨嵋刺。

夜风吹过，茉莉花的香味若有若无。一个年轻的母亲的声音说：“分水峨嵋刺的最后一式极为重要……”

一个孩子的声音打断她的话：“我记住了，把所有的力量集中到一点，带上恨……娘，你会很快好起来的，等我长大了，我会保护你，不会让人来欺负我们，我讨厌那些骗子！”

绿如意

我知道你进戏园子之前是玉匠家的女儿，我更知道你父亲、你爷爷都是打磨玉器一等一的高手，这样细而不折的玉针是你绿家的独门绝技。

文/李林芳

当阳承鸣的剑尖从我脖颈离开时，那冷飕飕的触感令我清晰地知道，这一次，我绿如意，赢定了。

他一身蓝袍，清瘦挺立，望我良久，末了却只说了一句："果真是戏子无义。"

我看着他紧锁的眉头，紧紧握剑而泛白的指节，娇滴滴地一笑："如意不过是个流落坊间的女流之辈，本也无意像阳公子这样做有情有义的英雄。您若是愿意，赶明儿我登台的时候您赏脸来，我独独为您加一曲《望江亭》。"

阳承鸣冷笑一声："绿如意，当日周衙内轻薄于你，我见你不肯为几两金银委屈自己，倒是高看了你几分。如今想来，也不过是一介戏子。"说完，轻轻一跃，消失于玲珑戏班的矮墙外。

班主玲珑从角落里走出来，调笑道："这阳承鸣对你也算是够意思了。"

"意思？姐姐这话倒也是有意思，事情出在戏班子里，你不去收拾，倒跑到我这里来听墙根。"

玲珑紧了紧头上的金丝簪子，道：“我是怕阳公子一剑下去，就倒了我玲珑戏班的台柱子。”

今日，一位沈姓督察来戏园子听戏，护卫随从倒是带了一大班。谁曾想一出《凤还巢》还未唱个究竟，那穆居易还没见着程雪娥庐山真面目，这位沈大人竟就被人神不知鬼不觉地暗杀了。

凶器是三根极细的玉针，齐刷刷地自喉结处刺入。玉针无毒，只是力道够足且针针刺入要害。还是玲珑班主去敬酒，几呼不应，人们才惊觉沈大人已不在人世。

阳承鸣找到我，面色铁青，着实吓了我一跳，我徐步迎上去，道：“阳大人，瞧你这脸黑的，如意可没做什么错事啊！”

他身体微微一侧躲开我，语气冰冷：“如意，沈大人在你们的戏园子里被玉针暗杀，难道你不知道点什么吗？”

“如意只是个唱戏的，哪里懂什么暗杀啊！”纵使我笑着，阳承鸣的脸却如冰山一般没有阳光没有温度，他环视四周，贴到我耳边，道：“我知道你进戏园子之前是玉匠家的女儿，我更知道你父亲、你爷爷都是打磨玉器一等一的高手，这样细而不折的玉针是你绿家的独门绝技！”

我心中一惊，道：“阳大人既然打听得这么清楚，想必也知道我爷爷、我父亲都已去世多年，我家制玉的手艺从来传男不传女。再说了，杀人这种事，也不是我一个唱戏的弱女子做得到的。”

阳承鸣逼近我身边一步：“绿如意，老实告诉我，那三根玉针从哪里来！”他突然厉声，仿佛一头发怒的豹子，不再是从前那个笑着听完我的曲子打赏极为大方的阳公子了。

“是，那几根玉针是我的，我爹走之前给我留下几根。但是，人可不是我杀的！前些日子，我把它们卖出去了！”

阳承鸣捏住我的下巴，嗤笑一声：“卖出去了？你爹的遗物你也卖？”

我轻轻推开他的手，整整衣衫，道：“有何不能卖？买家干脆爽快，十两黄金放在墙角，我取了金子再去放玉针，既无风险也无纠缠。再说了，这世道，还不是到手的真金白银才最可靠，拿着几根无用的玉针，倒不如换几件好衣裳几样好首饰。”

他缓缓拔出剑，我紧紧盯着他的眼睛。他有些犹豫迟疑，可终究那把利剑还是指向了我，他稍稍用力，世间便再无绿如意。他的手有细微的抖动，如同他尽力掩藏的情绪，但那一双深沉的眸子里极力控制的波澜还是层层晕开，一路漾到我的眼中。

我屏住呼吸，佯装轻松：“阳公子自己英雄，还不许如意市井了吗？我登台我唱戏都不过是讨个生活，我命本草芥，今日要杀要剐，全听凭阳公子的剑。死了也是解脱，倒不必为盘中餐而奔波。”

这世间哪来那么多的大道理好讲，我绿如意本就只是一介戏子，朝廷视臣民生命如蝼蚁，我又何须护得他们周全。

池州最近不太平。

朝廷派来的督察接二连三地离奇死亡。先是郑大人，竟在众目睽睽之下像被迷了魂，一步步走进河流深处，拉也拉不住。再是孙大人，在自己房间被人割断气管，这人做事也是利落，悄无声息，除了脖子上一道浅痕，连血都未曾流一滴。最后便是这被人用玉针刺杀的沈大人。

也难怪阳承鸣不惜斥我戏子无义，若我不卖出这玉针，说不定沈大人也不会死得如此容易。暗器这种东西也分三六九等，玉针这种体小易携且无须发射器的暗器，自然是上等，靠的只是使它之人的功力罢了。

三个朝廷要员在池州境内暴毙，阳承鸣的日子想必也是不好过。又如何呢？听戏的可不止他一个，我绿如意别说在玲珑戏班，就算在池州全境，也是风头无两，真真是“曲罢曾教善才服，妆成每被秋娘妒。五陵年少争缠头，一曲红绡不知数”。

玲珑在一旁啧啧调笑：“哎哟，这下倒是想得开了，那时阳公子未到，赖着不肯登台的还不知是谁呢！”

我像是被人看穿了心事，抬手遮住羞红的脸：“我那时不过刚好身子不舒服。再说，你也听到阳承鸣怎么说，我啊，不过就是个唱戏的！”

“阳公子一进园子就舒服了？我说妹妹，阳承鸣明知玉针是你的，却不深究，只怪你贪图钱财，分明是在为你开脱。不然，拉你去顶罪也是绰绰有余了。”

正与玲珑闲聊着，翡翠突然一路小跑而来。翠色罗裙飞舞，配以她十六岁年轻而美丽的面庞，真是让人不禁多看几眼。

玲珑见她这副模样，也不骂她没个规矩样：“什么事你猴急猴急的，这么几步路还跑起来了？”

翡翠抚了抚胸口：“班主，如意姐姐，朝廷又派了个大官来！”我与玲珑对视一眼，继续听翡翠讲，“看来也是个爱听戏的，刚刚派人来请了，不过县老爷说这次劳烦两位姐姐去衙门院子里唱，免得出什么闪失。”

玲珑眉毛一撇，冲翡翠挥挥手：“知道了，去收拾吧！”转身冷冷笑道，“如意，一来就听戏的，想必也不是什么好官。”我点点头，院子外的树木青葱可人，阳光自树缝里照射进来，柔黄的光柱落在玲珑的裙衫上，真是和煦的模样。

县官的院子果真是气派，张灯结彩的，比戏园子还热闹。

院子中仅十余人，其中五六位都是眼熟的，是阳承鸣手下的人。其他看着眼生的，应该是那新派的大官的人。

县老爷果真是谨慎了许多，戏班子另有通道走到戏台。县老爷请我与玲珑过去见那督察，翡翠带着其他人去戏台准备。

“翡翠是没机会了，这次又轮到姐姐了。”我与玲珑跟在县老爷后边徐步缓行，小声嬉笑着。

玲珑捋了捋鬓角的碎发，又扶了扶髻间的金丝簪子，方才应道：“那可说不定呢，妹妹如今正是当红时，又刚刚唱成了大戏，说不准就百尺竿头更进一步呢！”

说话间，玲珑已然走到了督察面前。县老爷满脸堆笑，“玲珑，这就是东方泽东方大人，快快见过！”

听戏者即是客，我与玲珑亦满目含笑地问了安。

东方大人与前几位督察很是不同，三十多岁的模样，年轻挺拔，温文尔雅，眼神中有我读不懂的深沉意味，仿佛清可见底但又深不可测。

“想不到东方大人竟是如此青年才俊，白天街上走一遭，晚上还不定入多少姑娘的梦呢！”玲珑轻扬手中紫纱绢，愈发衬得她面如凝脂唇似含樱。玲珑总是能将娇媚的度拿捏得恰到好处，诱惑而不放荡。

东方泽展颜一笑，干净温和，道：“早就听闻玲珑姑娘戏唱得好，不曾想嘴巴也这么甜。”

玲珑将我往前推了半步，道：“东方大人要说唱戏，我们班子里的绿如意才是真正的艳压群芳呢！您往池州打听打听，哪个听戏的不爱如意妹妹的！”

东方泽倒是坚持：“如意姑娘的大名自是久仰，今日在下却对玲珑姑娘的《贵妃醉酒》情有独钟。他日必当另行安排场面，请如意姑娘亮金嗓。”

无奈，玲珑只得去换装登台。层层叠叠的戏服，满目璀璨的凤冠，她眼里却非贵妃的柔媚。我为她在眉间画梅花妆，一笔一笔细细描绘，笑言：“果真被姐姐说中，又轮到如意了。”

她轻轻捏握我的手，眼里写满担忧：“要小心，这东方泽一看就绝非常人。见机行事，不急在这一时。”

翡翠过来催促：“班主，要登台啦！如意姐姐，东方大人那边等着你过去一起听戏呢！”

翡翠从来都是冒冒失失、笑笑闹闹，爱露出两颗可爱的小虎牙。到底是年轻，就算手里沾了不干净的东西，心里还跟雪一样的白净，天真烂漫，无忧无虑，真好。

戏子无义。可是，戏子也是人。

人世间的善恶，我怎么不懂？人世间的情爱，我又如何不念呢？

“海岛冰轮初转腾，见玉兔，玉兔又早东升。那冰轮离海岛，乾坤分外明。皓月当空，恰便似嫦娥离月宫，奴似嫦娥离月宫。”

阳光在佳人的面庞上投下美丽的阴影，那眼眸间流淌着的柔情却冰冷。玲珑是这世间绝好的戏子。作为班主，她八面玲珑，宛若长了一颗七窍玲珑心。但我知道，她心似平湖。

若绿如意对这世间仍有犹疑与牵挂，玲珑则干净得似一捧水，可毫无顾虑地融入尘土江河，甚至懒于留给俗世一道彩虹。

我站在戏台远处静静地望着玲珑。突然有种命运的悲凉从心底泛起。我们本是如此简单的女子，本该嫁个普通人洗衣浣纱，可是毫无预兆地，我们的生活就成了这个样子。甚至，不是自己的选择。

记得那个时候，我不过十岁有余的年纪，家道败落，亲人俱散，蓬头垢面地在小镇里流浪，不懂忧虑，不懂悲伤，生活于我而言只是几个能够饱腹的馒头，快乐就是热气腾腾的肉包子。

有一天，一个中年男子把我带到一个封闭的庭院，在那里，我见到了玲珑。之后的五年，每天都有满满当当极为严格的训练，我们从不外出，却也不必再为饿肚子而着急。

沉默的院子里，我们是彼此无声的影子。

声色世界始于一个阴天的早晨，我们离开那个庭院，摇身一变，玲珑成了迎来送往的戏班班主，而我，则是身价百金的当红戏子。

晨风吹拂着玲珑额前的碎发，她扶一扶髻间的金丝簪子，望着前路，目光清冷："如意，你看，这天，就跟我们的命一样，不干净，没温度。"

"都说了是命，谁又见过拗得过命运的蚁虫？"我说这话时平淡，眼里却闪着碎光。玲珑把我一缕额发捋到耳后，轻叹一口气，转身走进阴天无尽的灰暗。

那时的我还不是此时的绿如意。或许，此刻，我身体里仍暗藏着当初的绿如意。尽管，我与玲珑都明白，曾经的那个我并不适合如今的我。

"绿如意，你已在此地伫立良久，不知心里又在盘算什么？"阳承鸣不知何时立在我身边。

我回过神来，扫一眼院子里的人们。东方泽本饶有兴趣地听着戏，此刻却侧头望过来与我目光相撞，旋即又看向戏台。翡翠站在东方泽不远处同他的一个护卫低声笑语。

我轻笑一声："不过许久没有听姐姐唱这出戏了，姐姐唱得还是这样好。"

阳承鸣面色冷峻，望着我的眼神却缓和得多："绿如意，我好心告诉你，这府邸戒备森严，里里外外的护卫可绝不止你看到的这几个。”

我掩唇而笑，道：“阳公子可真是会说笑，东方大人的命当然比如意的值钱多了。多些人盯着可不是应该的嘛。”

“如意姐姐，东方大人催你过去陪他听戏呢！都唱了这么久了你还不去，大人都着急了。”翡翠轻摇着我的手臂，请我过去。

阳承鸣亦转身走开，留下一个颀长挺拔的背影，以及一句声音轻和却邈远的话：“不过给姑娘提个醒罢了。”我知道，他，并不信任我。

当然，我绿如意，亦不值得他信任。

我是杀手。玲珑亦是。甚至，那个貌似天真烂漫的翡翠也是。

玲珑使的是近身暗器，此刻一身贵妃华服在台上痴痴癫癫埋怨帝王无情的她自是难堪此任。翡翠加入戏班子不过寥寥数月，我与玲珑对她都知之甚少，况且毕竟年幼了些，只怕不是东方泽的对手。

东方泽催我过来陪着看戏倒是催得紧，我在他身边坐下了，他倒只是笑一笑便盯着台上的玲珑不放了。

我装作不经意地望着院里的角角落落，真是奇怪，竟没有我要找的东西。“如意姑娘像是在找什么东西？若是丢了什么，叫县官帮忙找找。”东方泽眼神果然了得。县老爷听罢忙起身来问。

“劳烦县老爷了，不过东方大人误会了，如意不过是天天听日日听班主这戏听得没什么兴致，倒是这院里布置处处精巧，有趣多了。”我莞尔一笑，搪塞过去。

按常例，刺杀督察的密令早该到了，今日不知怎的，东方泽已到池州半日有余，我却仍未收到桐叶笺。

也罢，东方泽令我紧挨他坐下，难以有足够的空间射出玉针，若强行刺杀反倒过于暴露。我理理发髻，将指间暗藏的玉针埋入浓密的乌发。端起茶壶笑盈盈地替东方泽斟满茶杯：“大人，喝茶。”

东方泽不亲密亦不疏离，随口问我些话。做派倒不像京城里来的大官，举止有度，笑起来也真如玲珑所言，温暖能入梦。

但我知道，他那双看似干净的眸子并不清澈，黎民百姓于他而言不过荒原野草，纵使一把火烧得熊熊，他也只会远远地望着那漫天的赤焰，感慨壮观恢宏。他们这种人的心，是不会疼的。他们的眼里，没有泪水。

因唱戏的那些家伙什全都搬到了县衙，自己的戏园子倒几天没有开业了。正好，我与玲珑也落得清闲。

东方泽不时请我过去喝茶聊天，漫谈风月，一副文人雅士的模样。他看似落拓温和，但行事极为机警小心，从未给我半分下手的机会。偶遇阳承鸣闲聊几句，东方泽的人都会不知从哪个角落迅速出现。也罢，既然密令未达，我应承便好。

院子里几棵青桐郁郁葱葱，玲珑一袭粉白长裙，静静伫立在树下，那场景静谧得似一幅画。不知她在想什么，我在身后站立许久她竟不知。

“姐姐。”

玲珑不曾回头，缓缓道：“如意，这两日，我愈发觉得天要变了。”

我抬首眯眼望了望那灿若明珠的日头，不以为意：“天若要下雨，便随它去下，还怕我们姐妹无伞吗？”

玲珑转过身，递给我一方白绫手绢。待我接过它来一看，只见一角赫然一个“戏”字，那熟悉的苍劲且俊逸的笔法，让我顿时心中一惊，连脚下都觉得有些软了。

天，果然是要变了。

“这，可是东方泽给的？”我强稳住气息，声音却仍有些许颤抖。

玲珑眉头微锁，道：“局势愈来愈乱，我俩的计划他们怕是已经察觉了。”

我不愿相信，可是那熟悉的字迹却不容置疑。

“东方泽还有东西给你。他说，那天你在找。”

“那天？”

“他说，你看了，便会明白。”

玲珑递我一只缎面小袋，极薄极轻。玲珑秀眉微蹙，紧盯着我的手指。我们都知道，袋子里的，必是桐叶笺。

看来，东方泽早已知道玲珑戏班的家底，也知道那日在县衙我四处张望在寻些什么。可怕的并非如此，而是这个敌人，甚至怠于隐藏自己。一个对秘密组织公开挑战的敌人。我不禁倒吸一口寒气。

“阳承鸣？！”

桐叶笺上的名字竟是阳承鸣。也就是说，玲珑戏班下一个目标，便是常来捧场打赏大方的阳公子——阳承鸣。

“我、我、我，擆断的上了竿；你、你、你，掇梯儿着眼看；他、他、他，把《凤求凰》暗里弹；我、我、我，背王孙去不还。只愿他肯、肯、肯做一心人，不转关；我和他守、守、守《白头吟》，非浪侃。”

《望江亭》，阳承鸣爱听，我亦爱唱。只是如此快意的曲子，怎么唱着唱着，眼前的景物竟模糊了？

那在我眼眶里奔涌而出的，是眼泪吧。连我自己都记不清多少年未曾有过这样的情绪。这样珍贵的情绪。泪水肆虐，心如刀绞。

阳承鸣如往常在台下，面色沉静，笑意深藏眼底，可是那一回眸的温柔还是让我万劫不复。玉针在指间碎裂，殷红的血自指尖渗出，凄厉又妖冶。

我看到玲珑眼里的叹息。我胸腔却碎裂一般在嘶喊。

不——

凡是被写上桐叶笺的名字，都不能活过当晚。郑、孙与沈三位督察。以及，阳承鸣。

他是那样正直刚毅的男子。不善言辞而威风凛凛。不苟言笑却柔情四溢。

我半生与朝廷为敌，杀人无数。这双纤细白皙的手下流淌过多少鲜红温暖的血液，我不知道，也懒于知道。对于一颗虔诚的心脏来说，人命不过是一枚笔迹苍劲的桐叶笺。但那一瞬间，我便知道，这个世界是一个精心编制的谎言，我是那偌大谎言之网中一枚小小的结点。

见到阳承鸣的那一瞬间。

从进入封闭庭院那刻起便被灌输的我曾多年深信不疑的信念，在那瞬间，土崩瓦解。

他们说，朝廷是恶魔。他们用百姓的苦难折磨喂养自己的奢靡生活。那些朝廷大员，便是恶魔伸向各处的筋络，唯有斩断，才能救黎民苍生于水深火热。

可是，阳承鸣是神灵，善良磊落的神灵。

一个即将殒命的神灵。

“他死了？”我眼里氤氲着浓重的雾气，双手冰冷，生硬地卸妆。

“没有。”

我心一惊，指间又被攥破，喜悦却自心底蔓延开来。玲珑倚在门边，眉目低垂，紧抿着唇，熟练地将细不可见却坚韧无比的金丝绕成金丝簪子上一朵精致的梅花。

“班主，如意姐姐，”翡翠不知我与玲珑经历了怎样翻天覆地的心理变化，露出可爱的小虎牙，清甜的声音脆生生地问，“这次桐叶笺上的任务小菜一碟吧？阳承鸣虽然比起那些庸官来强不少，料也不是姐姐们的对手。”

玲珑同我面面相觑，不知如何开口。这个加入我们不过半载的小姑娘，我该如何向她解释我手上的罪恶与血腥，如何告诉她我与玲珑的脱逃计划呢？

“阳承鸣不该死也不能死。”末了，还是玲珑开了口，没有外人的时候，她永远是这样清冷的音色。

“他是朝廷的人。”翡翠年轻的面容上，是小女孩争执时常有的固执表情，那么坚信，那么笃定。

“他未曾害过人，更没有欺凌百姓。”

翡翠望我一眼，目光冰冷：“这么说，你是不打算执行桐叶笺的命令了？”

我伫立良久，玲珑亦沉默不语。

翡翠无声地冷笑，自玲珑身边穿行而过，险些撞得玲珑一个趔趄。

矮墙上人影飞过，落地时有枯枝断裂的细碎声音。

“谁？”

我迅疾转身，却正好撞上阳承鸣的剑。那么精准无误地，落在我的鼻尖。

时至今日，他，竟欲杀我。突然觉得这世间，恐怕本就是一场可笑的戏。杀手的心里，还想着什么善良与情意呢？

“为什么选这条路？”阳承鸣声音哽滞，目光急促，仿佛极力隐忍什么。他的剑，却仍然那么清晰地在我眼前。

为什么？呵，如果他是指杀手这条路的话，一个十余岁的小女孩，一夕间失了父母亲人，生活无着，她还能选择自己的人生走什么路吗？！

“若是问我为何与朝廷作对，若不是他们故意害我玉匠绿家，我又何至于幼年便孤苦无依流落街头？朝廷视黎民如蝼蚁，我便视其为蛆虫！”

阳承鸣表情痛苦，说话显得极为吃力：“可是……你所在的这个……暗杀组织……也只是七皇子……为谋反而立……”

突然，阳承鸣的剑刺向我，我向后躲闪不及，肩部一阵剧痛，我的鼻息被腥味包围。

“快走，如意！快跑！”阳承鸣一边拿剑追赶我一边冲我大喊，步伐混乱，状甚癫狂。

眼前这一切仿佛梦境，疯狂，不合常理。疼痛让我有些晕眩，差点跌倒，抬头却发现自己撞在玲珑怀里。

“阳承鸣怎么了！”

玲珑拉着我便欲离开：“他被翡翠控制了，我们快走！”

转身竟迎面遇见东方泽与翡翠。东方泽仍是那般微笑神色，气质如玉。翡翠，却不似十六岁的少女，眉眼间流露的竟是我未曾见过的阴冷。

“你以为你们还走得了吗？玲珑，你是回来送死。”是翡翠，似笑非笑的声音。

东方泽上前一步，俊朗的脸贴近玲珑：“没想到是你看出了翡翠的绝技。”

阳承鸣还在痛苦地挣扎，在自我意识与翡翠的控制之间。没有想到，貌似天真无邪的翡翠，使用的竟是如此阴邪的功夫，迷魂术。难怪那郑督察死得如此离奇，竟大白天的走进水中溺亡。

我的世界果然是一个又一个谎言堆积而成的。东方泽，当今的七皇子，十年前便欲图谋反，暗中培养死士杀手，对抗朝廷主要官员。他们曾经告诉我，杀人是为了拯救更多的人。可是渐渐我才明白，我，绿如意，不过是政治斗争的一件兵器，我的杀戮不是拯救，只是在酝酿一场丑恶不堪的阴谋。

阳承鸣又歪歪斜斜地杀过来了，扭曲的面孔，凌乱的剑法，我深爱的人竟如此狼狈。这情景仿佛在一刀一刀剜我的心脏。

玲珑冷笑一声，几乎只是一眨眼的工夫，几圈金丝已绕上东方泽脆弱的脖颈。玲珑稍稍用力，便可结束这一切。下一刻，她却迟滞着松了手。美丽如玲珑，此刻挣扎得青筋暴起，秀丽的眉眼纠结如树根蜷曲。

看来东方泽已然决心清理门户。当那枚写着阳承鸣名字的桐叶笺出现在我的手中时，我便知，他在试探我，亦是给我最后一次机会。是什么时候开始怀疑我的呢，我与玲珑有此计划不过半年，翡翠却已加入玲珑戏班数月近半载。

呵，东方泽果然了得。只是，令我去杀阳承鸣，未免过于残忍。那于我而言，是太阳一般的男子啊。玲珑，我们是彼此的影子，是死生不换的好姐妹。所以，东方泽错在让我亲眼见到他们极致的痛楚。

翡翠得意的微笑凝固在下一秒，在她倒地之前。我绿如意的玉针一旦出手，必有人命落地。

“如意！”阳承鸣奔过来接住气力耗尽而倒地的我。

“绿如意，背叛我只有一个结局。”东方泽仍然微笑，眸子里的阴鸷隐藏不住。

我听到银镖飞出的声音，平静地闭上眼睛，等待死亡的来临，东方泽的银镖在外声名如我的玉针，从不虚发。我知道，我这样的人，配不上一份郎情妾意纵情天涯的感情，临死前得到爱人一声真诚呼唤，已是无比满足了。

睁开眼时，却看到玲珑凄迷的笑容，金丝割破了她纤长的手指，东方泽倒在身后。银镖在她的胸口，殷红的血汩汩地流，流成一朵玫瑰，流成一座花园。

这个我一直以为心如止水的女子啊，她用尽最后的力气，留下一个明媚的笑颜。

她说，爱是成全。

06

生活

不过是顺其自然

昔日，在我埋葬一个死去的自我时，掘墓人走过来说道：“在所有到这里来举行葬礼的人当中，我独喜欢你。”

我说：“您真使我受宠若惊。您为何喜欢我呢？”

“因为，”他回答，“别人都是流着泪来，流着泪去，唯有你欢笑而至，欢笑而归。”

——纪伯伦

荒城记

走下半里地，我忽见一剃头挑子蹲在地上，跟肩上的一般模样，“唤头”用的铁片棒子也丢在一旁，一具腐化的尸身静卧着，我走到跟前看到了自己。

文/徐畅

天色向晚，苦夏的阳光叮咬得人脸辣辣的，我掸掉麻裤上的干土灰，担起剃头挑子进了伊城。赭黄的城门上蛛网盘结、黑鸦聒噪，阴风漏进来，滚瓜走石般“呼啦”弄喧。胶着的腐臭味肆意漫延，周遭好似摆了一整圈粪桶。此间岂不是一座荒城？我暗忖着，慢下脚步。

城内商铺酒楼木质腐朽、失修多年，家家闭门掩窗。可仔细听去，叫卖声、咒骂声、讨价还价声、清唱的淮南小调正热闹喧嚣。我徐步沿街行着，担子一头的火炉直冒青烟，另一头却撞得哐当响。

“剃头的来活儿了。”胡记酒家揭开板门走出个女人，女人一袭红旗袍，面上针绣了花里胡哨的早梅，颈上璎珞青紫耐看，许是店里掌柜。

“使不得，使不得，姑娘家哪能随便削发哩？”我说。

“你这老剥皮的，恁多话，我甚时说我剃头了？”她身后蹿出个后生，拖着长辫子，阴阳头，阳面已生了一层黑楂儿。我放下担子，添炭烧水，取下担内红漆方凳，摆置好剃头的家伙什。

“几个钱哪？”女掌柜依着板门道。

“剃头刮脸加打辫，拢共十文。”我说。女掌柜在我手心排出铜钱。我收了钱，在厚刀布上荡好剃刀。女掌柜在后生耳边嘀咕两句折身回屋。后生听得用心，临了还喊：“切莫叫二扒子撬了柜台，那个杂种，钱票偷去，叫咱俩喝风啊。”

“二扒子是弄甚的？”我边修理他的鬓角边问。

“贼，成天偷吃扒拿，这狗东西，李集街上哪家没挨他偷过？十二岁吧，人不大，心贼着呢。轧面条的王寡妇家，银票藏进枕头瓤心里都叫他偷了去。不出半月，钱败光了，又去偷，摸捞到周举人家。顶西头带小院的四角楼就是他家的宅子，两层楼是全木的，半根铁钉都没镶，根根木条卯榫咬住。这崽子三更天去偷银元，周老爷光脚撵到街心，拾起地砖碰瘸了他的腿，这贱胚子淌着血爬过整条街。家家出门举笤帚打骂。”

“这回打服帖了？”

后生气愤难消地望我：“服帖？去他娘的，膝头夹好板子又去偷了，狗改不了……罢了，莫提他。我恨不得嚼了他。”

“城里发生过事儿，对不？”我问。

后生佯装着说：“能有甚事？”他四下端望，无人了才说，“老先生，我不跟你捣虚，长毛子进了城。”

“怎讲，莫不是太平军？”我手里的剃刀利索了些许。

“勿谈国事，勿谈。”后生嘱咐。

“还在城里？”我问。后生晃荡脑袋，只推说不知不知。我拧干手巾擦净刀面，他额头上涔涔冒虚汗，我蘸水在他腮上打了胰子，摸揉一番白沫就起了。我横刀刮下，吱吱碎响，他额上汗珠频频滚落。“怎的？”我问。他钳住我胳膊：“长毛子死光了，鏖战一旬，一兵崽都不剩，尸首一骨碌抛在墙根。”他又晃头，扰得我无处下刀。“烂掉发臭了，清军都不让埋，后首城里就出了怪事。有人传闲说，长毛子索命来了。”

“城里人多阳气重，能出甚怪事？”我在另一面腮上寻下刀的所在。

“害病死了，瘟病，一个接一个，跟搁那儿排了队似的。棺材铺挣老钱了，卖得一口不剩，人稍死得快点，家人干脆卷席子当街扔了。城里人口死到半数，清军又来了。”

“得亏他们。”我应和道。

“你老先生痴呆了？那些个当官的，哪一个是来救人的，当即就围了城，封住门，东西南北四口儿，死死的，外面人不得进，里面人不得出。活生生围成一座死城。三个月之久，清军才拔了寨营收兵。”

我揩净他的腮帮，女掌柜在板门后嚷嚷开了：“两月没见二扒子动手脚，许是死了。”后生点头称是，女掌柜说，“辫子我来打，你找下家吧。”我作礼道谢，挑起担子拽开步子告辞。

街巷还深，我心里寻摸找家便宜客栈先歇身，明日再去揽活儿。拐进胡同角，一群手摇拨浪鼓的小娃跟着我，跳着格子步，哼唱起剃头的歌谣：

老师傅，手拿刀，取龙帽，脱龙袍，坐龙墩

剃龙须，按龙头，掐龙腰，净龙面，掏耳朵

推拿按摩把病消，万岁头上敢动土，百家饭菜敬尔曹

剃出俊美新容貌，高官厚禄咱不爱，剃头好似坐当朝

我和着小唱，回首望去，身后无人，只有歌声在巷里音韵不散。我进了跟脚边的“福禄客栈”，客栈只我一人住店，老板娘跟我岁数相仿，六十冒尖。我上楼入了客房，她奉茶进来。我呷一口竟是苦的。寒暄后，老板娘道出他老头子患痨病死了，膝下无子，老寡妇自个儿空守旧店。我听惯了别人苦惨的身世，遂问她“胡记”家的酒怎个滋味？老寡妇攒眉细声说，那家店没酒。

“没酒怎唤作酒家？”我问。

“店里没人，哪来的酒？”老寡妇说。我胸口阴沉，好似扬场的石磙碾过。“没人，我分明瞧得真真的。”我说。她愕然了，一杯茶工夫才道：“也难怪，怕是老先生撞见了。”

“甚？”

“撞着魂了。”老寡妇说。我一受惊打翻了茶水，麻裤上狼藉一片。

“城里闹人瘟时，当兵的围了城，那会儿她刚跟店里跑堂勾搭上，那后生你该是见着了。”我点头承认，“她男人得瘟病死了，两人怕死，整夜守在城门口想法子溜走，那后生攥着鹰钩绑上绳，甩了圈撂上城楼，半街人聚在墙下观着，他铆足劲儿爬上去，刚一露头却坠下来，尸首碎成四段，印堂中了箭，直穿到后脑。把人吓得呀，他那相好哭丧心了，整个人都疯癫了。她跪在墙根一个劲儿地刨土，刨足分量又捧上来，街上人蜂拥上去，都寻思刨出洞定能逃出城。不多时就刨出个大口子，女掌柜的指甲挨个掉了，用指肉也要刨。老先生哪，整整一宿，城墙地基深着呢，都生了根的。天麻亮才刨到墙外，外面人早候着了，哗啦一缸热水整个儿灌进去，城墙内都闻着人肉烫熟的味儿。”

我撩开窗，“胡记”酒家门槛上，女掌柜正给后生编辫子。

“老先生，这哪是最绞人心的，我女儿怀了肚子，正赶上这倒头鬼的人瘟，女婿得瘟病死了。我闺女临盆当晚，孩子刚一落地，她就提起孩儿的脚，愣往墙上掼，掼死后丢进茅厕，没摔死也呛死了。她认定这孩儿活不下去了，不受人瘟那穷罪。”

我斟了杯茶递给老寡妇，老寡妇一口饮尽。“还是个外孙。”她说，“谁晓得个把月，半城人都出去了，全仗了二扒子的功，要不然我早该去见阎王老儿了。真可惜了我那个外孙。”

“断腿的小贼吗？”我问。

“可不怎的，”老寡妇说，“围了两个月，城内人就逼疯了。水还能从井里担，稻米整个断了，人死得一天比一天快。西头周老爷拢齐街人想了对策。”

“是要造反哪？”我问。

“不得活命，哪能不造反。眼瞅着全城人要死绝了。周老爷说，要找人爬上城墙，在墙顶往东跑再折向北，引开那些当兵的，这样就能空出分把钟，好让全城人去拆毁南门，问有谁愿去。人人都怕死着哩，谁不晓得城外的弓箭毒啊。半晌没人应，临了，二扒子拖着坏腿爬出来。”

“好腿的不是快些吗？怎是个瘸子。”

“那关头，都躲着死呢，管不了这些。周老爷扎了一捆银票，拾掇一麻袋银元，递给二扒子，嘱咐他上了城楼要一面撒钱撂元宝一面跑，这样追去的兵才多。二扒子攥住绳子，就是后生爬的那条，背了满满的大包袱，嘴里咬着大锅盖，一条腿蹬着墙面上去了。就听得哐当哐当雨点样的射箭声，城楼上没了动静。城下人泄了气，二扒子大概是死了，可那狗崽子脑子可不钝，上了墙就趴下，等箭射消停了，他才躲在锅盖后面往东跑，一瘸一跳，手还不住抓元宝往下掷，爬了一截，转向北去。周老爷带全城男女涌到南门口，胡铲乱刨挨个儿拿身子撞，两扇门间好容易露出点小口儿，可外面的长矛乱刺进来，串起三五个人的肚皮，周老爷掏出怀里的银元票子往外扔，扔得越勤，门开的口子越大，那些当兵的也穷急了。到底撞开了门。”

“城墙上的呢？”

“半城人去撞门，活下来的只有一小撮，人们出城往南疯跑，掉头望去，城墙上没有人影。城空了，清兵便退了，活着的人回去寻二扒子，终究在墙根寻着了，折掉的腿上中了十多支箭，胸口扎成蜂窝煤了，齐齐整整的。几个性子软的女人抱着他，当儿子一样哭着丧，好些壮汉在一旁挖坟，周老爷根根拔下二扒子身上的箭掖进怀里，不吐一句话。”老寡妇说，“孩儿也就十岁露点头。”

“明日出城，我想去他坟上看看。”我说。老寡妇点头，下楼端上蒸好的饭菜，一同吃罢便回屋睡了。到了后半夜，车马赶路声、伶人敲锣拉弦声吵醒我。我开窗探望，月光里青砖白路，不曾见到人影。木楼梯嘎吱作响，老寡妇登上楼来，瞧也不瞧我，径自钻进我毯子里躺下，我贴她搂住，到了鸡鸣没再睡着。

早上喝过清粥，她送我出了客栈。我挑担子往巷深里走，这一整日背运倒霉，没揽一单生意，又惦记城外男娃的坟冢。心想，还是出城探看完回乡罢了。我斜了扁担，横穿两条街，街上卖布的、看西洋镜的、吆喝煎饼的、兜售瓜果的叫嚣不止，热闹非凡。行到南城门，见一瓦匠蹲在墙根下，嘴里咬住旱烟。我问了二扒子的坟茔。他说出了城往东走，折角墙隅处便是。他端详了我，说我不像此地人，怎知二扒子，我道了昨晚在“福禄客栈”的前后。瓦匠不明就里，在青砖上磕净烟锅：“客栈里的老寡妇？”

“正是她。”我说。

“我在她客栈里做过长工，我晓得她，这老东西，工钱才给了一半。”他望向我，“她死了倒有一阵子了。”死了？昨晚她在我床上躺了一宿。我不信瓦匠，道：“瞎嚼蛆。”

“你老爷子怎骂人？”他说，“我还糊弄你老啊？那老寡妇跑到城外不假，可她踩滑被一根矛绊倒，让后面人踩死了。我看她倒下，我还喊‘老东家、老东家’，她当场毙命了。”

我不睬他，出了门往东走。这两日遇到的蹊跷事够多了，我不信跟我睡了一夜的会是个鬼魂。就算是的，我也不愿相信。我闷头走下三里多地，仰望城墙头，心想二扒子瘸腿跑恁远，一起一伏是何等滑稽的场面。他该在这不远处中箭的，受伤后，拖着腿连跑带爬，到了折角处才滑跌下来。清兵为了杀狠，还补了十来根箭。否则不会像老寡妇说的那般匀称。男孩儿就这般毁掉了。我低头忖度。跟前一男娃闭眼席地端坐，肩头倚着一大锅盖，缸口来粗。我惊得飞了魂。

“二扒子？”我小声说。他睁开眼。我一时想不出着边的话：“城里人都说你埋在这里了，我来……”

“城里还有人吗？”他问。

“很多人啊，我就从里头出来的。”

“城里没有人，”他说，“城墙里早荒了，没人活着。”

“不不，我待了一天一宿，我老汉眼睛还没胡花哩。”我反驳，“街上还有人卖东西，墙角还蹲了瓦匠。”

“没人活下来。”二扒子说。

“怎的没有，南门破了，跑出去一伙，怎的没人？你还是人家埋的。”我越过他的肩膀斜身看去，他背后没见一处坟冢，再望去三里远也不曾见。

“跑出去不少人，可那些……”他说，“当兵的卷回去了，围一个大圈，把逃跑的人都包了进去，没人跑得了，箭一排排射出去的，都死了。我也死了。”他顿了顿，“他们是死后葬我的。这里根本没有坟。”

“这是出了甚岔子，我怎跟一小孩的魂说起话来？”我自语道。

“我见过你。”他忽然说，“你不是剃头匠吗？你的‘唤头’呢？平日里敲敲打打，啷啷响，招生意的。”

“我没那物件，你怎会见过我呢？”

“清军回卷时，你正准备进城，我还听着你‘唤头’的吆喝，”二扒子说，

“可是当兵的也听到了，他们杀人杀得正发狂呢，你全看到了吧？”

“不晓得，”我脑袋里开了闸门，“这是怎的？我剃了头，这会儿是要回家的。”我重挑了担子，不敢看他的眼睛。

走下半里地，我忽见一剃头挑子蹲在地上，跟肩上的一般模样，“唤头”用的铁片棒子也丢在一旁，一具腐化的尸身静卧着，我走到跟前看到了自己。

一种练习

直到听到救护车的鸣笛声才回过神来，这又是让他浮想联翩的声音，他隐隐约约感觉到自己生前最后的时间，便是在这忽小忽大的鸣笛声中失去意识的。

文/许竹敬

这个房间很简单，他的沉默引起房间的共鸣——深而重的寂静，墙面灰或白。一些鸟飞过，从他站着的窗子外头。他没有看到任何的颜色，左手搭着右手，身体不由自主地颤抖。一件防风夹克披在瘦弱的衣架上，像是墙壁上徒增了一个人，挂着。他试图发出一些声响，感觉到自己的存在，有一阵风从灰色的外面吹进来。他勉强咳嗽了一声，空洞洞的房子倒是积极回应，装下了这并不悦耳的声响。

同样发出尖锐之声的还有那声急刹，他不知道为什么来到这里，行李箱很重，打开衣柜什么也没有。斑马线模糊了，行人在上头，有各种颜色的交通灯亮起。他匆匆跑开，曾看见血那样地流淌，就在路口。和行李一起来到这个地方，对着一面镜子，盯着自己。多么希望里头的人能动一下，以此证明镜子外面的自己安好。他又发出一些声响，打了几个很有节奏的响指。镜子里的人也打着响指，一下子分不清镜子所成像的是外头还是里面的。总之这是他眼力所看到的。

镜里的人狠狠地瞪他，他竟然害怕了。取下镜子，侧耳听着镜子，镜里的人也侧耳听着他。天气不热，但他觉得衣服黏在身上，镜里的人把汗滴在镜上。他一摸胳肢窝，也湿了。这个可怜的空房间里的人，发出了咯咯笑声。

此刻的路面——模糊的斑马线上，那个人还躺着，发生的那一幕就在他眼前，他呆住了，就像镜里的人看着他。

房间是暗色的，外头是灰色的。有一些塑料袋偶尔掠过天空，白色或蓝色。他抗拒着不肯清醒，房间里唯一一处亮光来自镜子的反射，好像里头的人开了盏灯，光漏了进来。在他身上抚摸的手，他用右手抓住了它，此刻那只手正往自己的下身熟练地摸去。右手任其使坏吧。

一场左右手的斗争。

两个小时前他不小心睡着了，他和镜子四目相视。

角落潮湿的地方，蟑螂消失在那儿。他依旧觉得那是一堆番茄被挤爆了，于是他把果核从果肉里剥离出来，死亡就是这样，在那儿上演的一幕，他觉得没那么恶心了。也许是一扇窗脏了，另一半窗子的天空干净多了。他的目光落在路旁的一棵树上，比邻的还有一棵树，它们枝叶相触。有他的窗子挨着另外一个窗子，还有隔街相望的树和树，窗和窗，这一切看上去并没有什么恶意，各自为安。

他走路，刚到这里。没有什么话题可以聊，他盯着杂货店，走过又回来。他要让人看见这是他。杂货店的男人扔给他一枚硬币。他望着天空，试图看到一个缺口。那么，往哪儿去呢！这一切都看着他，连自己都觉得陌生。没有声音的陌生，这是他极具生疏的自然。理所应当的百般不适。他不喜欢用“生命”这种字眼，讲话的技能似乎在退化。路上有干燥的一段，水正在流向低处。

微笑没有出现在他目及的各种生物里，身边又一个人消失了或者擦肩而过，更或者擦肩的都在消失。叶子落下是没有人在意的，除了他。

双脚逛着走着，撑着自己的身体走过一些差强人意的房子，看罢一些人和屋顶，他问过麦子在哪儿，也把其他手指攥住大拇指。在一个新的地方，驻足不超过三分钟，一种想法的灵光就是一道伤口。绕了一个大圈，还是决定到现场看看，他已经不恶心了，胸口搁着自己的双手，深深地呼吸着。天上出现了一片火烧云。他来到的这里什么也没有，一点动静也听不到，人们忽略他的问题，或者说什么也不清楚，他以为这至少是个痛苦，公路流过血的地方，没有人记住那起车祸，就在这里，没有人记起。一个人摇头说不知。人很多，路过的更多。又一个人摇头说不知。这个世界是隔音的，唯有汽车是响的，催促时间拨动下一个分针。已经没有痕迹了，于是又一个人摇头说不知。好吧，还是要祝愿大伙活得干干净净的。他沉迷一种想法，就像别人对他视而不见的程度那般重视，再也没有什么比一条拥挤的街道更为安静的地方了。

那个逝去的死人，非得靠一个活人来解释清楚吗？他为何会在现场，他目睹的是一种抛弃的沉睡，带着曲线。一会儿又要带他去什么地方呢？后面的还未消退，前面的正在升起，关于一种光的博弈，最后被路灯破坏。一个动作被另一个动作取代，漫无目的地走，却在这城市里一动不动。

他没有把烟头掐灭就扔在人行道上了。看着人行道上走过的各种脚——皮鞋、运动鞋，高跟的、平底的。踩扁了的烟头又被踩了一脚。一会儿汽车驶过。

人都不是那么聪明的，他玩弄一颗心脏，泡在福尔马林里新鲜的心脏。这里的人染上了感冒，流鼻涕，带鼻音。他穿过楼道，在记录单上找到那个地方，B439，科文路道，死因：车祸。4号冰箱39陈列柜。尸体保存得很好。看看那盆骨，他似乎听到了先前的对话。啧啧，这盆骨碎得跟陶瓷一样，真是个可怜的家伙。看看那只脚，被掰正的脚。啧啧，关节扭成这样，真是个可怜的家伙。真是个可怜的家伙。看看那狰狞的表情。啧啧，这是多么可怕的车祸啊！啧啧。他感慨，也发出一串啧啧。入殓的时间暂定，备注那栏写着。还有警局的盖章。他去碰死去的他的手和脸、头发，还有伤口。他像一只被宰了的猪，身体白白的。同样放在冰箱里头，不过那是在超市的货物架上。当然也好似一群动物的尸体陈列柜，一群人把它们挑过又煮了吃了。他看着太平间一柜一柜的肉，透过冰柜，似乎看到了一群熙熙攘攘的动物，指着人的肉问价，有刀子上起下落，动物们讨价还价。肉上毛有点多，麻烦剃干净点。拣起一块肉，翻来覆去，欣赏着到手的美味，考虑红烧还是油炒，而后拿了根股骨回家炖汤。

正如遇见的死人们，他就像掏出廉价午餐券时一样的反应。医生告诫我们通过倒立可以得到一切锻炼，增强肌肉，扩大输送血液的血管。于是这个世界就倾倒了。一种血液的横流。遇见过死人后的他，就像拿出午餐券吃完立马倒立，脑袋充血，随着血液的增多，富氧状态，开始一些难以描述的幻象。不是吃饭的问题，更不是倒立的问题。

他呼吸的每一口都让他毫无节制地消耗。他把门关上，却发现自己仍在屋内。他把门打开，又看见了另外一扇让人失望动容的门。他害怕太阳，却在醒来的第二天，吮吸着阳光。像一条金鱼，在空气中冒了一个泡，他说，昨天看见的那个死人，像极了某人。他指了指镜子说了一句话。镜子反射着窗外的天光，波澜不惊。如果再醒来，他发现自己仍在太平间里，那么他会发疯的。于是他又醒了，在一间即将坍塌的房屋外头。于是他又醒了，在没有什么比游泳池更安静的游泳池里。于是他又醒了，在一本书的夹缝里，每个字都是肢体的拼接。后来他干脆一直闭着眼睛，最害怕的不过是睁开眼看见旧的感觉和新的地方。为什么那个死人如此熟悉呢？确切地说，他在镜子里看见过一样的面庞。

在车祸发生之前，他只不过不小心路过了那里。他从汽车站下了车，沿站前路直走，两旁是衣衫褴褛的流浪汉。他刚找到工作，风尘仆仆赶来。行李箱里有新买的干净的领带。他问过路，走错过路，又折回来。扭头看过一些华丽的灯箱，在第二十七棵灌木时左拐，路过书店、水果摊、咖啡厅、小的便利店，以及一个路口（路口停着一辆贴着罚单的六座小汽车），继续往前走又路过大的便利店、咖啡厅、水果摊、书店。停下来点燃一根烟，眼神飘过一些门牌。继续走。在他手提的行李箱里，有一双锃亮锃亮的皮鞋。擦肩而过一个女人、一个小孩、一个男人、一个老人、一个婴儿，一条死去的狗，上面落满了苍蝇。在这个路口右转，一辆卡车经过了他，一辆拖拉机经过了他，一辆摩托车经过了他，一辆轿车经过了他，一辆自行车也经过了他。在这个路口扔掉了那根燃尽的烟，继续大步往前走。

请务必在十点一刻经过那个三岔口。

他看了下手表，莫名的声音驱逐着他。秒针刚过十点十三分，于是他加快步伐，似乎非得在十点一刻赶到眼力所能及的那个三岔口。是的，快到了。务必在十点一刻经过那个三岔口。务必。

请务必在十点一刻经过那个三岔口。因为那儿会有场车祸。

像是被安排好的，像是电影片场彩排似的。一秒不差，一分不落。车子具体是怎么失控的，他记不清楚了。什么模样的车子也模糊了。也就是一瞬间的事，跟一道光闪过相似。对于他不得不达到的目标，手指头敲打着一张看不见的木头桌子，带着节奏。他说，那是一辆很冷的车子。极快的速度，而后回想起来，又是极慢的速度，欢快地冲向一个人。被放大的一瞬间，痛苦被分割成无数小截。一道光闪过，在他的回忆里有教室外的日落那么漫长。

依旧是一种节奏，手指头稳稳地敲打桌面。并没有电视剧里描述的那种声音，急促尖叫的刹车声，也没有什么痛苦的呻吟，没有什么惨烈的碰撞声，就如一场串通好的拍片现场，默契而调皮。

但他是看着那个人在他面前死去的，没有死亡的经过。只有刹那的定格，包括自己掉落的行李箱。

他取笑那个人，或许被车撞死的应该是自己。他觉得自己笑了，是种让人毛骨悚然的鲁莽的笑。

他看完现场回到宾馆，路口小卖店的那个年轻小伙应该见着了整个现场的发生。他厌恶那小伙。等到安静下来后，那声尖锐的急刹声才传到他耳里了。果然是恐怖的车祸现场。

于是他决定去医院看看，想为死人做个见证。

他擅自闯入太平间，看见冰冷的死人。

他回到宾馆，一直做噩梦。

于是他又梦见自己走出车站，沿站前路直走，在第二十七棵灌木左拐。路过一个路口，又路过一个路口。终于在十点一刻赶到了那儿。遇见车祸，于是莫名回到宾馆，放心不下，去了现场，去了医院，去了太平间，最后回到宾馆，噩梦连连。而后继续光鲜亮丽、大步流星地走出车站。等待的依旧是车祸，而他开始正视自己，被车子撞到的地方隐隐作痛，他不再为自己假设一个人来承受死亡。医院的遗体才是真正的镜子，隔阂已超越生与死了。

他再一次走出车站，只为看清车牌号。他发现当自己确定死亡，忽然面对车祸时，车还未到，身体就已经开始疼痛了，甚至徒增了一股悲伤、害怕。而后，当车着实接触到身体，一切又是那么舒服，被抛空后，抓了几把空气，目瞪天空，十点一刻的太阳是晃眼的，光的刺激在视网膜上留下炸开的金黄“闪电”，晕眩即刻到来，连倒地时，关节的错移，脑壳的大面积创伤都带着一股软绵之感。疼痛如果缓慢地到来，其实是多么美好的享受啊！可是已经死了！这才是痛苦之源，死就死了，为何还留下思想或者魂魄在这儿鬼混，到底是如何冤枉还是不甘，放心不下的，否则在这里又有什么意思。好吧，好像把自己生前的记忆也一并丢失了。在彻底弄清楚自己身份之前他对司机充满了探知欲望。

他记住了车牌号，Z6401。他发誓自己绝不是什么厉鬼，只是带着丝仇恨捉弄捉弄他罢了，鬼不是都干这勾当吗？自己也只能毫不例外了。要不还能做点什么？

他躺在路上，看着一条路如何慢慢地扭曲。而后站起看着倒地的自己，踢了两脚。哀叹，摇摇头。眼睛一闭，猛地从床上坐了起来，不知做了多久的梦，只见镜子里的床也坐起了一个人。

他在警局查了车主，找了地址。到了地方，找了车主，不见。估计是在警局里了。是运输车队车子，地址不过是车队法人代表的住所。好在一个柜子里有新招的人员名单，有详细的Z6401车所有的司机名单及住所，那天公司安排K驾驶Z6401，就是他了。记下K的住所，不费工夫就找到地址。房子很简陋，在海边的一条巷子里。石头房子，入门后有狭长幽暗的通道，通道两旁是煤炉。头顶悬着一个篮子，四周用报纸糊起来，篮子里有一棵还算新鲜的菠菜。地砖是油腻的，厚厚一层。有一个灰泥脱落的炉灶，通道三分之一放满了木柴。炉灶上有一佛龛，里面的神明一脸灰尘，旁边有未燃尽的蜡烛。一扇门的后头，那块地砖乌黑发亮，上头放着臭烘烘的泔水桶。屋顶下住了几户人家，这条走廊是公共通道。最尾一间就是K的住所。

最尾的一间房子，采光和通风更加糟糕，但走进去并没有先前的走廊的百味交杂了，只有四溢的中药香味，收拾得还算干净。最为难忘的是一张特制的床特别高，叠了三张床铺，上下两床的间隔特别小，只能刚好躺着一个人，下床十分不便，一不小心便磕着头了。这种床铺让他想起了太平间的陈尸柜。一家人估计还不知道K的事情，他们谈不上多么难过，也并不怎么说话，偶尔会有几声爽朗的笑声，这时母亲就会附和几声，也发出咯咯的笑声。小孩一发病便是笑，身体不停抽搐，听到母亲的声音，会稍微安分点。她和婆婆围坐一起，做着一些手工活，从工厂接出来的活，按斤算价，做上一天，二人估计也有百来块。底层床有一个男性，应该就是K的父亲，一张皮摊在床上，几块骨头寥寥撑着。他只会支吾，那便是要拉屎撒尿了，女人就跑了过去照料，若晚了就麻烦。中药煮好便喂食，一个礼拜复诊一次，再结合西医治疗，延挨度日。这个女人一会儿熬药，一会儿照料公公，闲了就坐下来做活。孩子也有十来岁，放在一个婴儿床里，刚好蹲着动弹不得，也不敢站起来，犯病了，全身抖动大笑不止，这时候女人咯咯的声音能缓和孩子的病症不少。他看了K的一家，觉得自己是个孤魂野鬼什么也不怕，没想到来这里后反倒怕了，瘆得慌。

放在过道的电话响了，尖锐的电子铃声穿过走廊，沾染上各类油污、黑暗、混浊后，传到走廊末的最后一间，也就是K的家，像下水道咕噜上蹿地排泄，或者来自深海底处的窒息一下淹没耳朵，总之令人不悦。而此时女人和老人不约而同地放下了手中的东西，相视着。脸上有种说不清楚的表情，有些扭曲，特别是那女人。

走廊有人喊了："就你家没手机，这电话肯定是找你的，还不赶紧来接呢！"

那说不清楚的表情终于显了模样，是难以名状的笑，这是暂时的解释。

是K来的电话。他说，他已经把货物送到了目的地，这次拿了很多钱，让女人买好药、食物，照顾好孩子和老人。

他正纳闷着，K不是暂押警局了吗？

后来电话挂了，没有一句话关心女人。

那说不清楚的表情又显了模样，是难以捉摸的哀，这也只是暂时的解释。

女人回屋内，跟老人说："是K的电话，看样子他并不知道咱们已经听说了他送货撞死人的事情。他骗我货已经送到了，说拿了不少钱，要我买药给儿子和躺床上的那位。"

女人还说："我也骗他，说儿子和老头有转机了，有医院公益活动要免费治疗他们。出事那晚，他也骗咱们说在汽车旅店睡得很好。撞死人哪！看样子没那么快出来，恐怕还得再继续骗下去。还好，车队知道情况，要帮负大部分责任。"

女人那说不清楚的表情，至此模糊，恐怕再也说不清楚了。

老人只说：“明天多拿些活来做。”

他已经原谅了K，可是，竟然是另外一拨活人正准备惩罚他。可关键是，K入狱个几年，那屋里的几个人生活就更难了。

他走出这个肮脏的集镇，离开K的住所。不知不觉来到海边，一边是逼仄的房子、巷子，一边是大海。海还算干净，但今天天气不佳，灰蒙蒙、雾气弥漫。K的事情让他心生烦恼，忽然质疑自己，肉体都死了，魂魄还在这儿做什么？他显然不是合格的鬼，竟然还具备着同情心，反正都已经死了，也没什么好害怕的呢！于是由着自己的心性，他钻入了大海。不断地深入海里，看到的图像总是在变化不定，脸朝上，它们是橙色、黄色，然后变成绿色、淡紫色，像是炙热的太阳懒懒地坠入，也像火炉或者燃烧的斑点。当脸朝下时，飘过一些字眼词语，建筑、街道、动物等，他屏着呼吸，在胸腔里喊着一种节奏，K死了，K活了，K死了，K活了……水浸入他的耳朵、鼻子、眼睛，水温柔而有力地压着他。看着从自己嘴里冒出的水泡，飘摇直上，随着上升气泡正在变大，他可以想象得到，那些气泡最后死在某一片沙滩上。他看见自己的心脏在衣服、皮囊底下跳动，也看见自己的四肢像水草一样飘着荡着，像极了车祸后扭曲的关节。

从看不见的海底飘来声音，带着纹路的声音：K，K，K。眼下K的家人小心翼翼地过着，瞒着K，也骗着自己。

当沉入到一定深度时，他猛地打开嘴、喉咙、耳朵、鼻子，让所有的海水涌进来。他往前一跃，发现竟然有了大把的空气，眼睛一睁开，发现自己在旅馆的天花板上倒挂着。上半身探出头来，下半身在天花板的另一侧。爬出来，掉落在床铺上，身体还是湿的。

他擦净身子，穿上衣服。欲要出门，门是锁着的。他掏出钥匙打开，虽然从屋内走到室外，却觉得犹如从世界走到一个封闭的空间。身高似乎都变得矮小了不少，他打开门即是一场葬礼。他看见遗像上正是自己的模样，但参加葬礼的人一个都不认识，毕竟他是失去记忆的。通过孝服的颜色，他看见了自己的亲属，依旧陌生，走近一看，尽是K的家人，这让他有些脊背发凉。女人跪在棺材旁，身边是那个失去心智的小孩，老的女人还在做着手工活，老的男人依旧在床上。没有人哭，棺材盖着看不见里头的人。没有人在哭，底下的人议论纷纷，指着女人或老的女人或躺在床上的老男人；没有人在哭，底下的人像在看一场戏，三五成群，围在一起。听不到哭声和哀乐，全是叽叽喳喳的讨论声，好像等待着一出一再拖延的好戏。

“这就是我的葬礼吗？”他嘀咕着。警笛的呼啸声穿过，近了又远，远了又近，反反复复在耳旁刺激着。

他在这场喜剧般的葬礼前站了片刻，然后才慢吞吞地跑了起来，这一切只剩下些影影绰绰、模糊不清的轮廓。他甚至看见了他的父母，虽然到现在他仍不知自己的父母是谁，长什么样。但，每个人终究是有个家的吧？关键有两个人一定是你的父母，你是他们的烙印。好了，他想象着父母怎样坐在餐桌旁等他，或许自己还有个兄弟，他们三个人坐着等着，说他应该很快就会回家了。或者门口还有一条狗，屋内有一只猫。

他们正如K的家人一样吧！

尽管一切都是假设，但假设得如此真情实感，这对一个飘荡的魂魄来说……就怕他真的让自己相信了。

他怔怔地走着，也怔怔地站着。直到听到救护车的鸣笛声才回过神来，这又是让他浮想联翩的声音，他隐隐约约感觉到自己生前最后的时间，便是在这忽小忽大的鸣笛声中失去意识的。后来四周静悄悄的，一条银色的马路在他眼前铺开着，视野很好，随着山峦起伏，最后消失在远方的一点。有辆轿车从他身边驶过，带起一些灰尘，飞机飞过天空。他忽然想到，那条狗是黄毛的，猫是黑白斑点的。

他累了，想回到宾馆，可眼下这儿又是哪里？他并不着急，知道终究会回到那个起点。对面有辆卡车向他驶来，他一动不动，在卡车碾过他的那一刻，他下意识地闭上了眼睛，没有任何不适，当他再睁开眼睛时，他已经躺在宾馆的房间里。

他马不停蹄地跑出，此时他的心里已经有了一个计划，他希望达此目标来拯救一些人，也是为了结束自己——他徘徊在生死之间，就像白色垃圾，只是还未送往处理站，偶尔的风让它有了短暂的飞翔而后又滚在地上。或许他的使命便是结束这场漫无边际的车祸，于是他必须阻止车祸的发生。他打开门的一瞬间，适应强烈的光后，他踏出了车站。这是半个月前明媚的一天早上，他坐了一夜的火车，于第二天九点四十五分到达一座庞大的城市。为了结束一切，他必须一而再再而三地经历这场漫无边际的车祸。

眼前的一切好像一台电视机，而他可能就坐在沙发上观看着，随着行走镜头正在切换与移动，这里有些高楼，没有人气，像一只空的香烟盒，而楼下却是密密麻麻的人群。他们像是蜷缩在沙发上的男女主人，天花板是蓝色的晴空，地板是坚硬耐磨的柏油路或地砖，有一颗环保而散发强烈亮光和巨大热量的电灯——太阳，总有一些人在密密麻麻的楼房外像是待在自家沙发上的慵懒主人。他跨过这些人，扛着行李箱。在电话里预订了一间旅馆，极其便宜，一天只要三十块。旅馆老板说得在当天十点前入住，否则就租给他人。经过他的软磨硬泡，老板同意推迟十五分钟。

老板说："我们这儿每天都住满人，也做钟点房，晚来就要租给一些妹妹们接客用。你要妹妹不？我给你算便宜点。"

听着这些话，老板的模样似乎就映现在眼前了。

他莽撞地问路、赶路，非得在十点一刻前赶到那儿不可。好似一场游戏，错过了就输了，只得重来。关卡的过关条件就是十点一刻到宾馆。虽然他不得而知这种军令似的要求如何从天而降，他知道无法改变经过，而他所求的也只是改变结果。

眼下是很难控制住身体，它——这尊躯体疾速走着，他知道按此速度车祸又不可避免。身体是疾走的，那么索性让它跑起来吧，既到达宾馆也能避开十点一刻的车祸。跑过依旧熟悉的景色，它们作为活人时最后的一段路途，所以无意中他记得十分清晰，熟悉的流浪汉、华丽的灯箱、二十七棵灌木、书店、水果摊、咖啡厅、小的便利店、贴着罚单的六座小汽车、大的便利店、咖啡厅、水果摊、书店、女人、小孩、男人、老人、婴儿、死去的狗等，可万万没想到的是，在跑过第二十七棵灌木左拐时，事故就发生了，他被其他的小车撞倒在地。

于是他又踏出一步，从车站里走出，似乎一个颠倒的世界终于恢复正常了。阳光依旧照耀着。不同的是，他嘴里有股苦味，喉咙里像卡着块东西，他拼命地清嗓子也不管用，他啐了口痰。于是九点四十五分出发，十点一刻到达宾馆，这个任务又出现了。他想着肯定是之前的车祸让自己的嘴巴泛着苦味，虽然任务重新开始，可能有些感官终究就这样延续下来了。他想搭载摩托车一类的，可就在寻找之时，感觉自己仿若触电了般，一张门面寒碜、破败不堪的脸凑了过来。

不许主动请求别人帮助，这是作弊，如果不在十点一刻赶到宾馆的话，也是失败。

他意识到自己是活在另外一个人的统治下时，并没有那么悲伤了。似乎自己是被关注的，一颗孤独无望的心，好像终于寻觅到知音了，即使是被迫害，但终于心落地了。不不不，他摇摇头，回到漫无边际的车祸中，此时的他筋疲力尽，觉得自己是个“很轻的人”，只能是某个角落里的小人物，一个外乡人，一个循规蹈矩、不起眼甚至任何人都没见过的魂魄，就像人人随身携带、习以为常的脏手帕。可谁都不会像傻子一样去相信人死后有什么魂魄。实在是担不起重责，想起K的一家人，他就觉得难过，他忽然觉得令人敬佩的西西弗斯是多么可怜，在永无止境的失败中接受着磨难，而置于他之上的还有无尚的道德、怜爱和关怀。

“现在只有你能改变结果，帮助K同时拯救他的一家人，只有你拥有机会。”

这便是绑架他的声音。

在恍惚之中，他来到了宾馆前面，已是十点二十分。他看见K的卡车已经出事了，撞进街边的店铺。他走进宾馆，老板恶狠狠地说：“你迟到了，房间是别人的啦！”而后老板掏出刀子捅了他一刀，他当场毙命。

他是噙着眼泪迈出第一步的，从车站走出，迎接他的依旧是亮闪闪的九点四十五分，再一次挑战十点一刻生存任务。他无奈地挺了挺肩，觉得空气很好。

一位衣冠楚楚的男子，拿着行李箱，从车站走出。即使精神有些落寞，举止、行为依旧透露着良好的修养，胡须剃得很干净，没有丁点胡楂儿。没有人看出他的异样，自然也没有人会去主动帮助他，想必他如果道出自己的情景，什么十点一刻，逃避车祸，轮回啊，死亡拯救一类的，也许帮他的人会把他送往精神病院。他把自己完成任务的各种不可能梳理了一遍，落寞万分。而就在此刻，“帮他的人会把他送往精神病院”，让他有了一丝亢奋。反正有无数机会，终究是命运，尝试一番。

有三个男人总是站在一个街角，拐过这个街角是一条窄街。三个男人中的两个叼着烟，另一个男人高领毛衣外头套着一件夹克，是本地西郊衣服厂产的。他们彬彬有礼地避开旁人，一副防御的表情。他不管他们是做什么的，正因为他们避讳旁人所以觉得希望更大，定是打算着做神秘坏事。他坚决地靠近他们，走得很缓，把手插到裤兜里，并不拿正眼瞧，装作满不在乎的样子哼着小调靠近三人，其中一人咳嗽了几声，另外两人的谈话便停了下来。三人一同把目光投向他。他箭步冲上去给了通风报信的家伙一个巴掌，顺势又踹了夹克男。神秘而愤怒的三人迅速反击，一人揪着他的领子摁住他的脑袋，用膝盖狠狠地顶向他，另一人用肘致命地往他的脖子挥去，而后一人抄了块板砖拍了他。三人越是打他，他越开心，他知道警察就快来了。

殴打了近十分钟，终于听到了警笛声，三人留下一句“神经病”就跑了。他艰难地爬起来，扭扭脖子，还好。他后悔平日无聊时不多举举哑铃多做几个俯卧撑，有个强壮的身体也比较扛得住打。

他戴着一副眼镜，穿得蛮整洁的，身旁还有个行李箱，里头装着自己的证书和一套西服。他觉得自己一定可以受到警察保护的，自己长得一副有点知识的可怜样。

果不其然，巡警赶来，对其辩解的说辞深信不疑。

“你受伤了，我送你去医院吧！”

“不用了，我没事。”

“那三人为什么打你？”

“不清楚，可能是因为我不小心磕到他们。算了，人没事。”

终于，巡警说出了让他盼望已久的一句话。

“你住哪里？我们送你回去。”

他掏出写有宾馆地址的纸条，递上去。

“我暂时住这儿，谢了。”

由于是别人来主动帮他，任务并没有因此重新开始。一切如愿。他生平第一次坐上了警车，伴随着警笛的呼啸声来到了宾馆。

在十点十四分，警察还帮他把入住手续办理了，要扶他进房间。他说稍等，等个朋友，你们看，应该快来了。警察、旅馆老板、门口的一只猫，还有他，不约而同地把眼神投向了门外。

宾馆外停着一辆警车，警笛依旧。十点一刻到了，K驾着货车，在很远的地方就听到了警笛声，看到了红蓝光，于是下意识地减缓了速度。他就这样看着K缓缓地把车开过，K的侧脸像极了他自己，或者K长着一副他的模样。不过，他并不吃惊。

“警察同志，你们先回去吧！”

“也好，有什么紧急情况就报警。”

而后警车跟着K的货车拐过一个路口，警笛声渐渐远离。

他进入房间，很简单，墙面是灰或白。他倒头大睡。

好似有一道看不见的小伤口突然开始隐隐作痛，又像把刀把脑中的什么东西剜了出来又装进了什么东西。后来他醒了，记忆就摆在那儿，咫尺远。

看着窗外的一些鸟飞过了，一阵风从灰色的外面吹进来了，沉默引起房间的共鸣——深而重的寂静。他终于醒了，做了这个冗长而该死的梦，连绵不断，就像空房间里传来的一声尖叫，怎么也消散不了，他甚至怀疑此刻也是个梦。可是，他清楚地想起来了，自己的货车如何碾过一个男人，车子好像驶过一个坑洼的地方，抖了一下而已，再回过头来就看见一个人倒在血泊里，然后他赶忙把车开走了，停在一处荒郊野外，而后又睡在这旅馆里。他不明白，只是车子抖了一下，一个人怎么就死了。

“既然死者原谅我了，我还是早点投案自首吧！”

“一定是死者托梦给我的。”

“我就是杀手，唉，甚至害了我的家人。”

K慌慌张张地穿好衣服，他觉得必须立马投案。又是一个早上的十点一刻，他打开门的瞬间，一伙刑警便冲进来制伏了他。终于这间房子不再沉默了。

07

以

温柔之名，负重前行

人们对我最大的两个误解是：他们仅仅因为我戴眼镜，就认为我是知识分子；他们总以为我是艺术家，因为我的电影总是赔钱。这两个误解曾盛行一时。

——伍迪·艾伦

正反合

正正反反，合成了一只青鸟的羽翼，飞向了交界线的晴空。

文/王宇昆

A

如果黑夜是正，那么白昼是反。

如果面对是正，那么退缩是反。

如果记忆是正，那么忘却是反。

B

正反合，我觉得我像是站在临界线上的小丑，顶着岁月这顶红色的帽子。

高三部的分界线是十点那段明畅的下课铃，这个时候整个学校陷入了长夜无尽的沉默，窸窣的整理练习册和试卷的声音，以及车棚里发动变速自行车的声音。

我们都显得有些紧张，措手不及地把教室最后的门锁上，临下楼的时候要检查一下口袋里是否带了胸牌。

十点以前的黑夜是教室里刺眼的灯管发出的人工白，十点以后是一个人骑车子回家在路上低声吟唱的《卡门》。

光亮是正，那么暗夜便是反。

回到家打开那盏用了三年的台灯，灯管被流通的电流恢复了点亮黑暗的生命力，妈妈为我铺好了床，温好了牛奶。我拿出没有做完的试卷，才发现背包里一直放着的那张Infinite的专辑。

我和阿雅约定，毕业以后一定要去听他们的演唱会。

C

查体日，意味着离高考还有短短的六十天了。

我看见了少年们胳臂硬朗的线条，原来还是骨瘦如柴的少年，现在已经变成了可以直面困难的勇士了。阿雅告诉我，查体的医生语气很温暖，测完血压然后拍了拍她的肩膀说要她加油！

阿雅有着先天性的低血压。这一天早上没有吃饭的阿雅，脸色显得更加憔悴，自从百日誓师大会后，我们的心情愈发变得焦躁，食欲不振也让阿雅经常有一顿没一顿地凑合过去。

一定要按时吃药和吃饭呀！这是我每天都要嘱咐阿雅的一句话。

可是阿雅还是经常忘记了吃药的时间，晚饭也只是一份泡芙就草草完事。

“没关系，我能撑下去的！”后来这变成了阿雅每天都回答我的一句话。

我一直相信，在阿雅的心里，过得幸福快乐是正，健康与否才是反。

D

夏天燥热得让每个人的心里都像爬满了热锅上的蚂蚁，仿佛一掀开锅盖，所有人都会被氤氲的雾气蒙花了眼睛。

Infinite的第二场演唱会就是这个时候开的。待在六十个人的教室里，汗水从毛孔里生长发芽，手指在草纸上比画着一道空间向量的数学题，看见前排又传来了新的物理考卷。

“喏，新的试卷，自修后必须做完，收上来统一批改！”物理课代表站在黑板上边写着物理作业边宣布这条消息。然后是教室里的一阵唏嘘声，无数次的厌恶但还是要兢兢业业地铺开演草纸，去重复那一道道铅字印刷的计算题。

与其抱怨未来的渺茫和生活的忙碌，还不如选择静下心来仔细地演算手边的这一道题。

黑板旁边的电子倒计时牌是班主任自己花钱买来的，每天会变换不同的颜色，今天是绿色的四十九。

如果汗水是正，那么泪水便是反。

E

晚饭后，阿雅陪我在校园里面散步。

“喏，加快步子，肚子里的食物可以消化得快一些。”阿雅揉了揉自己的肚子。

“为什么不让它们多待一会儿！”我踩着阿雅的影子，然后又在水池旁边停住了步子。这个水池里面挤满了荷叶，现在的时节只露出小小的青绿色花苞，的确很让人疼爱。

到毕业那天，应该就会盛开了吧。阿雅从口袋里掏出了两个许愿瓶。

没有大海，那就把心愿交付给它吧，阿雅指了指眼前的这方在黑夜里沉睡的池塘。

“如果我写我的愿望是去看Infinite的演唱会，是不是有些浪费呢？”我看了看阿雅，这时候她已经把许愿瓶掷进了水池。

后来我不断地追问阿雅写了什么愿望，阿雅总是笑着告诉我——

“这是秘密！”

F

如果真相是正，那么秘密就是反。

“喏，我的愿望是，我和Hkun可以永远相伴着走下去。”阿雅告诉我。

后来的后来，天空和海洋成了正反合。习惯了黑夜暖热的牛奶，再次唱一遍《卡门》，抚摸Infinite的专辑封面，催促阿雅一定要吃药和按时吃饭的日子。

正正反反，合成了一只青鸟的羽翼，飞向了交界线的晴空。

七月

世界尽头变为偌大的玻璃镜，一路曲折漫长尽收眼底，最终变成你一个人的终点，与虚无拥抱。

文/李娜

七月，似乎是个适合抒情的季节。

离别二字从古到今辗转缠绵了千年，带着悲伤痛苦的烙印，抛在广袤无垠的时光里，流传或者被遗忘。

我们说离别，离别不过是一个人的独角戏。

世间相遇，总要有一个人先走，然后才有了所谓的背道而驰，彼此向相反方向渐行渐远。没有什么离别是不约而同的预谋，离别总是先有一个人对承诺无能无力。

何为离别?

模糊记得有人告诉我是心的离开。当心已远离的时候，任何存在都显得苍白无力，承诺像尘埃一样渺小。人生百转千回，许诺有之，相信有之，背弃者有之，无非是愿打愿挨，落一个何必当初的结局。

渡边折柳，长亭斟酒，杯盏里窥到数年的异地两别，自此明月长望，酒中怀伤，两鬓斑白了多少年。而今作别曾经，各自远扬，不过彼此踏上新的旅途，念念不忘也终是不再回想。你说离别，也不过是一个人的挣扎和对昔日的颠覆，只能依赖于自身的救赎。

我们感叹着孤独，镜花水月顾影自怜，可谁知孤独一旦成为脱口而出的言语，就会沦为自欺欺人的幌子，与你今天吃了什么无异。万物诞生之初，无一不是一个人的征程，泛滥的孤独只是矫情，孤独的实质是理性的哲思，是不可说的自救。

孤独是一种享受，而非弃世。离别后的孤独只是伤感，不过是一个人的心路历程。

你说要走了，自此山高水长，相见渺茫。离别只是厌倦。

你没有说你要走了，只是淡漠寡言，灯火阑珊处唯有寂寥。离别不过是未说出口的不忍。

既要离别，又何必恋恋，决绝才是最干脆的注解。

世间的风景变为一个人的独享，你背起行囊走走停停，路过万种风情，邂逅喧嚣人群，目光再无可停留之处，于是天地为你停留。你恍惚记起有人要陪你到世界尽头，于是世界尽头变为偌大的玻璃镜，一路曲折漫长尽收眼底，最终变成你一个人的终点，与虚无拥抱。

你记得的太多了，一点一滴，历历在目，如烙印入心三分。

你忘记的太多了，模糊不清，斑驳了岁月，可触摸的唯有自己的背影。

离愁别绪只是一杯浓酒，自斟自饮了各自的悲欢。

时间只是单程列车，又何必回放逆行的念想。

世上本没有离别，距离只是沉默的借口，万物仍存，再见就不是说出口的理由。若非要说离别，无非是对未来不会相遇的预测和迫不及待的逃离。

你说离别，那就不必相见。

你说相守，那么风雪载途后，谁会陪你流浪。

我在寻找，我的眼泪

现在，阳光包围了属于冬日的阴晦。公园里，粉宫羊角蹄上掉落的露珠，被光、被热轻意地攫取。也许，蒸发了。生活在物质极度丰富的时代，超市柜台上摆放的货物应该不能用“琳琅满目”来形容了吧？

文/林婷婷

寒风料峭，在冬日斜射的光辉中，淡然忧伤。原本，冬日过后的天空是乌云的领地，是肆意的狂风推着几层灰蒙蒙的云，在冷凝的空气中抖落晶莹的雨滴。现在，阳光包围了属于冬日的阴晦。公园里，粉宫羊角蹄上掉落的露珠，被光、被热轻意地攫取。也许，蒸发了。

生活在物质极度丰富的时代，超市柜台上摆放的货物应该不能用“琳琅满目”来形容了吧？怕是不够用了。

九九年的那会儿，我还是个乳臭未干的小孩童。放学的时候，总是喜欢招呼几个人一同去“公社”里“淘宝”，在光线黑暗的小储藏室里“大动干戈”，有小孩找出铁制的口哨时，总是拿飘飘然的眼神看着别人，稚气的脸庞染上了灰尘，却露出难掩的神气。

小孩们最感兴趣的是漏了气的粗糙皮球。干瘪的皮球或许已经入不了现在小孩的眼，但对于那会儿的我们，拥有一只皮球是一件多么让人激动的事啊。

淘到宝的人除了神气，还有未命名的感动，特别是心思细腻的小女孩，眼里蓄着“感动”的成分，正在慢慢合成。

忆起童年琐事，发现眼泪在那时泛滥得近乎廉价，太多属于小孩的天真、感动、哭闹、好奇。在经年累月的日子里，眼泪似乎在徐徐氧化，还未察觉时，它已悄然变异。

语文课上，老师讲到：现在有很多人会到江西婺源观赏遍地烂漫的油菜花，坚挺的茎托着金黄的花瓣在风中晃荡，有如杂技团精彩绝伦的“吊环”表演。老师讲得很动情：油菜花田不过是他们用于充饥视觉的“食物”，而这抹黄绿夹杂的缎带却是当地农民们的生命、生活。游客们轻轻折走的或许不是叶片、微不足道的小花，而是农民们一顿饱饭或者是孩子们的一支铅笔。

底下的我在内心“理直气壮”地反驳：游客去观赏油菜花的时候已经给农民们带去了经济效益啊。倏然惊颤，我为什么会有此想法？我应该本着眼泪的要义去同情农民们。可是，我为什么会如此“理性”？我正在渐渐被同化吗？但被谁同化了呢？我如何寻回以往的我？

——那些蓄着眼泪的曾经？

此时，乌云占领了天空，成就了冬日一如既往的阴晦。只是，少了些成分。就好比现在寻回往昔的眼泪，同样的温度，同样的气味，同样的元素配比，只是那时的眼泪还会在这时的空气里安然地存在，而不被腐蚀吗？

——我在被同化，被人同化，被不知名同化。

——我在寻找，寻找我的眼泪。

08

一朵花
绽放的时间

你要是真想听我讲，你想要知道的第一件事可能是我在什么地方出生，我倒霉的童年是怎样度过的，我父母在生我之前干些什么，以及诸如此类的大卫·科波菲尔式废话。可我老实告诉你，我无意告诉你这一切。

——塞林格

莫良传

在我的记忆中，那是一个雨天，可日记本上明确地写着“晴”，之所以错记，大概是因为那把黑伞。我撑着它徘徊，用它遮住了阳光，用它抵挡其他人诧异的眼神，用它阻隔这个残酷的世界，创造一个容许我独自悲伤的小角落。

文/封雷

明

在我的记忆中，那是一个雨天，可日记本上明确地写着“晴”，之所以错记，大概是因为那把黑伞。我撑着它徘徊，用它遮住了阳光，用它抵挡其他人诧异的眼神，用它阻隔这个残酷的世界，创造一个容许我独自悲伤的小角落。至时间流逝，巨大的黑色吞没了我，再把我咽进这座城市的夜晚。

写日记的习惯我保持了十几年，却从不回头翻阅，唯一读的时候，就是销毁它的时候。如果没了日记本的反驳，那么莫良头七那天就大可以是个悲伤的雨天，我撑着黑伞，众人投来的眼神不是诧异而是同情，因为我失去了比自己生命更重要的朋友。

他是阳光，是高峰，也是十字架。

那时候我们都还是高中生，他戴一副蓝框眼镜，度数不高，镜框是记忆合金，打个结再解开，能自动恢复形状。他有很浅的刘海，时刻闪烁光彩的眼神，并不坚硬呆板却富有力量的浑身腱子肉，做事特立独行。

在一节数学课上，他跟老师吵起来了，起因是什么没人说得清，不知怎么又扯到了几何公理上。老师说，公理是不用证明的，就像两条平行线，无论延伸多远都不会相交，要证明也没办法，要么你就一直画下去。

哦？莫良笑了，似乎抓到了老师的把柄。他这一笑让老师慌了，但老师旋即又镇定下来：是啊，有什么好慌的，教了二十年书，还没见过哪组平行线相交了呢！

莫良抓起粉笔和尺子，在地上画了两道线，说：“老师，这就是一组平行线，你说我把它们一直延长下去，会发生什么呢？”

“会发生什么？你尽管画到教室外面去吧，什么都不会发生！”老师大声说。

“再延长呢？”莫良又问。

“你尽管画到学校外面去吧，什么都不会发生！”老师又说。

“我画的这两条线是南北方向的，也就是说，这是两条经线。它们在教室里不会相交，在学校里不会相交，在这座城市也不会相交，但是一直画下去的话，越过山川，越过大海……”

旁边有反应快的学生惊呼：“啊，南北极点！”

“对的。”莫良笑着点点头，“这两条平行线最后会在南北极点相交。”

数学老师呆在一旁，说不出话来。莫良没打算给她反应时间，拿起尺子继续延长刚才的那条线，说：“不信我们就来做个实验吧。”

他的线画出了教室，画出了呆立在原地的数学老师和同学们的视野，当然，他最后并没有出现在北极，而是来到了楼下的我的班级，隔着窗户对我眨了一下右眼，那是暗号，叫我去后操场找他呢！

我当然是放了学才去的，那时他正在篮球场上独自打球。夕阳成了背景，当他上篮的时候，汗滴被抛入空中，然后遵从万有引力定律匀加速下落，画面仿佛定格，背对光的莫良持球悬在空中，面庞模糊，身姿矫健，把青春诠释了一半。

这段故事还有后续：回过神来了的数学老师第二天找到了莫良，说他偷换概念，由于地球是个球体，分布其上的经线实际上是曲线，并不是直线，也就更不可能是平行线了，因而才会相交。莫良又是自信从容地一笑，说：“那世界上就没有平行线啦，因为直线是不存在的，我们生活的时空其实也是卷曲的。”看着数学老师又是一副目瞪口呆的样子，莫良就没有继续给她普及相对论了。

一次莫良对我说：“梁辰，以后我们一起去当兵吧。”

“好啊。”我说。

“你怎么不问为什么。”他说。

“为什么？不为什么啊。”我说。

“你这人就是太随便，没有主见！”他有些生气。

“本来嘛。”我说。

“我在说你的缺点，你怎么不生气呀！”莫良气呼呼地说，想想又说，“唉，我知道你是不会在这种时候生气的。”

他是很了解我，可这一次他错了。我生气了，虽然脸上的表情并没有任何变化，但我心里的确是生气了。他让我陪他一起考到军营去，我答应了。我为什么答应？没有主见？错！我是愿意陪他才这么答应的。考哪所大学是影响一辈子的事，我再怎么没主见，也不会在这样的事情上轻率啊。

“算了，我开玩笑的，我一个人考军校，你还是上你的财经大学吧。”他说。

“好啊。”我语气平缓，其实心里是在赌气，谁让你说我没主见，那我就不陪你啦！

他停下脚步，看着我，极认真地问：“告诉我，梁辰，你到底有没有设想过自己的未来？”

那时我们正好走到了跨江大桥上，江潮翻涌，声音磅礴，但可惜没有把莫良的问题掩盖。我思索了好一会儿，说：“有的。”

他点点头说：“有就好。”

我没有告诉他，那个未来不仅属于我，也关于他；与其说是设想，更不如说是幻想。那个场景是这样的：我和他站在高高的塔顶，俯视河山，俯视众生，巨大的白色的云从我们身旁流过，像细雨一般弄湿我们的衣襟。然后莫良要用骄傲的语气对我说，梁辰，你看。看什么自不必多说，当然是看低处的一切，看那里时光飞逝，命途百态，人情冷暖，世态炎凉，看朝气蓬勃的少年变得世故，看清纯美好的少女面容衰朽，看理想破碎，看努力付诸流水，看人们痛，看人们哭。

可如果你站在塔顶，就能把这一切踩在脚底，就如同只要速度快得接近光，便无须遵守经典力学定律一般。规律，是可以被超越的。

那一晚出来其实是为了拍夜景，没什么更复杂的理由，不过是我爱好摄影罢了。我在桥上把三脚架支好，把相机搭上去，快门时间调慢，光圈调小，能拍出岿然不动的桥梁上疾驰的车辆拉出长长的轨迹。莫良则在一旁左顾右盼，不一会儿就跑过来对我说："瞧，那边有人在吵架。"

我顺着莫良手指的方向看过去，是两个女生，一个长发，一个短发。短发的那个打扮得很像男孩子，要不是隐约能听见她们争吵的声音，我几乎不能确定她是女生。莫良略带些嘲笑的口吻对我说："女生就是这样，有点儿小事就吵吵嚷嚷的。"我问："她们在吵什么？"他说："我去侦察侦察。"他就像看热闹的小孩那样跑过去了。我守着三脚架和相机，站在原地。不一会儿莫良跑回来，兴冲冲地说："很小的事情，一个嫌另外一个没陪她，另一个说她也有朋友要陪，要有私人空间，两个人都一副特委屈的表情。"

我笑着说："女生嘛，是这样的。"

他点点头："我们男生就不会这样。"

我问他："那如果我们遇上什么非争执清楚不可的事呢？"

"那就打一架。"莫良说，"谁打赢了听谁的。"

那一晚拍的照片我总觉得不满意，反反复复拍了很多次，同时竖起耳朵，想听听那俩女生谁吵赢了。可直到我们离开她们还没分清胜负。还是打架好，我想，不一会儿就能输赢见分晓了。谁输谁赢不重要，重要的是尽快解决争执。

莫良很喜欢小动物。学校里有一只虎斑猫，常年在食堂附近游走，路过的学生们也常喜欢逗一逗它，它也并不怕人，会在他们面前撒娇打滚，讨要吃的。但只要莫良一出现，它就会抛开其他人，径直小跑到莫良身边，并不做什么动作讨好，只静静地抬头看着，间或叫两声，仿佛能与莫良对话。莫良竟也似乎能听出它叫声中的含义，如果感觉它哪天没被喂饱，会去食堂买一根火腿肠来喂它。

莫良管那只猫叫大老虎。有一个我未向莫良求证的传说，在大老虎还是小老虎的时候，被人遗弃到了学校附近，一下从家猫变成野猫并且年幼的它几乎要被饿死。是莫良把它带到食堂（本来想带回宿舍的，舍管不让），每天买牛奶热给它喝，直到它渐渐长大，成为食堂一带的守护神兽。

不只放养着大老虎，莫良家里还养了只大型犬，听说还有藏獒的血统，名字叫阿德。每周五放学住校的学生是可以回家过周末的，这时候阿德就会从院子里跑出来，一路来到学校，接莫良回去，就像保镖一样。有一次阿德来学校时有被吓着的路人报了警，说是动物园里的熊跑出来了。警察赶来时阿德已经和莫良还有我待在一起了，校门卫和同学们对这场景早已见惯，警察却把莫良狠批了一顿，这时候阿德就在一边坐了下来，仿佛满怀歉意。警察走后莫良对阿德说，瞧你这熊样，把市民吓着了，以后不准自己跑出来了。阿德委屈地点点头。

在那以后阿德就没来过学校，很多人都遗憾学校少了一道风景。不过心细的人会发现，在阿德被禁足之后的每一个周五，大老虎会在放学前离开它在食堂的势力范围，来到门卫室，趴在窗台上，一边懒洋洋地晒着余晖，一边安静地等着莫良出现，注视着他经过校门口踏上回家的路。

第二次模拟考的时候莫良考砸了，连他最擅长的物理都没考好。宣布成绩排名的当晚，他拿了一袋易拉罐把我拉到了教学楼顶，学着阿德的声音嗷嗷地叫。我问他干啥，他说班主任说了，高三压力大，嗷一嗷就过去了。我说那是熬一熬。他说我没有幽默感，我说本来嘛。

他唰的一下拉开罐子，塞到我面前，说：“我一听你这个口头禅就火大，本来嘛，本来就是这样的，本来就是那样的……本来是哪样？哪有什么本来？整天摆出一副一切都知道的样子，摆出一副波澜不惊的样子，好像一切都在你的掌握之中，你掌握了什么？”

我笑他：“你才开始喝酒就醉了？”

“干！”他递给我一罐。

他喝着喝着，气消了，特诚恳地跟我说：“梁辰啊，其实我嫉妒你，我觉得你活得特别有底气，像暗夜，像大海，像祷告词。”

“你别说那些比喻句，我听不懂。”我说。

他笑了，说：“你大概不知道，因为那时候我没和你说。有一天下午我在打篮球，你迎着夕阳走来，脸被照成橙色，风微微扬起你的衣领，却吹不动你似乎在思索着深刻问题的皱着的眉头。那时候，我觉得青春这个词啊，都被你诠释了一半。”

我的脑海嗡地闪过一道电流。

那一夜，我们喝空了十二个易拉罐，说空了两肚子的话，谈论了很多一觉醒来之后就不可能再回想起来的话题。那一夜，我们感觉自己踩到了青春的尾巴。

快要三模的时候，莫良问我要考哪一所学校。

“军校啊，”我说，“我们不是说好了一起扛枪嘛。”

“你不合适的，”他说，“选个别的什么。”

“不。”我说。

莫良诧异地看着我，说：“梁辰，你平时不这个样子的。”

“我怎么了？”

“你不会这么倔，平时我说什么你都听的，不会耍性子。”

“你错了，我本来就是这样的。”

我一边说着，一边忽然用力抓住他搭在我肩膀上的那只手，用力往下拽，然后抡出左摆拳，被他挡了下来。这之后我就没有什么章法了，和他扭打起来，五个回合，十个回合，直到筋疲力尽。

他把我压倒在地，说：“你还记得吗？”

我知道他指的是什么，我说：“记得，你打赢了，我听你的，可你是个浑蛋，你要抛下我了。”

他嘿嘿地笑。

他知道当兵苦，当兵累，当兵寂寞，图不上荣华富贵，也不指望扬名天下，只是默默地在营盘里奉献年华，所以他让我别报军校，他自己去。可他没想过，和离开他这件事情相比，那些苦累又算得上什么。

可我最后还是报了军校，因为那时，他已经管不到我了。

这晚我烧光了高中时期的日记，把那些回忆又烘烤了一遍。我很疲惫，倒在床上，立刻闭上了双眼。我以为这种时候是不该有梦的。

莫良以前会用物理知识解释一切。比如说起莫邪剑的传说，他就会分析道，把人祭投入铁水铸出的剑锋利无比，并不是因为感动了“剑灵”，而是人祭的骨肉在接触铁水的一刹那被高温碳化，和铁水融为一体，再冷却成低碳钢，铸成的钢剑自然比同时代的铁剑要锋利。

好吧，那么莫良，聪明如你，能不能向我解释现在是怎么回事。我看到你的嘿嘿笑着的面容又出现在我身旁。你说呀，你是幻觉，是臆想，还是某种量子场的再现？如果你解释不了的话，那就什么都别说了，来抱抱我吧，然后融入我的血液，在我身体里复生。我们会成为干将，我们会成为莫邪，坚硬、勇敢、锐利。

莫良的幻影和我一起进入了梦境，梦里的场景是这样的：我们站在高高的塔顶，俯视河山，俯视众生。巨大的白色的云从我们身旁流过，像细雨一般蒙湿我们的衣襟，然后莫良用骄傲的语气对我说——

梁辰，你看。

灭

那天我和梁辰在附近散步，往来的行人不会多留意我们一眼。我们走过路灯光的昏黄，走过酒店、旅馆、路口、风和夜晚。梁辰每走一段就看一眼表，虽然并不匆忙。令他紧张的大概不是那一晚，我想，而是整个年少时光。

我们那时都不懂，流逝的不是岁月，而是你我。

记者小王打断了我的思绪，说：“那么，莫总，我们开始吗？”

“开始吧。”我说，“不过，我今天要讲的故事可能和你期待的有所不同。”

小王用很诚恳的语气说：“没关系的，莫总，像我们这种小报纸能约到您已经很幸运了，您随便说点什么都能增加我们的销量啦。”

我微微点点头，开始了叙述：

“我回到这座城市，既是为了商业上的考察，也是为了找回一段回忆。这里有我的童年和青春，在我的青春里，有一段情谊特别难以忘怀，是关于我的一个哥们儿，他叫梁辰。”

小王忍不住打断了我，说：“那莫总，您所说的这人和您商业上的成功有关系吗？”

我知道小王想要一个什么样的故事，那故事最好能衬上这样的标题——大揭秘，宇光企业年轻总裁莫良的成功秘诀，但一来我并不想讲那样的故事，二来我也讲不出来。连我自己都不知道，我的那段青葱岁月和后来的商业生涯有什么关联，也不知道那个早已不再联络的朋友是否是促进我日后发展的因素之一。

当然，这些脑海中的思绪我是不会说出来的，我摆摆手，对小王继续说：

“他和我的成功是密不可分的。可以说，某种程度上我们正在实现的是对方的梦想。高中的时候，他研究经济，常与我说一些要自主创业的想法，我则想念军校。可最后上了军校的是他，我却去了财经大学。

“事情的转折点是这样出现的。有一次我和他去喝酒，两人都醉得不行，我去卫生间吐，回来的路上和人产生了摩擦。我和那人打了起来，身上挂了彩，对方也是，结果被酒吧的人拉开了，对方撂了狠话，称他是道上的人，让我小心。当时我醉着呢，才不怕他，把名字和学校都报了上去，然后就回家了。

“但是我越想越后怕，托朋友一打听，本地还真有这么一伙小混混。现在看来无非是一群小流氓罢了，但在那个爱幻想的年纪，总觉得对方简直就是黑社会头目了。我怕把梁辰也牵连进去，就让他少和我在一起，却不告诉他原因。他很生气，和我吵了一架，我说，那你就当我死了吧。我说的当然只是一句气话，可他竟当真了。那次争吵之后，他竟再没和我说一句话，再没注视我一眼。争吵之后的第七天，他撑了一把黑伞到处游走，宛若祭奠。我当然没死，我想，他祭奠的是在他心中死去了的我们的情谊。可我猜错了，在他的心中我们的情谊并未衰朽，因为我听说他高考后报了军校，而那正是我曾动过的念头。而我自己也不知当时是什么心态，填了财经大学，那本来该是他去的地方。那个微不足道的小流氓并没有再出现，他也不会知道，他间接促成我学了经济，那是宇光企业的起点。”

小王看到故事要转向他期待的轨迹上了，很高兴，说：“莫总，您继续。”

我点点头，正准备继续说下去，这时候电话响起了。我看了一眼，是陌生的号码，平时这种情况我会挂掉的，可这次却随手接听了。

电话那头的声音又陌生又熟悉，说：“莫良，到阿德的墓碑这儿来，我有事对你说。”

我放下电话，脑海中思绪汹涌。我的目光在遥远处聚焦，宛若注视过去。

小王紧张地说：“莫总，您要有事儿就先忙吧，那我们下次还能不能……”

“别担心。”我说，“联系我的助手吧，这个故事我会说完的。”

我起身离开，叫司机先回去，我决定步行去阿德的坟，以这种方式表示对它的纪念。阿德是我养的一只混种獒犬，身形庞大，宛若游戏里的熊灵德鲁伊，因而得名。

别人都说獒犬脑子笨，但阿德很聪明，它认得小区周边所有的路，再远一些的话，还能独自找到学校来。阿德会察言观色，我不确定它能不能听懂人的语言，但它肯定能从表情上看出我们的喜怒哀乐。有一次我物理考砸了，回到家里很低落，它来到我身边，没有像以往那样嗷嗷兴奋地叫，而是呜呜呜，又想了想，把它平时玩的塑料骨头叼到了我面前。

我霎时就感动得快哭了。

我那时不知道，对于狗来说，阿德已经是爷爷辈儿的了。在它年迈的时光里，还装作精力充沛地逗我开心。

天开始下起了细小的雨，像雾一般。温度骤降，我感觉有些冷。

那个等着我的人在雨雾里，背景美丽，宛若冰雕。忽而转过身，似乎背上长眼睛一般察觉到我来了。

“莫良。”她叫我的名字。

“文晓晴，”我回应道，“好久不见了，但是你应该不是单纯为了见上我一面才叫我来这儿吧？”

文晓晴摇摇头，说：“梁辰病了，我想让你和我一起去看看他。”

我有些诧异，问：“你是他曾经分手已久的女友，我是他不再承认的朋友，我们两个人去看望他，合适吗？”

“不合适，但是我想见他。”她说。

“我也想，但我想他不想见我们，特别是我。”我说。

“他很想见你，但是他以为你死了。他睡过去的时候说梦话，说莫良，你怎么不在了啊。我就去看过他那一次，没忍心叫醒他。听说你回到这座城市了，我想帮他实现这个心愿。我本来以为找到你会很难，没想到你用的还是高中的电话号码，我打之前都没抱太多期望的。”

“他生了什么病？”我问。

“不是大病，阑尾炎，已经动过手术了，但似乎出现了一些并发症，在留院观察。”

“你把我吓坏了。”我说。

“身体上的问题不严重，心理上的问题不轻松。”文晓晴说，“高考前我和他分手的时候，他一直以为你死了，我记得那时候去问过你到底发生了什么，你也缄口不言。过了那么久，你还不能说出来吗？”

我于是把那次吵架的事情告诉她。

她摇摇头：“这肯定不是真正的原因，他不会因为和你吵了一架就说你已经死了。”

我说我知道的只有这些。

文晓晴的眼眶有些红了。

“总之，去看看他吧。”她说，“无论答案在你手上还是在他手上。”

我没有点头，也没有摇头。

这几十分钟过得很慢，就连医院走道都宛如漫长旅途。文晓晴保持沉默，我也就没说话。那么多年过去了，现在，梁辰，你的老朋友和前女友回来了，到你身边来了，你会再一次关上门把我们挡在心外吗？

再见到小王时已经是三天之后，我在他对面的沙发上坐下，他拿出笔记本，简单地帮我回忆了一下上次讲到哪儿了。

我继续说下去：

“大家都知道，我生意的起点是‘光学玩家’。这个点子是我和现在的副总何经默一起想出来的，他提供技术支持，我来把它商业化。经默学的是激光全息照相技术，我就说，这也许能应用到商业方面。这是‘光学玩家’最开始的业务——帮校内的同学有偿制作立体图片。筹集了一定经费后，我们不再借用实验室的那些设备了，租了房子，我和经默一起从宿舍搬了出去，也在房里添置了氦氖激光器等实验设备。同学们过来谈生意的时候，东瞄西看的，问那些器材分别是做什么的，我向他们一一解答，他们都很感兴趣。我就在那时候有了想法，是不是可以把其他光学知识也用于商业呢？后来我们的业务就拓宽了，除了制作立体照片外，也制作3D微电影——那个要一帧一帧做，工作量很大，所以收费也不便宜，出售3D偏振屏幕和配套的眼镜，红蓝眼镜，3D照片制作软件，等等。工作室当然不够大，我们又租了商铺，挂了‘光学玩家’的牌子——那间商铺现在已经被我们买下来了，它就是大家现在熟知的‘光学玩家’始祖店。后来的故事你们也知道了，我们开了分店，而后注册‘宇光公司’，涉足了镜头等摄影器材的业务，至此，‘宇光公司’就成了‘宇光企业’，无论是已经成熟的‘光学玩家’还是正在成长的‘宇光镜头’都取得了一定成绩。”

我说完这一段，停顿了一下，我想，小王要的大概就是这样的故事了。

哪知他又问了一句：“那梁辰呢？”

我心里一颤，是的，这个故事里一直都有梁辰，虽然他没有在之后的任何一个情节中出现，但他一直都在故事里。他在我心里种下了种子，告诉我什么是市场，什么是商业。如果不是他在我脑海中留下这样的念头，我大概会在第一桩生意尝到甜头后就止步不前，或是在公司运作时不考虑发展规律，盲目扩张冒进。总之，没有他，我是不会这样成功的。

于是我这样对小王说：“梁辰一直都在整个故事里，因为我要给他宇光公司百分之十五的股份。”

小王一惊，手中的录音笔差点跌落。是的，我决定将我手上一半的股份赠予梁辰，如果他愿意要的话。

那时候我和文晓晴在医院的过道上，我想快一点看到梁辰，无论他是否想见我。推开病房的门，我看到了他，思绪一下子混乱了，那些年轻时的友情和爱情故事，如同浪涛汹涌，一遍遍地冲刷着我心口的堤坝。

文晓晴却开口打断了我的思绪，她说："最后和梁辰一起的人会是我。"

我不知道她是说给自己听的还是说给我听的。

梁辰闭着眼，应该是睡着了，他睡得很安静。文晓晴让我留下，说她要回去为梁辰做饭，医院的饭菜梁辰估计不爱吃。我点点头。

我坐在他床边，他缓缓睁开了眼，看着天花板，叫了声："莫良。"

叫的是我的名字，却不像是在叫我，宛如他身边还有另一个莫良，和我不同，一直陪伴着他，走过他的过往如今，喜怒哀乐。

我抓过他的手，紧紧握着，想要告诉他，现在我在这里了。他扭过头看着我，目光深邃，包含着千种感情，然后他笑了，像枫叶飘落时一样轻盈地笑。我害怕他仍然不认可我。

可这次他却出乎我意料，说："莫良，你来了。"

他承认我是莫良了。

很多年前的那次争吵中，我对他说："你当我死了吧。"他竟不再驳斥，温顺地点点头。而后，他就开始怀恋那个"死了的莫良"，他再也看不到我，更不会与我说话。我们都以为不注视、不理会，过去就会渐渐消失，可它就在那里，默然发酵，吞并我们整个的灵魂。文晓晴依然爱梁辰，梁辰依然追忆着另一个"莫良"，我也想念这个自欺欺人的或许内心深处仍然是个小孩儿的兄弟。我开始有种深重的负罪感，怀疑是我那次把梁辰的心伤透了，致他心死，所以他的内心才永远幼稚年轻，停留在了那个高三夏天的十七岁。

但梁辰看着我，笑了，这次的笑鲜明而有温度，他问我："莫良，你想玩扑克吗？"

在我回答小王的采访中，最后一段话是这样的：我希望宇光企业能向大家传递一个观念，那就是，野心是值钱的。这件事儿我很早就想干了，在我还是个中学生还想当个科学家的时候，那时候我还有一个铁杆兄弟，我们一起打扑克、遛狗、看夜景、喝啤酒、吃烧烤、勾画人生蓝图。我想说的是，重要的不是那幅不切实际的理想蓝图，而是我们都曾拥有的勃勃野心。如今我赚了些小钱，那个兄弟也成了一名优秀军官，我祝愿所有的梦想家，祝你们也能收获自己的成功。

结果，八卦小报毕竟是八卦小报，把来这座城市的独家专访机会给他们简直是一个错误。报纸出来了之后秘书给我拿了一份，看到头条时我肺快气炸了，标题是“惊！宇光企业年轻董事疑似同志，竟要将半数股份赠予帅气男军官”，记者的名字也不是小王。我打小王电话，小王哭诉说这篇稿子被他们女主编抢过去了。我又联系那个女主编，说她造谣。她竟这么跟我说，要证明你不是同志，想证明你喜欢的是女人，这样吧，我教你一个证明方法，你今晚请我吃个饭。

我能拒绝吗？

我的“帅气男军官”已经出院，返回部队里了。我在病房里看到了他留下的纸条，上面写着的是：如果我要赠予你我人生的股份，那不会是一半，而是全部（护士美女麻烦别扔）。

我明白，那不是“如果”，从他为了完成我的理想而穿上军装的那一刻开始，他就已经在这么做了；我也明白，这一次那个“莫良”又倒下，并且再也不会复活了。

沈南方真是大变一场。至于我，我喜欢她这一点，还是在开门重逢这一刻被她看到。

夏天过去很快就九月，很快是婚期。收到邀请函，不管去与不去，三年前的事情画上句号，二十岁时候的事情，终于沉默着和解了。

这样的结果对我们两个，都再好不过。我买了一条很贵的小裙子赴约，新郎初次见我，我也头一次看见他，是诚实温柔的人，他们站在一起，让人想到般配、永恒。沈南方说："这是悦晨，老同学。"

婚礼上循环着张学友的《还是觉得你最好》。一定是沈南方的意思。因为过去，常常，我们一边哼这首歌一边做着自己的事，开心了就大声唱出来，生怕对方不知道，你依然，而我竟然还是觉得你最好。

即使你离开，我热情没改，这漫长夜里，谁人是你所爱

花不似盛开，爱渐如大海，假使你怀念我，为何独处感慨

但我不懂说将来，但我静待你归来，在这心灰的寒冬，和你热烈再相逢，全是我的美梦

共你愿望已不同，还是有点故梦想倾吐

甚至后来我搬去了她的城市生活，撞见万千张陌生的脸，都没有她。

09

旅人的

星星

艾斯苔尔用尽了一切气力在朝里看，一直看到眼睛都痛了。而演奏这才真正地开始。曲子突然从钢琴里迸出来，随即盈满了整个屋子、花园，还有街衢，用它的力量，它的秩序侵满一切空间，然后它变得柔和、神秘。现在它跳跃着，如同溪流里的水花四处飞溅，它径直往天空的中心飞去，直入云霄，与天光交融混杂。它跃入所有的山峦，循溯到两条激流的源头，它有着河流的力量。

——勒·克莱齐奥

你是我的独家记忆

后来才知道，那叫气质。在我们一群乳臭未干的小镇姑娘前，她的举手投足间都散发着我们那个年纪不具备的气质。

文/蕴葳

01

2014年，我结束了所有的课程，回到属于自己的小镇。七年前，我们结束了高考，逃离了生活过十八年的小城，去见识外面更广阔的天地。时间如行云流水，不过弹指一挥间。我目光呆滞地望着火车窗外的风景，每到一站都会听到列车员招呼乘客下车的声音。手机突然抖了一下，陈资的微博私信："听说你回来了，下个月我结婚，来吗？"

"嗯，恭喜你。"

02

2006年，我们高二，那年的暑假世界杯非常火热，我们班上大部分同学都是阿根廷的粉丝，其中就包括陈资和祁祺。那年的暑假我们都是白天学习赶作业，晚上就守着电视看球赛。在Google和百度甚至QQ还未普及的年代，我们无法给自己喜欢的球队投票，也无法在QQ群里侃球，只能用短信，整个夏天关于世界杯的信息都存在了我那个小小的诺基亚里，一直没舍得删。或许它象征了某些东西，到现在才明白，那叫青春！只属于少年人的青春。

在德国对阿根廷的那场球赛中，阿根廷输了，我们都很不开心。现在一直无法理解追星族为了自己喜爱的明星所表现出的狂热，可自己曾经也疯狂过。但是我们的不开心只是短暂的，还是安心学习吧，毕竟暑假一过就成毕业班学生了。

高三来得悄无声息。和高一高二并没有什么区别，只是作业多了，假少了。那年的圣诞节和几个要好的学霸朋友翻围墙出去过圣诞。霓虹灯把整个城市装扮得格外闪耀，我们用夸张的声音叫吼着，只为享受这一晚冒险换来的自由。祁祺一言不发，我感受到了她的沉闷。陈资说送她圣诞礼物的，到现在连个影子都没有，是个正常人都会沉默，更何况她是祁祺。她高中时是个冷漠而不失高贵的女生，后来才知道，那叫气质。在我们一群乳臭未干的小镇姑娘前，她的举手投足间都散发着我们那个年纪不具备的气质。

陈资是带着一个大狮子娃娃出现在我们面前的。那是2006年世界杯的吉祥物——格列欧六世。也不知他是从哪儿弄来的，他把那个高2.3米的狮子抱到了祁祺面前，祁祺接住后只用了一秒就把它推开了，腾出双手去拥抱她的少年。在这一瞬间路灯像是约定好一样全亮了，他们站在灯光下紧紧拥抱。

有那么一瞬间，你会感觉整个世界都为你当了一次配角。

03

我在火车上闲得无聊，掏出手机有一搭没一搭地和陈资聊了下去。

“25就结婚啊，你挺着急的。”

“没办法，家里逼得紧。”

“那你什么时候生个小陈资或者小……”我愣了一下，把信息全部删除，结束了对话，这一刻，我只想到了祁祺。小祁祺。

高三上学期的保送考试是非常重要的，班主任一再强调，一次考试占了评选的60%，千万不要千里之堤毁于蚁穴。我们都知道这次期末考试的重要性，复习更加地卖命，这关系到我们高三下学期是否还需要继续熬下去。陈资在奥林匹克竞赛上得了两次金奖，有许多大学向他伸出了橄榄枝，他全都拒绝了。所有人都不理解他的行为，可是我懂。北大是祁祺的梦，也是他的梦。那里有博雅塔，有未名湖，有华表；更重要的是，那里还将会有一个她。只要命运眷顾她和他，上同一所大学的可能性高达90%。可是一旦签下了那些大学的合同，他们将天南地北从此分道扬镳。

陈资是个知道轻重缓急的男生，为爱疯狂这种事他从来就做不出，可如果前途与爱情混在一起，他会义无反顾地朝那里奔去，永不回头。

那次的考试，祁祺考砸了，特别砸，可学校推荐的北大自主招生名额只有一个，自然与祁祺无缘。她整个寒假都闷闷不乐，幸好少年人的自愈能力很强，在一场呕心沥血后满血复活。不就一次考试吗？不就二十分吗？有什么大不了的，就算裸考也要考出一片天下。况且，有陈资陪着她呢。

我们去了KTV，凑够几十块钱可以唱一个下午，包厢不大，人也不多。两个麦克风非常抢手，个个都是麦霸。我们把设备里有的流行歌曲唱了个遍，心满意足地回家了。陈资和祁祺走在一起，没有牵手，没有说话，场面十分和谐。我们一群人稀稀拉拉地分散在街道两边，潘耀耀和我走在一起，跟我手舞足蹈地说着八卦，他俩的八卦。直到现在我都无法理解一个男生居然会像个女生一样八婆。

“蕴葳我跟你说，他俩的感情那叫个好啊，没办法，恋爱中的人都这样。”我笑着听他讲些毫无营养的八卦，“潘耀耀，你肯定和谁关系都特纯洁。”他挠了挠头，“快看快看，他俩在干啥！”

我朝他俩的方向看去，一辆卡车驰过，遮挡住了我们的视线，但可以很清晰地看见他们相拥接吻。没有电视剧里你拉我扯你拽的烦琐，没有下雨天丢开的雨伞，只有少年迎面而来的温热气息，以及那怦然间的心跳。

我抬头，月光皎洁，拉起一脸坏笑的潘耀耀朝车站走去。此刻月光如此好，就留给他们吧。

你们一定要幸福，一定要。

04

微信群里在讨论陈资结婚的消息，地点在国际大酒店。当年的男神学霸结婚，作为老同学怎么都要捧场，大家乐滋滋地商量该给陈资多少份子钱，我翻着他们的聊天记录，没有发言。和一群老同学聊起当年的事是一件多么温馨而幸福的事。无论少年的记忆再怎么鲜活纯正，从我们这个年纪说出来难免荒腔走板。一群二十五六岁的人提高考？嗯？

2007年，我们高中毕业。高考前一个月同学录满天飞，我恨不得长出三十六只手来，一次性写完能节约好多时间呢！一声声嘱咐没完没了——“要毕业了啊，可能一辈子都见不了了，你可要给我好好写留言啊。”“这里，把你的家庭住址联系方式写详细。”“你看我们关系也不差，一定要流露出真情实感啊。”

每张收到的同学录上我都只写了一句话：“祝你前程似锦。”

一辈子那么长，谁又还会记得谁？你们不必记住我，把有限的记忆留给更多的美好，祝你们前程似锦，是我最朴素最单纯最真诚的祝福。

考完后班主任宣布解散，我们搬着书往宿舍跑，祁祺掉了一张同学录，我捡起来递给她。瞟到了一句话：“岁月静好。”从字迹上看应该是陈资的。当年胡兰成和张爱玲结婚的时候也写了这么一句话。

只愿岁月静好，你在我身旁，别无所求，两人在一起共同去抵挡命运的风雨，只要我们在一起。可惜他们最后的结果事与愿违。我怎么也不会想到他们的结果最终成了祁祺和陈资的结果。

等成绩的几天分外煎熬，大家拿到答案后认真地估分，研究学校发的各大高校资料。如果填错了，鬼一样的高三又要重来一遍，这谁受得了？我填了南方著名的Z大经济学院，算是完成了一个心愿。祁祺和陈资填了北大，一个学经管，一个学生物工程。这样的结局是不是很好？我们都这么认为，十二年寒窗苦读终于结束，那些见不得光的爱情也可以放到阳光下向世界宣布。

成绩出来，祁祺落榜了，她的志愿只是高了那么一点点，一点点就改变了她命运的轨迹。仿佛一切都是已安排好的，从一开始的保送考试失利再到错失自主招生名额，于是破釜沉舟，把所有的希望押在了高考上，却得到了这样一个结果。她决定留在当地的一所大学，她还年轻，还有机会考研考博，只要他愿意等她。

入学手续安排妥当后大家去了酒店high，拼命地灌酒，说着七荤八素的话，当作对这摧残人道的考试的不满与宣泄。祁祺没有说话，在一旁默默地喝酒，陈资抢过她的酒杯：“你喝多了。”祁祺没有理会，继续喝酒，猛抬头看着陈资，眼里泪水汹涌，仿佛下一秒就要情绪崩盘。陈资捏了捏她的手。散场后陈资起身从背后抱住了祁祺，揉了揉她的头发。

“我们那么远，我们那么远，会有未来吗？”

“傻瓜。”

“陈资你那么优秀，为什么我不能和你一起去北大，命运为什么要这么对我？”

“傻瓜。”

“你一定要幸福。”

……

祁祺在酒精的作用下说着语无伦次的话，陈资就一口一个“傻瓜”地抚慰她。待祁祺心情平静后缓缓转过头来，用一种陈资从没见过的眼神看着他，用最最平静的语气一个字一个字地说：“你结婚的时候一定要请我喝婚酒。”陈资抱她的手僵了一下，两人陷入了无尽的沉默中。陈资用力地将她拉到自己的怀中，几乎是在歇斯底里：“你真是个大傻瓜！你不在我怎么结婚！”祁祺趴在陈资的怀里哭到哽咽。

我那时站在一旁看完了全过程，除了心痛，再无其他的感觉。

05

潘耀耀给我发短信，说我终于拿到了硕士学位，是否还要攻读博士。

这个世界上有三种人：男人、女人、女博士。这货是想揶揄我来着。“蕴葳你看你都二十五岁了都还没找个，人家陈资都结婚了，等人家生孩子的时候你估计都博士后了吧。”“关我什么事，我和陈资能比吗？”“晚上几个朋友聚一下，来吗？”“必须的！”

还是当年的朋友圈，大家都有了岁月的痕迹，扎根于各自的领域。我们都没有被时间放过。这里面有祁祺，没有陈资。

“人家忙着结婚，还有时间理我们？”潘耀耀语气中带着不屑，我用胳膊碰了他一下，他意识到自己说错了话，马上住嘴了。我转头看祁祺，笑容灿烂，没有一丝的不开心。真的一丝都没有。不知道是真的释怀了，还是人大了会伪装了。

我们去了市里面最大的KTV，准备唱一个通宵。潘耀耀招呼着在场的朋友：“大家别跟我客气，要不要灌几斤二锅头，潇洒醉一回。”我们都笑着，有的同学拿起了麦克风开始唱歌，点了一首《独家记忆》，祁祺嘴角动了动，拎包走出了包厢。

一首有故事的歌，如果我没有记错，那年寒假陈资在KTV和祁祺唱的就是这首歌。

我喜欢你，是我独家的记忆，不管别人说得多么难听。

我跟了出去，祁祺站在江边的护栏旁吹风。看到我来后努力挤出一个笑容，一看就知道她哭过，假睫毛都掉了。我一直没有问当年他们之间究竟发生了什么。

当年，到底是哪一年？

有些故事说起来是那么难以启齿，记忆再怎么清晰也很难描绘它原来的面貌，干脆不说。我们静静地吹着江风，我的话语打破了沉寂：“祁祺，只要你愿意，我们去闹婚礼！”她眼睛一亮，听我继续说了下去，“不管你们当时发生了什么，你，你们都曾相爱过，只要你想，我们把陈资的婚礼砸掉，看他怎么结婚！”祁祺对我笑，像个高中生：“你以为我没想过？分手七个月后听到他要结婚的消息，人都要奓毛了，把这个场景想象了八百遍，抄起厨房里的刀，大不了把牢底坐穿。”说完她自己笑了起来。

原来你还爱他，原来你并不想分手，你们明明那么要好，告诉我到底发生了什么？

“你想知道吗？”祁祺头也不回地说了下去，没有理会我的点头。“当年我没有考上北大，就想异地恋四年，研究生考到北大光华，那么多年感情我不想放弃。”她回头看我，眼里有我从没见过的忧伤。“大二那年我去北京找过他，他一切都好，喜欢他的女生很多，我劝他放弃我，他发了很大的火，我从没看到过他眼里的愤怒。”我掏出纸巾递给她。“算了，都五年前的事了，我还耿耿于怀，后来考研失败，你知道我在这一路上很倒霉的，然后我给他发信息‘分手吧’。他说‘嗯’。”

和所有的异地恋一样，低估了时间和距离，高估了自我和爱情。

“陈资是个优秀的男生，我只会束缚他，分手于我、于他只有好处，没有坏处。”

祁祺，这才是真正的原因吧，可是你的痛苦呢，这么多年你还孑然一身，他却要结婚了。七年恋爱，可他只给了你七个月的缓冲。与其彼此折磨到死，不如就让其中一个当提分手的罪人，至少够痛快。

我们没有再回去，喧嚣的歌房不属于内心需要镇静的人。

恋上你这城

桑小晏融化在他的柔情里，眼前又浮现出他们初见的那一幕。

文/聿枫

01

炎炎夏日，似乎只有泡在水中才能寻得一丝凉爽。

周末的水世界，桑小晏和好友窝在水疗池里惬意地享受着纤体按摩浴，懒洋洋地相互调侃着彼此的近况。

“上周又去相了几次亲啊？”桑小晏轻笑一声，毫无顾忌地戳着好友的痛处。

“哼！”好友愤愤不平地瞪她一眼，“你以为谁都像你一样好命，爸妈不在身边！整天催催催，我又不是嫁不出去！”

“我知道！”桑小晏被好友哀怨不甘的表情逗笑，心底却隐隐有些黯然，她也想待在爸妈身边啊！毕了业就留在这座城市，好在身边还有姑妈和这些好友，不然她就真的成了孤家寡人！

“晏姐姐！”清脆的娃娃音打断她的忧思，身边猛然溅起大片水花，等她回过神来一个粉嫩的小肉球已经扑进了她怀里。

桑小晏下意识地抱住可爱的小娃娃，低头看清他清秀的面庞才柔柔地笑起来："原来是小邵祺，谁带你来的啊？"

"爸爸在后面，我先看到你就跑过来啦！"邵祺得意扬扬地说着，一脸期待夸奖的模样。

"哪里来的小正太啊！"好友坏心眼地探指揉捏着邵祺嫩滑的小脸蛋。

"是我姑父学生的儿子。"桑小晏笑着把邵祺从好友的"魔掌"中解救出来，上周照例去姑妈家时遇到这个可爱的小娃娃，没想到他竟然还记得自己。

邵祺捂着脸躲在桑小晏怀里，小脑袋转来转去地扫视着不远处，忽然摇晃起手臂大声呼喊着："爸爸！"

桑小晏顺着他的目光望去，一个秀颀俊朗的男人正眉眼含笑地向这边走来，简单随意的休闲搭配格外养眼。

桑小晏一瞬间就傻了眼，却不是因为这个男人的美貌，而是因为，他是她的老板——邵席城！上次在姑妈家并没有见到他，她怎么会想到这么巧竟然是自己的老板！

邵祺七手八脚地爬出了水疗池，桑小晏穿着一件勉强算是保守的泳衣欲哭无泪，暗自纠结着到底是大大方方地站起来呢还是装作没认出来继续窝在水池里……

邵席城抱起小肉球瞥了一眼表情各种挣扎的桑小晏："这小子就喜欢缠人，打扰两位了。"低沉的嗓音划过波动的水面，不知波动了多少姑娘的芳心。

"晏姐姐，下周我还要去奇爷爷家，你一定要陪我玩啊！"小邵祺不甘心地趴在邵席城的肩头上挥舞着小肉手。

桑小晏目送他们父子离开才终于松了一口气，转头却对上好友满是探究的双眼，只好如实交代。

桑小晏的姑妈和姑父都是大学教授，膝下无子的两人十分疼爱桑小晏。桑小晏每周都要准时去姑妈家报到，上周却意外地多了一个小肉球邵祺。姑妈只说是姑父昔日爱徒的儿子，两人出门办事，暂时把孩子托给她照看。

五岁的小正太邵祺白嫩清秀，又圆嘟嘟的十分可爱。桑小晏忽然间母爱泛滥，两人玩得不亦乐乎。桑小晏走时，他还恋恋不舍地说以后每周都要来找她玩。

那天临时有事走得早，没有见到邵祺的父亲，可她怎么也想不到竟然会是她的老板！可是据最爱八卦的同事周雅说，邵席城三年前才回国，年轻有为又是单身，深受广大女同事的垂涎。

谁又能想到，这个号称黄金单身汉的男人连儿子都已经长得这么大了！这消息要是传出去，不知要粉碎多少芳心啊……

周一全公司例会，桑小晏躲在角落里垂着头，台上侃侃而谈的邵席城不经意地扫了过来。花痴的周雅立刻激动地撞了桑小晏一下，吓得桑小晏急忙抬起头来。

只是淡淡的一瞥，却又像是蕴含了无尽深意。是警告吗？因为她无意间撞破了他已经结婚生子的秘辛？

随后的几天，桑小晏如同被人当面抓住过的小偷一样尽可能地躲避着不与他碰面，希望他能够看在姑父的面子上放她一马。

战战兢兢地熬到了周末，姑妈刚刚把桑小晏迎进门，小肉球已经向她扑了过来。桑小晏笑着拉起他的手走进里屋，转念却想到，老板不会也在吧？

客厅的沙发上，邵席城正自在地翻着报纸，不慌不忙地看向桑小晏和邵祺组成的连体婴儿，薄唇漾出一抹淡笑。

桑小晏微微一愣，硬着头皮看向邵席城：“邵总好！”不等他回应，邵祺已经拽着她往最里间的卧室走去。

那其实是桑小晏的专属小屋，不过大学毕业后她几乎没再住过，疼爱她的姑妈倒是一直保留着，心底里还是盼望着她会回来住的吧。

02

两人嘻嘻哈哈地玩了一上午，吃完午饭邵祺就睡在她的小屋里，奶声奶气地抱着她的胳膊说：“姐姐陪我一起睡嘛！不让你走！”

桑小晏心底瞬间软了一大片，柔柔地哄着他入睡，等他睡熟才抽出自己的胳膊，轻手轻脚地关上房门。

“辛苦你了。”邵席城不知何时出现在门口，完全是平日里表扬员工的语气。

“没什么。”桑小晏淡淡地应着，不自然地揉着被邵祺压麻的胳膊。她在公司里只是基层的小员工，从未和邵席城有过直接接触，现在这样的独处情景多多少少让她有些无措。

邵席城将她的反应尽收眼底，敛眉轻笑：“我想请你帮个忙，这里不是公司，我也不是你的上司，你可以拒绝。”

桑小晏诧异地抬眸去看他，又担心会吵醒邵祺，率先走到不远处的阳台。

“我要去外地几天，能不能请你帮我照看一下邵祺？”邵席城满目真诚，想了想又补充，“我最晚周一来接他。”

桑小晏皱着眉头思忖起来，工作狂也不用这么拼命吧，邵祺的妈妈不能照顾他吗？难道出差还要带着老婆一起去？那多带一个孩子不行吗……

邵席城耐心地等待着她的回复，见她久久不回答又好脾气地说道：“没关系，如果你不方便的话我请师母帮忙也可以。”

桑小晏终于从胡思乱想中回过神来，急忙摇摇头：“没事，不过我没什么经验，这几天我和邵祺就一起住在这里好了，反正姑妈很喜欢小孩子。”

“多谢！”邵席城宽心一笑，去向老师师母打过招呼就匆匆离开了。

玩玩闹闹一天很快就过去了，桑小晏支着脑袋细细地端详起邵祺，小孩子清醒的时候一刻不得闲，表情更是丰富多样，只有熟睡时才难得安静下来。

桑小晏的目光在邵祺脸上不断逡巡着，脑中却兀地闪现出邵席城的俊颜，震得她心头一跳。邵祺真是像极了邵席城！

他是有儿子的人啊！小邵祺还这么可爱！桑小晏挥去脑海中突然冒出的纷乱遐思，关上灯强迫自己入睡。

周日两人窝在屋子里看动画片，邵祺献宝般详细地解说着动画片的情节和主人公，桑小晏耐心地听着，时不时地给予称赞。

经过几天的接触，桑小晏发现邵祺是个极为敏感的孩子，只要她稍稍走神或是流露出不悦的情绪，他就会立刻停下来看着她，粉嫩的小脸上满是无辜与委屈。

看孩子不容易啊！桑小晏搂着邵祺偷偷地想，不知道他是怎么照顾小邵祺的？

傍晚给邵祺洗澡的时候，桑小晏和姑妈两个人都制不住这个小魔王。平时勉强算是乖巧懂事的邵祺一进了浴盆就疯狂地闹腾起来，非要桑小晏和他一起玩泼水大战。

桑小晏费尽周折才把他的衣服都脱了，门铃适时响起，姑妈嘱咐了她几声走出浴室。转眼间，邵祺又拿起沐浴液制造起泡泡来。

桑小晏好笑又无奈地给他洗完澡时，她自己已经完全湿透了。把香喷喷的邵祺打发走，桑小晏简单收拾了一下准备回屋去拿换洗的衣服。

浑身的湿腻感令她十分难受，下一秒，桑小晏盯着莫名出现的邵席城更是犹如万蚁噬心。身后的门咔嗒一声合上了，她绞着手指不去看他的眼睛："你回来了。"

邵席城睨了一眼她湿透的衣裙下姣好的曲线，向来镇定的黑眸染上一丝赧然，立即不着痕迹地移开视线："我带了些特产，一会儿过来尝尝。"

桑小晏望着他转进客厅的伟岸身躯松了口气，如蒙大赦般逃回房间。拿着换洗衣服再次回浴室，心底的温度在热水中不断攀升，雾气朦胧中她有些看不清自己的心了……

心理建设了好几回，桑小晏才在邵祺的催促下来到客厅。邵祺亲昵地喂她吃这吃那，桑小晏享受着口腹之欲，却不敢去看邵席城一眼。

吃过晚饭送走父子俩，姑妈叹息地拉着桑小晏的手说起贴心话："没有妈疼的孩子真是可怜，男人粗枝大叶的总归是不适合照顾孩子……"

"姑妈，你说的是邵祺？"桑小晏惊愕地瞪大眼睛，怪不得他这么小就知道观察大人的脸色，原来是缺乏安全感。桑小晏紧绷的心弦松懈下来，越发地心疼起小邵祺。

"席城是你姑父的得意门生，这些年我也是看着过来的。你今年也26了，你爸妈也催我给你物色着好的。"姑妈顿了顿，清清嗓子继续说，"当然主要还是看你的意思，我们都不会强求你的！"

桑小晏愣了一会儿，眼底氲起水汽，像小时候一样调皮地搂着姑妈靠在她肩上："还是姑妈最疼我啦！我不会委屈自己的！"

03

邵席城。第一次知道这个名字是多少年前的事了？

那时的桑小晏不过是个高中生，暑假和爸妈一起来姑妈家避暑。百无聊赖的桑小晏窝在姑父的书房里汲取着各种知识，却无意间看到一份手写的论文，署名就是邵席城。

后来，夏季午后的暴雨中，她隔着玻璃窗望着那个清瘦的男生一步步走近，躲在书房外偷听着他与姑父的对话，原来他就是邵席城。

隽秀的三个字，暴雨中毫无狼狈的男生，低沉的嗓音和着雨声一同落入她的心底。再后来，她去了姑父任教的大学，过得很是平顺，可他却已公费出国了。毕业后留在这座城市，又进了他的公司做事。

她不知道他是不是她的情窦初开，久远的时光却早已将那段萌动的心思掩埋，直到……

沉淀的心事又浮上来，桑小晏辗转难眠，好不容易睡熟却被电话吵醒。

"邵祺发烧了，你能不能来一下？"低沉的声线冲入耳膜，桑小晏瞬间清醒过来，穿好衣服就出了门。

儿童注射室内，邵祺耷拉着小脑袋，没精打采的模样让桑小晏一阵心疼。邵席城坐在一旁，似乎也极为疲惫。

"晏姐姐！"邵祺委屈地扁着嘴喊她，一副马上就要哭出来的可怜样。

桑小晏再无丝毫犹疑，走过去小心地把他抱在怀里，柔声抚慰着。邵祺终于在她怀中睡着，她才看向身边的邵席城，轻声说："大概是洗澡的时候受凉了，对不起。"

"小孩子本来就容易生病，也该让他长长记性。"邵席城摸了摸邵祺的额头，感觉温度降下去了，又看向一脸自责的桑小晏，"邵祺说想吃你做的饭。"

此时的桑小晏只想让小邵祺快点好起来，立即点头答应，把需要购买的食材写下来交给邵席城。看看时间已经快9点了，又急忙给周雅发短信让她帮忙请假。

"好。"邵席城收好便签，"我先去一趟公司，一个小时后来接你们。"说完又抚了抚邵祺的发顶，大步离去。

桑小晏兀自震惊于“接你们”三个字，心底翻涌起无数思绪。蓦地，她有些害怕，害怕自己就此沉迷。

抱着邵祺坐在后排，桑小晏偷偷瞥了一眼专心开车的邵席城。她不否认自己对他终究是放不下，她也不介意小邵祺的存在，可她唯独在乎，他是否在意自己。

桑小晏参照网络上爱心妈妈的菜谱，把煎蛋做成太阳，用蔬菜水果摆成各种小动物，又熬了清淡可口的粥。

邵祺大快朵颐的同时，邵席城也忍不住赞叹：“怪不得他一直嚷着要吃你做的饭。”

“我也是从网上学来的。”桑小晏轻柔地擦着邵祺的花猫脸。

“晏姐姐，下周亲子园有活动，你陪我去嘛！”邵祺得寸进尺地嘟着嘴，他知道只要对着桑小晏撒撒娇，她就不会拒绝自己。

“亲子园？”桑小晏疑惑地看向邵席城。

“就是家长带着孩子一起做游戏。”邵席城轻描淡写地解释着，看着一大一小的互动心底不由得生出一丝满足。

“家长？”桑小晏若有所思，他这是在暗示我吗？神游的桑小晏迟迟没有开口，小邵祺不满地直接扑了上来，不停地撒着娇，她啼笑皆非只好答应。

坐在一旁“观战”的邵席城笑意更浓了。

亲子园的活动是为了让父母和孩子多亲近而举办的，都是些简单安全的小游戏。两人颇有默契地配合着邵祺，桑小晏看着自己身边的邵席城，一时心中无限感慨。

休息的间歇，桑小晏从洗手间出来，不远处的邵祺似乎正在和另一个小朋友争吵。

脸蛋鼓成小包子的邵祺一看到桑小晏立即靠了过去，拉起她的手向小伙伴炫耀：“我妈妈来了，我们要回家了！”

桑小晏怔怔地被他牵着往前走，直到两人上了车她才想明白，没有妈妈的小邵祺一定受了不少委屈。

第一次在亲子园玩得这么开心，邵祺很快就被桑小晏哄睡了。回去的路上，正好途经他们先后读过的大学校园。

“时间还早，下去逛逛吧。”邵席城目光灼灼地提出邀请。

并肩走在熟悉的校园小径，两人默契地保持着安静。平时的接触很多，这次的独处却极为少见。

周末夜晚的操场上，照例举行着活动。桑小晏又想起那些青葱的岁月，还有那时黯然失落的心绪。

“你还记得迎新晚会的时候，在台上唱的歌吗？”邵席城笑着看向那个空旷的舞台，那年他得到了公费留学的名额，回校向老师辞行却无意间看见她。那样的青春活力，秀丽的脸上写满自信，好像是在老师家见过的那个小女孩。

“你怎么知道？”桑小晏震惊地盯着他，心头狂跳不已。

“小晏。”邵席城扬眉浅笑，锁住她的目光，“我们交往吧！”

桑小晏一下子愣住了，呆呆地听着他低沉的声音，仿佛是从很远很远的地方传来，却又一字一句地烙刻进她的心底。

过了不知多久，桑小晏的心跳终于渐渐平缓时，耳边响起自己细若蚊呐的声音：“能不能先不要告诉别人……”

04

又是一个辗转难眠的夜晚，桑小晏想起邵席城在雨中不疾不徐走来的情景，清瘦的少年对她微微一笑。下一秒，少年变得成熟俊朗，与现在的邵席城重合在一起。月光透过枝叶洒在他的侧脸——“我们交往吧！”

脑袋里似乎有什么东西噼里啪啦地炸开，桑小晏把脸埋进枕头，却怎么也抑制不住心脏如擂鼓般的剧烈跳动。

幸福来得太突然，她有些措手不及。

好在还是一家三口的相处模式，她可以稍微遮掩一下自己的羞赧。工作时，公私分明的邵席城与她几乎没有交集，只在全体大会时会多看她几眼。

时入深秋，桑小晏避开同事在停车场等待邵席城，望着他颀长的身影一步步向自己走来，心底溢满甜蜜。

邵席城笑着解开车锁，一个浓妆艳抹的女人却斜冲了过来，无赖地纠缠了上去：“邵总！我最近手头有点不方便，你看……”

“滚！”邵席城无情地用力甩开女人，一把拉着怔在原地的桑小晏坐进车子扬长而去。

桑小晏望着那个倒在地上的女人，心中升起点点不安。相处几个月以来，她还是第一次见他如此恼怒。转头凝视他仍散发着怒气的俊脸，桑小晏暗暗叹了口气，终是一言不发地将隐忧压在心底。

今晚是幼儿园组织的小乐队演出，两人坐在家长席看着台上的邵祺卖力表演。桑小晏感受着邵席城宽大手掌的温热，看着邵祺可爱的神情。身边是一对对相携的父母，她忽然盼望着能够一直这样走下去。

演出后家长们纷纷上台合影，邵席城也牵着桑小晏的手走了过去，屏幕定格在三人紧紧相依的笑脸上。

“我今天表现得好吗？”邵祺抬头问着桑小晏，稚嫩的童声回荡在空寂的夜空下。

“当然！小邵祺最棒了！”桑小晏笑着揉揉他的脑袋，亲了他一口。

“宝贝儿子！”尖细的声音煞风景地响起，浓妆艳抹的女人再次出现。

邵席城不悦地皱起眉头，温和地把钥匙交给桑小晏：“你们先去车上等我！”转头看向那个女人时眼底闪过一丝狠戾。

桑小晏乖乖应声，正要转身却发现邵祺浑身颤抖地抱着她的胳膊，惊恐地瞪着那个女人。“不怕不怕！”她立即安抚地抱起邵祺向远处走去。

“我说过不想再见到你！”邵席城挡住女人的视线，嗓音透着无尽的冰凉。

“你凭什么不让我见我的儿子！”女子拔高声音喊着。

怀中的邵祺又是一阵颤抖，桑小晏边捂住他的耳朵边快步走着，却无法阻挡那些话语钻进自己的耳朵。

“凭你早就为了钱断绝了和邵祺的母子关系。”

“给我十万，我绝不再来打扰你们！”

“贪得无厌。”

……

桑小晏耐心地安抚着邵祺，心却一寸寸木然起来。原来那个女人就是邵祺的亲生母亲，她和邵席城也曾相爱过吗？

时间像是被拉长了一样过得好慢，邵席城终于回来了，脸色不善地驱动车子平稳地滑入夜色。桑小晏盯着他，心底的疑惑汹涌澎湃，她却不敢开口。

“晏姐姐！”怀中的邵祺环着她的脖子，粉嫩的脸上泪痕点点，他软着嗓子恳求道，“你来当我的妈妈好不好？当我的妈妈！”

桑小晏背脊一僵，疼惜地抹去他的泪水，却不知道该如何作答。

“邵祺！不许胡说！”邵席城轻喝一声，握住方向盘的手指蓦地收紧，后视镜里桑小晏瞬间黯然的神色猛地将他的心揪住。她，误会了吗？

邵祺不甘地继续落泪，却不敢顶撞邵席城，只好乖乖地偎在桑小晏怀中。桑小晏迫使自己不去多想，一颗心却浮浮沉沉地寻不到落点。

桑小晏家的楼下，邵席城将她拥入怀中，柔声在她耳畔低语：“我不想，也不能让邵祺成为你的负担。”

桑小晏靠在他的肩头，沉稳的心跳一下一下驱散她眉间的阴霾。

“半年，只要半年一切都会好起来的。”缱绻的吻抚平她蹙起的眉心，低沉的嗓音噙着诱惑和宠溺。

桑小晏闭上眼睛，沉沦在他出奇的温柔里。

她并不怀疑邵席城，但实在太过好奇邵祺母亲的事情，最后只好求助于姑妈。

“邵祺的妈妈是个不学无术的混混，什么酒吧啊舞厅啊她都待过。”姑妈不停地叹着气，“从没尽过一天当母亲的责任，三年前为了钱答应席城与邵祺断绝母子关系，再不来往。不过那个贪婪的女子后来又找过席城几次，也都是为了钱。”

桑小晏若有所思地点点头，真是可怜了小邵祺。

“其实席城还有个孪生哥哥，也是个命苦的人。”姑妈似有深意地看了她一眼，就借口做饭走开了，独留桑小晏一人摸不着头脑地思东想西。

05

桑小晏不再为那些往事纠结，与邵席城的感情不断升温，邵祺又乖巧可爱，日子过得十分美满充实。

隆冬渐近，邵席城有重要的会议尚未结束，桑小晏只好独自前往幼儿园接邵祺回家。到得早了一些，桑小晏站在门口安心等待，却瞥见一个熟悉的人影。

“席城？你不是还在开会吗？”桑小晏惊疑地打量着眼前的人，虽然容貌一致，衣服和气质却完全不同，“你是席城的哥哥？”

“你是桑小晏？”那人见桑小晏点头才将一脸的担忧收起，笑着点点头，“我是邵徐城！”

两个小时后，桑小晏心事重重地带着邵祺回到了家，邵席城已经做好了饭菜等他们回来。其实他的厨艺远在桑小晏之上，只是没有耐心做那些花样。

“爸爸你回来得好快啊！”邵祺一进门就闻到诱人的香味，讨好地扑到邵席城身旁。

“怎么了？”邵席城自然地接过桑小晏手中的书包，看到她一闪而过的慌张神色。

“没事。”桑小晏冲他盈盈一笑，脱下邵祺的外套温柔地拍了拍他的头，“快去洗手。”而后上前轻轻搂住邵席城，眼底亮起水色，“只是忽然有些想你。”

“傻瓜。”邵席城宠溺地摩挲着她的发顶，最后两人在邵祺“羞羞”的欢呼中分开，席间其乐融融。

夜深人静时，桑小晏蜷缩在温暖的被窝里，回想着白天发生的事情。

幼儿园旁边的小公园里，坐在桑小晏对面的邵徐城将一切娓娓道来。

他们兄弟俩家境贫寒，哥哥主动放弃了读书的机会做杂工挣钱，打工的时候遇到了邵祺的母亲菲菲。邵席城出国前夕，哥哥和菲菲结了婚，后来有了邵祺。菲菲本就过惯了混混的日子，安稳了两年又开始惹是生非，哥哥只好独自抚养邵祺。

没多久，菲菲因参与贩毒被同伙揭发而逃了回来，哥哥不忍心才替她坐牢，希望她能好好照顾邵祺。

同一年，邵席城学成归来，却听到哥哥锒铛入狱的消息，从看守所回来直接找到了菲菲。那个可恶的女人竟然只知道吃喝玩乐，完全不顾邵祺反而每天虐待他！邵席城当机立断地带走了邵祺，好好照顾起哥哥的独子。

“谢谢你这么疼爱邵祺，席城每月来看我时都告诉我了！”邵徐城感激地看着桑小晏，“我本来还有半年的刑期，不过表现好提前出来了，你能不能先不要告诉他？”

“好！”桑小晏红着眼眶点点头，原来邵席城每月例行的出差是去邻城的看守所，他许诺的半年原来也是为了这个。

孩子们的笑闹唤醒沉浸在悲伤里的桑小晏，她把邵祺带到邵徐城的面前，毫无二致的长相骗过了小孩子的眼睛，邵祺脆生生地喊着“爸爸”，邵徐城差点落泪。

邵徐城和邵祺在公园里玩耍了一会儿，桑小晏才借口爸爸还有工作要忙带他离开了。

窗外冷风呼啸，桑小晏蓦地想起姑妈的话，释然地一笑进入梦乡。

年底的工作最是繁重，桑小晏埋首于各种报表中，却意外收到总经理的传唤。他们向来避忌在公司里接触，桑小晏满心疑虑地敲开了他的办公室。

邵席城面无表情地望着玻璃幕墙，漆黑的眸子空洞无神，桑小晏心疼地环住他的脖颈，给予他最安静的抚慰。

许久，邵席城才恢复神志，拥着桑小晏哑声开口：“我刚刚去过医院，大哥，走了。”

那日与桑小晏分开后，邵徐城就回到了他和菲菲曾经的家，等了很多天她才回来。菲菲大概没想到丈夫会提前出狱，把他当成了邵席城，贪婪地再次伸手要钱。邵徐城这才知道菲菲几年里的所作所为，对妻子最后的一丝念想也熄了个彻底。

不幸的是，菲菲拿着邵席城给的钱到处挥霍，肆无忌惮又惹了麻烦，寻仇的混混找上门来误伤了邵徐城。菲菲当场毙命，邵徐城身中数刀，被发现时已是奄奄一息，邵席城只来得及去见他最后一面。

“都是我的错。”桑小晏自责地把一切告诉邵席城，如果她没有隐瞒这件事，或许邵徐城就不会被害。

“大哥走的时候很安详。”邵席城紧紧拥着桑小晏，大哥对菲菲都没有丝毫怨怼，或许，一切都是命运使然。

大哥为他放弃了太多，他从不敢懈怠自己，只想成功后让大哥过上好日子，爱情之类的太过遥远。有了邵祺之后，他更是不敢妄想。恩师的安排却不得不答应，没想到却是他首次心动的那个小女孩。

她和邵祺的感情越好他就越是纠结，他怎么舍得委屈她去做别人的后妈？本想等大哥回来后，他就功成身退，那时再给她一个未来。只是没有料到……

“看来你这个后妈是非当不可了！”邵席城轻笑一声捏着桑小晏秀挺的鼻尖。

“是你故意让姑妈瞒着我的？”桑小晏总算明白一切，以姑妈对她的疼爱，绝对不会放任她去给别人当后妈的。

“我怕吓坏你。”邵席城攫住她的唇瓣，不给她机会说下去。反正这个“后妈”她是逃不掉了！

桑小晏融化在他的柔情里，眼前又浮现出他们初见的那一幕。

万千世界，茫茫人海，但你我，终究要相遇。

南风知我意，吹梦到西洲

不问你那路上花可多，
只匆忙折被，下水入锅，拾柴添火。

文/若非

【南方】

南方小城。

流水弯弯曲曲环绕，夜幕之中有人在河边歌吟，是一名老妇，低头捣着水，曲调温婉，唱词由地方方言组成，听起来模模糊糊，不甚明了。他懵懵懂懂猜测其中的意思：

良人呀你在何方，可否还在把我想？谁为你点燃红烛？谁为你关上窗？

良人呀你何日来？把门扉都推开。良人呀我已寒了心，良人呀今夜已冷了床。

河岸是流连灯火，倒映水中，细微荡漾。他在河边小坐，远处有成群的人围坐，在亭子中对歌。他听得懂，无非是些情人之间的推推攘攘，欲说还休。可唯有近处似懂非懂的唱词，低沉婉转的曲调，让他沉默。

起身离开的时候，身后老妇的清唱，渐渐消隐。

从春日开始，他到这里已有三个月。大多时候，他身居山中，一个小山庄，一家小旅馆，一间小房。没有网络，手机信号并不是太好。大多时间，他阅读、写作。一本小小的《圣经》摆在床头，每日读上数页，一日后又忘记之前所读的地方。

远方有来信，由在城里的友人代收。是在网上结识的，也写些东西，他因此信得过。他有时候也给远方去一些信，定期去城里的咖啡店上网，通过网络传递稿件。他以此为生，已经数年。

她问他："你去了哪里？"

在电邮里，她追问他的去向，语气中有不满。他默默关掉电邮页面，喝掉杯中残留且冰冷的咖啡。起身离开咖啡店。天空有大鸟孤独飞远。

三个月前，他烧掉最后一本书，将自己打了个粉碎。"走好。"最后一句话，是说给她的。

她说："我知道你很好，可是我们真的不合适，像一场持久的冷战，看起来平平静静，多么安稳，可你不知道我多么贪恋那些放荡不羁的年岁，贪恋那些在不断前行的路上追求新的事物与新的可能性。我向往一切，而不是跟你在这里，看你敲键盘，喝咖啡，这日子越是如水，我越是不喜欢。"

"我要去折腾青春。"她说完这句话，就出门去折腾她的青春了。

暮光之中，他在网上订了时间最近的火车票，一路向西，最终从东南海边到了这座西南的小城。为什么要来到这里？他不知道。最初的想法是，远一点，再远一点。换了三趟火车，每换一次，都问自己，足够远吗？

网上的友人，告知他此处有温暖的去处。就是这家小小的山庄。确实是不错的地方。

夏日。

每日晚上，他都要摸着黑，走一段山路。偶尔有摩托车疾驰而过。他在十来分钟的山路中，穿过黑暗，听着山风呼啸山林，最后看见山庄的灯火，温暖地显现出来。

他渐渐爱上这样的生活。

【故事】

九月的时候，他决定去一趟北京。

第一次外出，找了很久才找到买火车票的代售点，然后在小巷子里买些特产。

有一个颁奖仪式，在北京。有一些来自全国各地的友人要相聚，他寻思着，应该带上一些属于此地的东西，可供眼睛浏览，抑或是舌头品尝。

然后在网上订机票，从省城飞北京。

整个下午，他都坐在那家经常去的咖啡店里，听着舒缓的音乐，看着窗外发呆。这个偏远的小县城，车流不多，路畔树下坐着没事的老人，有人随意穿行马路。这一切和以往生活的城市，全然不同。

她在网上说，得知你也要前往北京，我很开心，我们将在北京见面，第一次。

他喜欢这个说话的女孩。虽然不曾见过模样，但文辞之中那种平淡和坦荡豁达，足够让他喜欢。事实上，他喜欢一切慢和简单的事物。步行、阅读、写作、思索等，都不需要风生水起，不需要轰轰烈烈。他喜欢。

他看过她的一些文章。其中一些极为喜欢，有一些极不赞成。但这并不影响他对这个人的喜欢。

其中有一个故事，讲述一个生长在冰箱里的人，爱上了一个太阳下的人。他们每年冬天最寒冷的时候，才能见上一面。但他们并没有放弃对方，太阳下的人开始慢慢习惯冰箱里的温度，而冰箱里的也饱受痛苦习惯太阳下的温度，等到他们都以为能在对方的世界与对方一起生活的时候，却发现自己再也不习惯原来的温度了，于是原本太阳下的人，成了生活在冰箱里的人，而原本在冰箱里的人，却成了太阳下的人……

这是个怎样神奇的姑娘啊。他想。

她也看他的文章，最初的认识始于此。在杂志的编辑那里找到他的地址，给他写来信件。那时候，她还是某高校的学生，喜欢文学，把阅读当成生命中必不可少的一道美食。

她叫他大叔。这是比较时髦的称呼，在信件里，“大叔”这两个字，时刻都带着温暖。

有一年夏天她说要去看他。正好是她的暑假。因为离得其实并不远，她乐于这么做。

你是我的偶像，我想去看看你，真正跟你面对面，谈谈我们都喜欢的话题。她说。

他拒绝。相爱数年的女友，正在身边浅笑，开玩笑说就让人家来吧。他终究不允，说喜欢我的文字就行，何必要见，再说缘分到了，自然会在茫茫人海中遇见。

那之后她才开始写稿。有时候会发些给他看，客客气气请他提意见。她渐渐在刊物上露面。她出版新书的时候请他去首发式，正好有事冲突，他发去长长的视频祝福。

他们熟识已久。其实一无所知。

收起电脑的时候，他突然想起以前对她说的话。

缘分到了，自然会在茫茫人海中遇见。

【旅程】

从没有一次火车旅程，让他这样充满思绪。

来的时候浑浑噩噩，睡睡醒醒，竟然一路无梦。可回去的时候，短短三个小时，从县城到省城，他想起了很多事。

和她在火车上认识。

那一年二十来岁。暑假结束后返回北方求学。

在火车上，身边的女孩举着巨大的行李箱托不上行李架，摇摇欲坠之际他趁势伸手托了一下，行李箱就稳稳当当上了行李架。

那一程十七个小时，硬座。火车走走停停，在不同的城市停留不同的时间，他们也就一路断断续续地聊着。原来这一路都相同，终点也一样，是同一个学校。累了的时候，她靠在他肩上，睡得很安稳。

下车后一起搭车去学校，帮她放下行李后又一起去吃饭，饭后就在一起了。彼此都是旅途中拾得的珍贵。

往后的数年中，一直在一起。她欣赏他的才华，每一本书出版的时候，都会让她换上各种姿势当书模。他爱她，深知是心底认定的人。毕业后，双双回到东南沿海城市，他用稿费租下公寓，以写作为生。她在旅行社做导游，她喜欢在路上。

走过最难的路，是她供职的旅行社倒闭，而他进入写作瓶颈期，稿费收入低微，渐渐供不起公寓。那时候正好有人在追求她，是在带队旅游的时候认识的人，身世不可知，但仅从外表和谈吐看，是成功人士。

她经历过不少的追求者，但最终都留在他的身边，这一次也是如此。等到他结下稿费的时候，立马去做的事情，是去买戒指。求婚的时候她异常兴奋，说我知道总有一天你会如此。我等这一天，已经有些时日。果断而顺利地戴上求婚戒指。

旅行社倒闭后，她又换了一家更大的旅行社。毕竟是长相出众又有些才能的女孩，走到哪里都饿不死。她开始忙起来，不断接团，奔波在全国各地，游走于各色人物之间。

看过了那么多美景，终究还是对身边的人有了厌倦。

她摘下他戴上的求婚戒指。对不起。

他一时没控制住自己，随手将桌上的戒指丢出了窗外。是数月前的事情。

两个多小时飞机就到了北京首都机场。说不清楚是第几次到北京了，每一次都是为了书的事情。这一次，是领奖。

但记得有一次。与她有关。是寒冬里。

是第一次出书的时候。出版社办了个小型发布会。那时候他们还没毕业，她陪他一起。因为出书前已经在杂志上发表不少东西，有不少读者慕名而来，问他各种奇怪的问题。

整个过程中，她一直坐在观众席上，微笑看着上面第一次面对那么多读者而略显窘迫的他。然后她拿了一本书，亲爱的，帮我签啊。

他记得寒冷封冻这座城市。他们牵手走过北大未名湖面，看见有人在远处滑冰。一起躺在冰上的时候，她问他，爱我吗？

爱。

回忆如同一场盛大的幻觉。

他走出机舱。风一下子就吹暖了头发。有些时间没理发了。他记得，她小心翼翼地帮他理发，抱怨他太不懂得照料自己，不会自己打理。

要勤理发，长发对眼睛不好。风一吹，他就想起当时她的话。

【北京】

嘿。她叫他的名字。

他却叫出另一个名字，是同样一起领奖的女孩。他从未见过她，认错了人，颇为尴尬。她举起证书，在面前晃了晃，说，祝福我吧！

她说，一起出去走走吧！在黄昏到来之前，她来敲门。

北京一如既往地阴沉，如同患了抑郁症一样。一起步行走了一段路，然后搭地铁去天安门。在广场上，散步。

“从未想过有一天，我和你站在同样的地方，也拿你拿的奖。”她说，“我这些年的努力，只是为了有朝一日，有一个更好的状态，出现在你的眼前。”

他一时无言，缓了缓气息，说：“你所能拥有的今天，都是你应该得到的，我很欣慰我能让你变得越来越优秀，虽然这一切都是你所言，我自身并不这么认为。”

秋日的黄昏，很快就降临在这座雾霾沉沉的城市，因此黄昏的到来，跟之前并没有什么两样。但天色越来越暗，是摆在眼前的事实。

他提议回去，这一路过来有些累，他需要早点休息。

雾霾之下，终究不能一起看一场美的黄昏，就让我们冒着这阴沉的天气，再多走一些路，好吗?

他无言应允。漫步走上一条大道。然后下起雨来。他匆忙在旁边买下一把伞，但即便如此，依然无法阻挡风雨。

在快步去往最近的地下通道的时候，她紧紧揪着他的衣服，紧紧靠在他的身边，笑得很放肆。“这场雨，真好！”她说。

站在地下通道，他将伞撑开来放在地上，跺跺脚。“啊？”

“明天会是一个好天气，因为这场大雨，相信雾霾中的这个城市，会迎来一个明媚的晴天，如同一个人一样，她将抛弃忧郁的内心。你说是吧？”

雨一下就是一个多小时。天黑下来，灯亮起来。

有那么一刻，她靠近他。“我冷。”

眼神之中，他看到，她需要一个拥抱。

“这是我梦寐的事情，我信你懂，你懂。我出现在这里，在这个陌生冰冷的城市，不是为了和你一起在这里散步，不是如此。”

雨唰唰地在数米之外下着。有片刻，他感觉自己陷于一种迷幻，感觉她的任何气息，都让自己沉沦。冷风一次次让他清醒。

雨停之后，他在路边拦下一辆出租车，把她塞上了座位。在酒店外的树下，她突然抱紧他：“我确定我爱你。”

亲吻的时候，他感觉万物飞走，周遭都在急速变动，无数的声音交合杂糅。

“你爱我吗？”

“爱。”

他一瞬间清醒了过来。

离开北京的时候，清晨。

前一夜的雨水，果真让这座雾霾中的城市，呈现出蔚蓝的神色。

在机场，接到她的电话。“一早上没找到你，才听他们说，你有事提前走了，我找主办方要的电话，就想跟你说说话。”

“这个城市难得如此之美，可是却没有陪我看黄昏降临的那个人……”

他看见玻璃之外，有飞机轻轻滑动，从远方飞来的客机上，走下来一个个的人。远处有客机在跑道，随时都准备飞走。他说：“谢谢你。”

她在那边苦笑：“一路平安。”

再美的好天气，再美的好城市，再美的那个人，总是要离别的。

埋首在膝盖里的那一刻，他差一点就掉下眼泪。

【停顿】

在省城小住是早就有邀约，临时决定赴约，去省城的一些学校做演讲。

这祖国西部的省会城市，被群山环绕，绿树弥漫整个城区。

几所学校散布在城市的几个方向，因此他得以在最短的时间里，走遍了这个城市的各个方向。看过一群群年轻的面容，突然就想起那一年，在火车上，她在肩上安睡，最疲惫的时候，也死撑着眼皮，熬过一个又一个站。

年轻的时候做的事情，现在想起来是多么不可思议。但不后悔。幸好。

夜晚他被短信提示音吵醒。是她的短信，在北京相见的女孩，说着段温软的话。

我去看过这个城市的好多地方，每一个地方都曾被你看过。我在那些风景之中想象你就在我旁边，我照相的时候就会做出一个挽着人的动作，我买水的时候也特意多买上一瓶，我微笑的时候就会多一分柔情。

这些年，你都在，现在也是。我已经习惯你，为你变成现在的样子。你看，是因为你，我走上了和你一样的道路。今天我再一次去天安门，是我们一起散步的地方，又去一起避雨的地下通道，想起你还在我身旁。

你说，为什么我会如此迷恋你。我们不曾相遇，我就恋上你。我们相遇的时候，我以为你会跟我一样，报以同样的温情，此刻我不知道，是该幸运还是该伤心。我很迷乱，但这一刻，我站在这庞大的城市的窗前，看着夜空朗朗，想着你在远方的城市，也盯着头顶同样美好的夜空，做着美好的梦，我就是幸福的。

幸运的是，我们共享这尘世所供给的美好呀！

她说。

谢谢你这些年都在。

这些年，你并不知道我的故事。你看到的那个我，和真实的我完全不一样。最重要的是，我跟你一样，都深深迷恋一个人，不同的是，我们并没有相互迷恋。

很幸运你能走到今天，如果说是因为我才走到现在这样成功的路，我该感到幸运和欣慰。

你什么都好。可你不是那个人。

他说。

突然就陷入失眠。

于是打开酒店的电脑，进邮箱。以前的生活就是这样，每天凌晨，在电脑前书写故事，直到天亮，然后做早餐给身边的女孩吃，有时候送她去上班，有时候则洗澡休养生息。这个习惯在抵达小城住进山庄的那一夜开始改变。

邮箱里有不少来信。有的是喜欢文字的读者，说些好听的话语，让人欢喜。有几封编辑的信件，约稿，抑或是催促写作进度，一边说着暖心的鼓励的话，一边不忘表明态度。

有她的信，再次问到身在何方。附件里的照片，显示这半年来所去过的地方。

你去了哪里？我在找你。

他没有回复。

有一个陌生的来信，说采用稿子，给他邮寄一份刊物。是陌生的人，没说刊物，没自我介绍。他没多想，默默地将地址输入，发送。

夜深之中，他想到，这过去的半年，如同生命的一个逗号。

真的要在这陌生的西部小城，一直住下去吗？

【归来】

第一片秋叶掉落山间的时候，他穿着棉质长袖T恤，去山上散步。

看见远近的山峰，都黄了一片，穿插其间的是一些常绿的植物，很不合时宜。顺着蜿蜒小路，下山去买些东西，一些时常需要用到的物件需要购置，也要去超市里采购些食物。照例去那家咖啡店，消磨一日剩下的光景。

然后趁黑回去，提着大大的袋子，有些辛劳。进入山庄的时候，看见熟悉的身影，伫立于前方。头顶是山庄广场大灯，打在她身上。

“我发了那么多邮件，问了那么多人，终究还是需要一场欺骗，才弄得到你的地址。”她说，“为了找到你，我不惜假装编辑要给你邮寄样刊。”

他沉默不语，像她走的时候一样，他一时无言。

她说：“我走过那么多地方，看过那么多风景，才发现最美的风景，已经拥有过，失去了去哪里都找不到替代。所以，我要找到你。”

“我在这远方的山里，生活安稳，过得也清闲，自有我的快乐，为什么不能允许我拥有一个平静的生活。当初做了决定，不要再来彼此纠缠。”

他第一次掉下泪来，这一切太戏剧化了，他写过那么多故事，却无法适应这现实中的可能。他写过那么多温暖的话，自以为把自己也温暖了，她站在面前的时候，才恍然发觉，一直都未曾温暖。

他步履坚决，目标明确。有些痛，经历一次就足够了。

她在身后，扬起手。声音撕心裂肺。

“我花了一个下午，才在池塘里找到这枚戒指，我戴着它找到这个陌生之地，不要让我空着这个无名指回去，好吗？求求你。”

风一直在吹。

秋日沉沉，夜色笼罩山庄。旁边小楼传来歌唱，依旧唱词模糊：

> 不问你那路上花可多，
> 只匆忙折被，下水入锅，拾柴添火。

他瞬间被融化。声音颤抖。

天凉，屋子里温暖一些，我可供你一件外套。

还需一个怀抱。她奔跑过来。

10

悲伤的人

一夜长大

从今起我要抛弃一切琐碎的装饰。我心灵的主，我不再在一隅等待哭泣，也不再畏怯娇羞。你已把你的宝剑给我佩带。我不再要玩偶的装饰品了！

——泰戈尔

梦见Egina

依山而建的岛城次第铺展在我面前，渐离渐杳。我知道每一个屋顶下、每一条巷弄里都藏着一段裹杂着痴心的尘世生活。如昔如我。

文/朱昊晨

01

我记得岛上的风光。在我第一次遇见他时。

游艇驶进码头，靠岸的一瞬间因船头触上橡胶胎而有钝重的回弹。人们的心也整齐划一似的随之猛地一跳。然而船不会弹回海里，心亦不致跳出胸膛。只是惊醒了被窗口单刀直入的灿烂阳光晒得恹恹欲睡的乘客，此时懒洋洋地伸懒腰打哈欠，茫然四顾片刻，方起身从架上拉出行李。

世界上最纯粹的睡眠大致有两种：一是在课堂上，一是在旅途中，足教人忘了身前身后事，仿佛遁逃到了另一个不相干的时空，乐不思蜀，现实反而不敢相认。

后来当Egina对我说，他觉得飞机或车船停稳了，大家纷纷拿了行李陆续离开，而自己孑然一身地醒来，是最最寂寞的时刻。我便把那段话告诉他，并说：“旅途还不比课堂。在课堂上你好歹有熟悉的老师同学，嘈杂热闹的声响能够加

般人。我猜想他是摊主的儿子。

恍神中，摊主已称好苹果递了过来，我接过付钱，转身走出几步，又退回去，问该去哪儿洗。他也不抬头，只侧过脸向那男孩嘟哝了句什么。男孩便端放下怀中的球，跨出来，示意我把苹果给他。我跟着他脚步望去，才发现水龙头就矗在墙角杂物堆里，只是前边横着一辆板车。只见他稳而敏捷地纵身踏上车去，弯腰拧开水龙头，就着清水洗起来。倒也谈不上细致，但总之很教人放心，仿佛他气质的干净便能拂除其上的污垢。我注意到他穿着旧球鞋，高筒白球袜，短裤，衣袖挽至肘部的T恤，倒是颇专业的行头。但凡欧洲国家无不痴迷足球，由此可见一斑。阳光毫不含糊地遵循沿直线传播的真理，从照壁后挤过来，洒了他半边身子，小臂和大腿上的汗毛便由淡青而转现出暖意融融的金黄。末了，他微笑着把苹果还我，神情安静而羞涩。我说："谢谢。"他只小声答："不客气。"

我啃着苹果，继续朝码头方向走。出了巷口，左边有间不大不小的教堂，前面展开一方广场，四周又是一圈最富本土特色的柑橘树。我因为偏爱开阔的视野，遂挑了广场外人行道上面海的一把长椅坐下来歇着。眺望呈张启的鸟喙状的码头，愈看愈觉得鱼贯入港的船只像是被啄食的虫子。心想这岛不仅是麻雀虽小五脏俱全——其上公园、民居、集市、墓地一应有之——而且它还食量惊人！而那些戴了墨镜牵着爱犬匆匆打我面前走过的妇人，她们丰厚而润泽的唇，更令我联想起地中海常绿硬叶林那饱满叶片上的蜡质。

思绪翻飞处灵魂好似给海鸟衔上了九重天，但又不知遇见什么变故，骤然失重坠了下来，砸进肉身。倏忽听见身后咚咚咚的撞击声，转头看时，视线给葳蕤的枝蔓挡住，只从缝隙里窥见一只足球被来回踢着，撞向教堂外的石凳，一下，两下……我迫切地想要印证心下的猜想，关于那隐匿着的踢球的人。忽然记起《红楼梦》里说的"隔花人远天涯近"。

果然是他。我绕进广场。他亦瞧见我，脚下却并未停止。球的撞击声混杂了汽笛声、海浪声、人声、鸟声，好比主音吉他之于摇滚乐队的功效，清晰得骨节分明，不可或缺。

我上前戏谑地问他："你是东正教徒吧？在这里踢球，不怕打扰了神明吗？”

他精准地一抬腿，踩住弹回脚下的球，眨了眨眼，忽然有些哽住，答道：“不会吧？”

我笑了。这小男孩看我的眼神不像疑问倒像求助，仿佛我可加强他对于此非不敬的信心，或代替神宽恕他的“错”。

我说：“你叫什么名字？”

“Egina。”

“我是问你的名字，不是岛的名字。”

“是的，我知道。我的名字正是岛的名字。”

“哦？”我感到惊奇，说道，“那么你可以给岛做代言人了。不过为什么在这里踢？我刚才过来的时候，看见那边似乎有个小足球场。”

他眼神有须臾的黯淡，好像瞳孔中蓬勃的光焰遭了一阵风。“我知道，”他说，“不过那是私家的，外人进得收费。”他摊开手，耸肩道：“我没有钱。”

我笑道：“这不要紧，等你真做了代言人，也赚钱建私家球场。”

“那除非要先做球星了！我可要让人人都能进场玩儿！”他讲话时胸膛起伏，似一张鼓满了风的帆，对岸虽远但真切可见。

我打量着他的样子，刚要说话，他踮起脚望望西斜的日头，道：“我得走了，爸爸还等着我收摊回家——你还不出岛？再晚就没船了！”

我们于是匆匆分离。男孩转身，远去，缓缓没入树丛。他瘦而不弱，高而比例协调，已属颀长的双腿仍在拔节发育，两侧肩胛骨高耸的后背还将更加健阔。我凝视他的背影，觉得自己也跟着年轻了十岁。我认为上帝绝不忍怪罪这样一个未谙世事男孩的无心叨扰，反而会懊悔未赐他洁白双翼。

时至今日，我已忘记了那天道别时，是否对他说了什么话。倘若说了，那又该是什么话？多半是鼓励他吧，祝福他终有一日能圆了球星梦。我只记得他咧嘴，留给我一抹笑容。落日余晖洒在那笑容上，金灿灿的。

告别了Egina，我赶船返回雅典。坐在甲板的阳伞下，猛然发觉手中还捏着半只苹果。

远处，古遗址的塔楼如竖插着的祭香，祀颂过往的辉煌抑或怀悼今时的没落。晴空万里，唯天际一抹多情的流云，缭绕在楼顶，仿佛青烟幽吐。依山而建的岛城次第铺展在我面前，渐离渐杳。我知道每一个屋顶下、每一条巷弄里都藏着一段裹杂着痴心的尘世生活。如昔如我。

盛大的落日照得海面潋滟无比，令人睁不开眼。海风肆烈，像是蘸了浓墨的笔，恨不得每扫过人脸都留下一道痕迹。我不得已钻进船舱。轻柔的摇晃使我入了梦。

醒来时偌大的船舱又是空无一人。

03

当晚回到旅馆，正欲洗澡，忽听见敲门声。原来是那个长发男人。他用让人极费力才听得懂的英语终于表清来意——是邀我同吃夜宵。

我虽然知道他为人热情，但略微疑惑彼此并未熟到这地步，便说一会儿再给他答复。接着洗完澡，躺上床，读完了旅途中带着解闷儿的一本小说。合上书，思来想去终觉他不会另有居心，一看表九点半，正是他约请的时间。于是起身下楼。他已和他的日本妻子等在柜台边，同大胡子老板聊天。那老板说来也有趣，年过半百却仍是孤身。我到店的那天，他得知我是中国人，便拿出个印着汉字的搪瓷杯，叫我解释意思给他。我接过去看，上边赫然是“给我最帅最可爱的老公”。翻译给他听，他笑得前仰后合，拍桌顿椅，惊得门外一辆摩托车的报警器呜呜叫起来。他说那是一个中国寡妇临走时送他做纪念的。

大胡子和长发男人的妻子十分高兴，拉着我，一面道：“终于来了！”一面大踏步往外走。只过了街口，往右拐几步就到了。宽敞但简陋的铺面，类似中国的大排档。相继点了餐，什么牛肉裹饼、柠汁油菜饭，卖相皆不好，胃口也不佳，倒是做点心的干面包合我口味。但见满桌人——长发男人、他妻子、他朋友——都吃得津津有味，大概对于他们来说这算是佳肴。

店内热闹非凡，欢歌笑语，推杯举盏，全然不是固有印象里欧洲餐厅一派优雅肃穆的景象。俄而我才明白，多半是这里难得地可自由吸烟的缘故。人们聚在此地，烟瘾和性情一齐迸发。

席间长发男人一直与朋友高谈阔论。我不懂希腊语，只好和他妻子找话说。这个来自东京的女人，名叫武山纯子，从太平洋远嫁到了地中海——嫁没嫁，这一点尚存疑，因为长发男人告诉我别称他是她丈夫，要说男朋友。我分辨不出这是事实还是出于南欧人与生俱来的浪漫。

武山纯子身材娇小，五官淡而媚，有扶桑女子特有的温良气质。她穿一件褐红的长款上衣，围着胸口一道刺绣衣缘，绕着颈又分别垂下两道直领，看去像是对襟襦掖进宽松的抹胸里；微呈喇叭状的袖口，式样十分别致。衬得她两抹香腮，一痕雪脯，在那么一两个角度上，竟然煞有风情。

我好奇地问："这衣服从哪里买来？"

她答："是自己闲时做的。"

"自己做的！"我很惊讶，心想难怪有东方风格，"漂亮极了！"

她低头称谢的模样真使我想起徐志摩的名句来。我好奇她和长发男人如何认识。她含羞地笑，说："这可是个长长的故事。"

据纯子讲，她娘家在东京郊外开酒馆。长发男人五年前去日本，从市内坐错了车。下车时是落雪的黄昏，天气骤冷。他便进门喝杯清酒暖身子，和添酒的纯子畅谈忘时，竟误了回城的末班车。只好在她家附近的旅馆住下，天亮别去。谁知隔一年的春天，樱花开时，他复来店，直截了当地求爱，要带她回希腊。

"你已经习惯这儿的生活了吧？"

"我来了四年了。"纯子笑，我发现她凡开口必带笑，"要是没有他也习惯不了。"

旁边突然爆出一阵掌声，长发男人红光满面，盯着电视机里的球赛欢呼着什么。再环顾四周，众人都是同形。

我说："他恐怕醉了。"

她道："没关系。反正在希腊，人人都是醉的。"

正说时，长发男人过来拍我肩，朝我晃酒瓶。我知他劝酒，便把杯子递去，看他斟了寸许。我说："没事，可以倒满。"纯子一旁提醒："小心，这酒烈得很！"我举杯尝，果然有些度数。

于是四人俱饮，渐渐地，我也醺然。长发男人突然问我："你最喜欢做什么？”我不假思索张口就要回答，以为随意就可列出一串来，却忽地哑了。心里一闪而逝的那串名单，既然只是一闪而逝，也许就不敢妄言“最”了。我五脏六腑里升起一阵悲哀，迅疾地，被烈酒冲带到全身。人喝酒时当尽欢，千万别碰感伤的门，连一丝缝儿也莫开，否则郁积多年的往事就会趁势一鼓作气冲泄出来。我或许做了《水浒传》里洪太尉曾干过的蠢事，一不留神放出了地窖里封埋的天罡地煞，去祸乱貌似清平的人间。

我的回忆直向最初泅游，溯着岁月的激流险滩，一马平川，却骤然撞上一块巨石，头昏眼花。停下来抬头看，那石上不知被谁涂鸦，赤橙黄绿笨拙地画满了只有孩子眼中才会有的、充满可能性的世界。

我冲口而出“我最喜欢画画”的一刹那，烈酒似乎要从眼睛里涌出来了。随即意识到方才那番曲折悠长的思索实则不过几秒钟。

长发男人惊喜地望我，拊掌大叫：“对的！我看得出来！”倾身拈起纯子颈上的项链，急切地说，“看，这是我做给她的，怎么样？”

是条细细的银链子，一节节精密地头尾串起，当中挂着一个树叶形绿松石吊坠。“真漂亮！”我发自内心地称赏。他得意地眯起眼，脸上每道皱纹都开了花。纯子只是颔首笑，微微脸红。

他朝对面的朋友指着我：“我早就看出来了，”又侧头向我，“你是有天赋的，你是有天赋的！”我木木地道谢。他一别脸，斩钉截铁地说：“别谢谢！也别否认！一定好好画！别——浪——费——它！”

我对这个男人产生了兴趣。他的热情，他的颓唐。他长发蓬乱胡须邋遢看似笨拙，却藏着做得精美饰品的灵心巧手。还有她同样聪慧的东方妻子——哦不，按他的话：女朋友。我与其说对他、对他们产生了兴趣，毋宁说是对自己产生了兴趣。

后来，众人皆醉，我亦未独醒。只是不像他们，勾肩搭背地在饭馆中央跳起舞来，引得观众敲桌晃椅鼓掌吹哨——的确，在希腊，每个人都是醉的。

在那个当儿，武山纯子自包里掏出一个小簿子来，打开封盒，撕下一张纸，叫我用汉字写下她的名字，又问我怎么念。我见她开心得很，于是又用楷、行、隶、小篆各写了她的名字。她看后兴奋无比，褪掉矜持，更显一种原生的美。

为着消磨时间，我们各自在纸上涂涂画画。甫一动笔，我自己先是一惊。我发现当初的色彩竟然还存诸胸间，在多年后的此刻。如同壮丽的锦罗深埋古墓，若干世纪过去了，被偶然发掘出来，鲜亮如初，完完整整，可再度裁剪以装点寂寞如斯的黑白生命。

而事实上，先前便曾有盗墓者试图挖掘。

那是十八岁的秋天，我刚升入高三。那时由家里到学校有两条路线，一近一远。我偏偏舍近求远，许是已成习惯，但多半是因为在远路上，能够经过那所美术学院。有一天，我照例进去欣赏学生画廊，在尽头的公示栏上看见一张广告，关于招收非专业类考生事宜，报名日期截止到月底。

那一整天我都魂不守舍。放学路上，终于下定决心买了颜料纸笔。我几乎是使了全身的劲儿冲进画具店的，差点碰倒了门口的货架，惊得满屋人回头瞅我。我其实只是怕稍一犹豫，便有什么东西将我好不容易毫厘积攒的勇气悉数砸碎，碾成渣，再拽我离开。店老板疑惑地问我：“你……是来买画具？”见我讷讷点头，堆笑接口道，“对对对！最近美院招生，大家伙可都得备齐行头再上阵不是？怎么着，你也是报考的吧？”我嗫嗫半天，竟不敢承认，仿佛那就像冒拆他人信件一样，干了亏心事，只飞快付钱拿货走人。

后面几夜我都将自己锁在房里练习，谎称是在准备英语听力测试。然而，在遍地堆满了揉作一团的废稿，满桌都染上触目惊心的缤纷色彩时，我痛苦地发现，捉着笔的，再也不是幼时那只灵巧的随心所欲的手。它不再拥有想象力，甚至不再拥有生命力。更致命的是，它不再拥有热情。我静对空白画纸，犹如静对一片干涸的湖泊，那皲裂的湖底，延伸着人生无可奈何的诡谲纹路。

而加剧我痛苦的，是拉开门来，母亲在门外矮凳上端正搁着的一杯热牛奶。我起身回到窗前，把画具推开，拿出数学或者英语的试卷。透过敞开的窗，知道外面落了秋雨。

日历一页页揭过去，二十六号，二十七号……三十号，结束了。我以为我会悲伤，谁知并没有。相反，那一天我生龙活虎地解了半夜的函数。只可惜答案始终不正确。

从那以后，我便只走近路上学了。你尽可嘲笑我，这怯懦不称职的盗墓者。

我酣畅淋漓地画就了第三幅时，长发男人回到桌边来，抓起我的“作品”，激动得眼睛发光，手舞足蹈：“太棒了，太棒了！我早说过，你有天赋！”接着又是一大通话，混着浓烈酒气。但我全没听懂。

回旅店的路上，纯子悄悄对我讲：“他就是这个样子，你别见怪。”我说：“当然。”又觉得好像太轻淡了，便转了话题道，“真羡慕你们俩，能做出那么漂亮的衣服饰物。那纸盒也是自己动手的吧？”

“是他做的。”纯子唇边的笑意还没升起便褪下了，有点儿伤感地说，“你不知道，他年轻时去意大利考过三年的艺术学校，非要学珠宝设计。都失败了。第四年原本还要考，但他父亲突然去世了，他母亲又长年卧病。这才只得找了份工作。他说他再没想过那件事。”

她一直望着前面东倒西歪的丈夫。深夜的雅典空寂，唯有叼着烟的人影晃过街角的路灯。我心里突然涌起一阵恐惧。

当晚我扑上床，倒头便睡。第二天清晨赶火车去北面的塞萨洛尼基，之后又转飞罗马。这是一个人的旅行。一个人做事总是充满诚意，却容易朝三暮四。

我再也没有见过长发男人和他的妻子。然而，从那夜起，我常常梦见Egina岛。梦见高耸入云的塔楼、象牙白的沙滩、蓝色锦缎般的熨帖天空、太阳和空气相恋；梦见硕果累累的柠檬树、叶片上釉质润泽饱满的地中海植物；梦见凌乱的集市、腥咸的风。

04

再次见到Egina，已经是七年之后。

那时候我已成家。国内的公司破了产，便孤身一人到了北欧，在芬兰中部的小镇玉蓊澌开中餐馆。生活似当年见过的地中海那般平静无澜，却不似那般壮阔。

我几乎不敢相信世界上有这么巧的事，当他推开门，带着满头满肩的雪花，问我：“先生，这里是否需要帮手？”

他朝我走来，面孔逐渐清晰。岁月欲阻挡辨识的沧桑，仿佛冬天结在玻璃窗上的那层寒雾，遇暖而慢慢散去。

我愣在柜台后，正记账的铅笔怆然滑落。我凝视他，道：“是……你？是你！”

七年了，那个小男孩的身形气质都被放大，可容貌依然有旧日模样。他的目光迟疑，只是刚毅了许多，又带着些惶惑。

他显然始料未及，停住脚步，皱着眉：“我们……认识？”

“当然，我们见过的。就是你，对吧。你不记得？”

他看上去有些慌乱了，双手抬起来，说道：“呃，这里是在招聘员工吗？”

我已经顾不上回答他了。我走出柜台，向他靠近：“是我！你忘了吗？七年前，在岛上，你帮我洗过一个苹果，你那时候想要当球星！”

然而他拎起了行李，似乎要离开了。我提高了音量，喊着：“等等，等等！”墙角坐着的两个顾客迷惑地望向我。我却顾不上了。

他已经推开了门。我想追上去，双脚却像被钉在地板上一样。我只能大声地喊他：“你停下！你听我说！嘿，你是希腊人不是吗？”

他推着门的手猛然停下了，缓缓转身：“你……你怎么会知道？”

“我当然知道！我还知道你家乡在岛上，叫……该死，叫什么呢？不过我没有骗你，你一定是不记得了。那时候你才这么高……哦不，是这么高。对了！Egina，你叫Egina，和岛的名字相同！我没有说错吧！”

他低头，满眼的不可置信，微微张开嘴，似乎在脑海中搜寻着记忆。然而只是吐出几个字来：“这……不可能啊。”

就这样我和我的Egina重逢在各自的异国他乡，也是各自的物换星移。我没有变成那个在雅典旅店偶然相识的长发男人，而Egina也没有建起私家球场。他留了下来，帮我打点事务。其实店里在贴出招工启事后早已聘到店员，并不缺人手了。适值经济滑坡多少有些萧条，不温不火的生意我和一个厨师、两个伙计足以应付。

我很好奇Egina是如何寻到我这里的。他只是吞下一大口意大利面，咧嘴笑："其他店都要求会讲芬兰语，我想中餐馆该不会吧？"

我逗他："你怎么就不想中餐馆会要求讲汉语呢？"

他神色艰难地问："真……的吗？"

"开玩笑啦。"我笑着。

Egina跟我讲起他的遭遇。他父亲去世于他十五岁那年。是出海遇上了风暴，连尸骨都没捞到。他母亲随后改嫁到别处，他不愿跟过去，便一个人住在岛上。十八岁时高中快要毕业，继父说早就应该自立，多供养半年已属仁至义尽。他母亲竟不敢反对。于是他肄了业，不再读书。起初几个月随渔船出海，又觉得如此不会有什么作为，决定去国外碰运气。三年来先后去了意大利、西班牙、法国，东一家西一家，奔劳颠簸，做过修理工、侍应、保安。谁知不是因为语言不通被辞退，便是遇到失业大潮遭了裁员。总之都干不长。

他记得，在巴黎的最后一个晚上，下着绵长的雨。从临时宿舍里出来，靠在桥头抽一支烟，旋即又掐灭了，丢进塞纳河。心想，以后恐怕连烟也买不起，不如戒了干净。他向我描述那些雕刻精美金碧辉煌的大桥，是法兰西文明先进的符号，却总在阴影里藏着一窝窝衣衫褴褛泣诉讨要的乞丐——那是另一块被割裂的世界。他朝一个跪趴在地的老人走过去，从口袋里掏出一枚硬币，弯腰放进她面前的锡盘。我甚至能看到那一刻灯火壮丽的埃菲尔铁塔，如同倒栽着一把刚出炉的铸剑，只待受完了雨水的淬炼，便要去凌迟每一颗失意的心。

"我无处可去，只好投奔一个同去巴黎的朋友。"他说，"我一夜没睡，几乎已经决定回希腊了。"

"可是你最终没有。"

"是。天快亮的时候我坐起来，用朋友的电脑订了一张来芬兰的廉价机票。我听人讲过，北欧的经济算是欧洲最好的，而芬兰的物价又是北欧最低的。便想再搏一把。"

"话虽没错，不过也是相对而言罢了。"

"可我管不了那么多——我只是不愿意就那么回去，否则出来有什么意义？"

“我懂。”我递给他一杯水，说，“你是我见过的最勤勉的希腊人。我原本以为，希腊人只会闹罢工和晒太阳。不过Egina，请你一定要记住，这世界上的事，并非都有我们所追求的意义。但有时，去做一件事本身就是一种意义。”

我叫Egina退了暂住的青旅，直接搬来我的公寓。在客厅里给他加了一张床。每天我们一同上下班。有时我去赫尔辛基采购，店里事务就全交付给他。朝夕相处，日渐亲厚。

我总是认为：Egina是个爱笑的人，自少年起便是；可惜，大约后来经历了太多辛酸，滋侵脸颊，使笑的神经迟钝，整张年轻的面孔因此犹如大雪覆压的麦田，常常显出缺失希望似的苍白麻木，抑或是等待希望似的平静隐忍——也许它们本就是同一件事的不同阶段，我究竟说不清楚。可没过多久，他似乎就开心起来了。大踏步地行路时，他在笑；哼着歌儿擦拭桌椅时，他在笑；帮厨房端菜给顾客时，他在笑；在柜台后记账偶一抬头与恰巧转身的我目光相撞时，他也笑着，那笑是害羞的。令我觉得树在笑，雪在笑，案头的招财猫在笑，连极夜期一天到晚蒙在棉被里似的、黑黢黢的天色，也如同乌衣乌裙的蒙娜丽莎般，隐着神秘的笑容。

大抵是因为自己永远失掉了某些禀赋，我多盼望能一直这样看着他。彼此相安无事，活在这个没有太多人知道的小镇。好比墙角不为人知亦不求人知的两根草，沉默而落拓，春风花开，秋雨叶落。

我想我是老了。

05

第二年，约莫中秋前后，我回了趟中国。我是被妻子一个电话叫回去的。在外三年多，这是她第一次主动来电。她在那头说：“我受够了，离婚吧。”

这便是我此行的目的。

我没料到离婚程序如此简单。不过是协议、签字、公证，女儿归我，大部分家产给了她。而记忆中结婚的时候却着实轰轰烈烈大张旗鼓。看来所谓的好聚好散其实都不过是虎头蛇尾。

她临走时一手拖着箱子，一手扶着门框回头，依然年轻动人。她说："这么些年了，我搞不清你到底要什么。我是爱你的……我也知道你大抵并不爱我。我以为我能靠对你的感情守下去。结果我错了……你连个生活的盼头都给不了我。对不起……书房里那幅画是留给你的，就当做个纪念吧。"

再见。

门咯吱地响，停了片刻，砰的一声关上了。空荡荡的屋子，连阳光都陈旧在地板上。我踱进书房，靠在书架上的画赫然入目。

那是我，二十三岁的我。在我们相识的那天。蓝白格子衬衣，棕色休闲裤，右手端着酒杯坐在桌边。短发，眉目清晰，脸上没有笑容。我年轻的样子，她记得那样清楚。

午后的阳光里灰尘悠然飘落。我走上前，将画紧紧抱在怀中。

回芬兰的航程足足九个小时，飞机纵身离开地面的一瞬间，我忽然想抓住谁的一只手。

前事劳顿，旅途漫长，睡眠倏而便如密不透风的网当头罩下来，一片时而明亮时而浑浊的梦，不知今夕何夕。乘务小姐轻轻叫醒我时飞机已濒降落。从窗口俯瞰，难得的晴日里，乌蓝的波罗的海泛着细微白浪，仿佛浓稠的黑莓酱上撒了一层不均匀的糖霜。陆地上大大小小的湖泊犹如碎瓷闪耀白光。绿色葱郁，依稀可辨葳蕤森山。

转火车到达玉蕊澌正是夕阳西下时。推开店门，顾客寥寥。Egina坐在柜台里发呆，看见我便跳起来，喊着我的名字叫道："你回来了！我就记得你是今天回来。"

"是，我回来了。"

"你不高兴吗？"当夜在家里，Egina看出我的沉默和怅然，这样问我，"你回中国都做什么了？"

我笑笑，决定不隐瞒他："去离婚了。"

"拜托，别开玩笑了。"

“真是去离婚了。”我从水杯里抬起头。

他唇边的笑褪了，看上去很抱歉：“对不起……但是，我能问为什么吗？”

原因很复杂。

“她……不爱你了？”

“不，她是爱我的。”

“那么，是你不再爱她？”

“是吧……”我木然点头，“其实也许我从没有真正爱过她。”

“那为何要结婚？我不明白。”

我一时语塞，脑海里闪过那年在公司联谊会上，第一次与妻子见面的光景。那是家不好也不差的游戏软件开发公司，我是技术部的，而她是设计部的。她穿的什么衣服，扎了什么头发一概都模糊了。唯记得她握着话筒介绍说自己毕业于中央美院时，我注意到她的手。五指瘦削颀长，姿态迷人，一看便知其灵活纤巧，是我潜意识里绘画者该有的手。后来也不知经谁撮合，我们开始交往。再后来订婚结婚，一切都平平淡淡，和和美美。

我记得那天晚上我回答了Egina的问题，只不过是在心里。不爱，为什么当初要结婚呢……也许吧，也许是因为她错以为婚姻可以只借相知维持；而我错以为婚姻中的爱情可借由对艺术的温存来置换。我们也是多年后才恍然发现，原来不管我们去不去追求爱情，却还是时时刻刻都留给它一个柔软而尊贵的位置……

最后，我只是对他说：“我做过很多错事，挽回不了了。可是Egina，你还如此年轻，来日一切的美好与明亮，都在这两个字里。”

他望向我的眼神竟然带着一点怜惜了。他突然说：“谢谢。”

“不用说这些的。”

“我必须感谢你，Cheng。不为别的。就为在你这里，我很多年没有这么开心了。有一天我照着镜子，发现自己脸上竟然有小时候的影子。可是你知道吗，自从我爸爸去世，我就很少笑过。我的个头也是在那一年蹿起来的。我妈妈常说那年之后我脸上便一点儿时的样子都找不到了。”

“哈哈，我记得你小时候的样子。那时候你高又瘦，浅棕皮肤，微卷的头发，嘴唇很薄……嗯，似乎比现在要薄一些。”

“是吗。Cheng，我……”

“我知道，你肯定不记得了。其实我也想不清楚自己年轻时候的样子了。不只长相，比如说，包括那时候的心情、想法，后来就都想不起来了，也可能是故意忘记的。幸亏那年在希腊认识那个长发男人，才发现——噢，原来自己曾经是想着这些，做着这些。”

Egina却没有再说话了。我们又陷入惯常的沉默。

餐馆的生意越来越不好做。芬兰的税率像浮在水面的木塞一般不肯沉下去，连诺基亚总部都叫嚣着要搬去别国；而店面租金则像秋雨时节的湖面般水涨船高，逼近汛情临界。也不晓得是我全无经营头脑还是别的缘故，情形一日惨淡似一日。我掰指头数着每日光临的顾客，明白靠他们这些散兵游勇，再也打不响一场正规的战役了。

霜降那日两个伙计的合同也到期了，我没有再续。关了店门，称是停业整顿，实则已不打算再开。只有Egina那个傻小子还按时去做清洁，问我：“Cheng，怎么还不另聘店员？”

和厨师谈妥了辞退金的那天，玉镇下了当年第一场雪。我准备和Egina去湖边吃烧烤，正收拾东西的当儿，他敲门。我说：“敲什么？进来吧。今天要去湖边烧烤，忘了提前通知你。不过也不用你忙什么。”

半晌，见他仍站在门口，我觉得奇怪，抬头问他：“怎么了？”

他这才说：“厨师去跟我道过别了。餐馆不再开了吗？”

我站起来，靠在墙上，一时找不出什么措辞，只好说：“是，该早点告诉你的。”

“我早就知道了。只是没想到这么快。”

“Egina，就算餐馆还开，你也不会永远留在这儿当个店员……”

“是的，我明白。”他打断我，“可是——”他转过头去，“这里的日子，很难忘。”

我愕然。正要说些什么，他却主动打破尴尬，语气轻轻松松的，似乎刚才什么都没有发生。“行了，”他说，“收拾好了吗？走吧，今天人肯定不少，该死！烧烤亭别被占光了。”

那天两人都有点醉。蒙蒙胧胧里，皑皑一色，空茫旷远，只不远处一道黑，那不是泊靠的小舟，便是倒进浅滩的枯木。湖边冷杉加了雪的装点，如同浇着奶油的多层蛋糕。

人们在不远处嬉闹。有一伙踢球的，更是欢畅。我翻动着手里的竹签，任牛排上渗出的油吱吱作响，香味扑鼻。

“你要不要去跟他们玩？”我问一旁沉默的Egina，“都没再见你踢过球。”

他一怔，很短暂，但我察觉得到。他说：“Cheng，我有个故事想说给你听。”

“你说。”

“当然，这不是别人的故事，是我自己的故事。”他望了望那群踢球的孩子，呼出一口白气，“我十岁的时候，就比他们都踢得好了。真的。你信吗？”

我笑：“信啊，我当然信，我见过你。”

他又是一怔，转而别过脸去，仰头灌下一大口啤酒：“可我父亲不信，我母亲不信。他们都不信。那时我家附近有一个足球场，是私人的。但我从未见过有人使用它，一次也没有。那么棒的球场，草坪一年四季都有人修剪维护，可就是没人去使用。就那么锁起来，由一个看管房屋的倔老头儿守着。他总把那一大串钥匙挂在屁股后面。我天天盼着能进去，求了他好多次，可他就是不肯。

“后来有一天，我和父亲吵架。他吼：‘只要今天你能让那个老头放你进去，我就送你去学球，否则想都别想！’我扬起脸问他：‘你是说真的吗？’我父亲那时候在气头上，怒道：‘老子说到做到！’我又高兴又着急，思前想后，实在是没有办法，要知道，那个老头儿实在是像铁一样又冷又倔的。可我太想去学球了，真的太想了。我没有办法，竟然决定——你猜怎样——我去……我去偷了钥匙！”

“偷……”我倏地想起了什么，“你偷到了吗？”

他点头："他虽然倔，却是半个聋子。我趁他在集市上买水果，用剪刀剪断了他的钥匙链。我当时又激动又害怕，不敢白天去，只好一直在海边溜达。直到天全黑了，才偷偷摸摸地去开门，结果，呵呵，我一摸口袋——只剩一个洞了……"

他低下头笑："其实那个时候，我就知道，我是当不了球星了。"

我听罢。哑然。只觉光阴回转，万水千山只在一瞬间。内心的话那样多，多到已经不成话了。暮色渐浓，嬉耍的人陆续散去。我站起身，走到Egina对面，欲伸手抱他，而又陡然僵住。

我面前的，依稀还是、却又已然不是八年前在繁花似锦的海岛上，和自己影子踢球的那个男孩了。

人生何其深邃壮阔，又何其微妙细致。人生真是糊涂，糊涂到看不见触不着，像是在漫长隧道里摸黑行走。人生真是精密，精密到坎坎坷坷聚散离合分毫不差。我当下只是想，我和Egina，原来我们彼此牵系的机巧早在多年前的一遗一拾之间已被安排。

回家的路上，Egina滚起了一个大雪球。他当作足球一路踢下去，脚法灵活，分寸得当，居然不致弄碎。临近家门，他滑了一跤，那雪球便也碎了。人在醉中难免笨拙，他竟好一会儿才爬起来。头发、眉毛花白，满脸满身都是雪。

只眼睑下有两道蜿蜿蜒蜒的干净。

Egina伸手抹了把脸，拍拍两袖两膝。

"明天醒来，我就走。"

06

他果真就那么走了。提着行李，穿着大衣，高高大大清清爽爽的，来向我道别。他问我日后打算去哪里。我说不知道，不过得先回中国。他又问打算干什么。我却沉默了。

我递给他一个信封，说："这是你这几个月的奖金，不要推辞。"他掂在手里，片刻犹豫，但还是向我致谢，眼神平静。

“走吧。”我说。

“Cheng，其实……”他顿了顿，接着说，“其实，我可能不是你的Egina。”

我抬头，心底愕然，好似在做梦。

他接着说：“我是叫Egina，可是在岛上，很多孩子都叫Egina。祖辈的传说中，这个名字能带来好运。关于你说的八年前那个午后的事情，我没有任何印象了。也许那是我，也许是别的孩子。但也许，那只是你的一场梦。我不知道这一年来，我是否算是欺骗了你。但我知道，你，还有在玉蓊澌的这些日子都没有欺骗我。”

他将信封小心翼翼地塞进胸前大衣贴里的口袋，影子缓缓从地面移出门外。

我知道当他拆开这信封拿出钞票时，就会看见一把钥匙。圆柄长身的古典欧洲式样，近末端横出一短截。它曾经浑身裹满铜绿，但如今又焕然一新。它像是梦想、爱情、生命或是别的什么东西一样，等待着，等待着。

它的故事讲完了。Egina也走了，没有回头——我还是愿意相信他就是那年的男孩。我后来总是在潜意识里将他的背影想象得更为年轻，就像他十三岁那年，抱着足球，带着稚气，纯洁得令上帝懊悔未在他蝴蝶骨上加上一对翅膀。如此一来二去，到最后我竟记不清他背影的真正样子了。甚至恍惚间觉得他真有一对翅膀。也许天使正是这么来的。

只是，从那天起，我又开始常常梦见Egina岛。梦见高耸入云的塔楼、象牙白的沙滩、蓝色锦缎般的熨帖天空、太阳和空气相恋；梦见硕果累累的柠檬树、叶片上釉质润泽饱满的地中海植物；梦见凌乱的集市、腥咸的风。

并且，我梦见Egina。那是另一个我自己。

图书在版编目（CIP）数据

微光博物馆 / 方达主编. —武汉：湖北教育出版社，2016.6

（盛开）

ISBN 978-7-5564-1095-8

Ⅰ. ①微… Ⅱ. ①方… Ⅲ. ①中国文学－当代文学－作品综合集 Ⅳ. ①I217.1

中国版本图书馆CIP数据核字（2016）第122584号

出版发行　湖北教育出版社
邮政编码　430015
电　　话　027-83619605
地　　址　武汉市青年路277号
网　　址　http://www.hbedup.com
经　　销　新华书店
印　　刷　北京鹏润伟业印刷有限公司
开　　本　710mm × 1000mm　1/16
印　　张　17
字　　数　267千字
版　　次　2016年7月第1版
印　　次　2016年7月第1次印刷
书　　号　ISBN 978-7-5564-1095-8
定　　价　29.80元

如发现图书质量问题，可联系调换。质量投诉电话：010-82069336